Jürgen Seibold

Lindner und das Apfelmännle

Jürgen Seibold

Lindner und das Apfelmännle

Ein Alb-Krimi

Silberburg-Verlag

Jürgen Seibold, 1960 geboren und mit Frau und Kindern im Rems-Murr-Kreis zu Hause, ist gelernter Journalist und arbeitet als Buchautor. Beim Silberburg-Verlag hat er bisher Kriminal- und Unterhaltungsromane sowie die Reportagensammlung »Baden-Württemberg scharf« veröffentlicht.

Sie wollen mehr wissen über Stefan Lindner?

Kein Problem: Hintergrund, Infos und Termine zum neuen Ermittler aus Bad Boll gibt es auch online ...
www.kommissar-lindner.de

2. Auflage 2012

Lektorat: Michael Raffel, Tübingen.
Umschlaggestaltung: Christoph Wöhler, Tübingen.
Coverfoto: © Ekely – iStockphoto.
Druck: CPI books, Leck.
Printed in Germany.

ISBN 978-3-8425-1157-6

Besuchen Sie uns im Internet
und entdecken Sie die Vielfalt unseres Verlagsprogramms:
www.silberburg.de

Mittwoch, 21. September

Der Güterzug rollte wieder durch seine Träume, ratterte über die Gleise und nahm seine sterbende Fracht mit hinaus in die Nacht.

Stefan Lindner wälzte sich ein paar Mal hin und her, blieb dann verkrampft auf dem Rücken liegen, hielt unbewusst den Atem an und schreckte nach einigen Sekunden hoch. Er hustete, sah sich verwirrt um und begriff erst allmählich, wo er sich befand. Vor dem Fenster schwankte ein Ast im Wind, und es war kein Zug zu hören, natürlich nicht. Draußen prasselte der Regen auf den Hof herunter und wurde von einzelnen Windböen ab und zu gegen die Fensterscheibe gedrückt.

Lindner knipste die Nachttischlampe an und nahm sein Buch zur Hand. Der Thriller war nicht schlecht, aber irgendwie war ihm im Moment nicht so sehr nach Spannung. Ächzend wuchtete er sich aus dem Bett, schlurfte zum Regal hinüber und zog sich einen Comic heraus. Das zerlesene und etwas vergilbte Heft war jetzt genau das Richtige. Er kuschelte sich wieder in sein Bettzeug, blätterte ein wenig in der Bildergeschichte, und schon glitt ihm das Heft aus der Hand und landete mit einem leisen Klatschen auf dem Boden vor dem Bett.

Die Nachttischlampe erhellte weiterhin das Zimmer. Die Tapete mit den hellen Flecken, an denen früher Poster hingen. Den Kleiderschrank, den Schreibtisch, die Kiste mit den Indianersachen in der Ecke, den tragbaren Kassettenrekorder und die Dampfmaschine auf dem halbhohen Regal neben der Tür. Hier hatte Lindner seine Kindheit und Jugend verbracht, und hier wohnte er nun wieder, seit er vorübergehend außer Dienst gestellt worden war.

Psychische Probleme infolge des Todes eines Kollegen, hatte der Arzt attestiert. Doch daran dachte Lindner im Moment nicht. Er dachte gar nichts, er schnarchte lautstark und völlig entspannt. Für den Rest der Nacht würde er Ruhe haben vor ratternden Güterzügen. Immerhin.

* * *

Die Luft in dem kleinen Büro begann schon gegen halb zehn stickig zu werden, aber für den heutigen Vormittag hatten sich die beiden Beamten darauf geeinigt, dass die Fenster geschlossen blieben. Hansgeorg Heiderich war zwar der ältere und ranghöhere der beiden, aber sein Kollege Ralf Stegmüller konnte sehr unangenehm werden, wenn er mal wieder die Symptome einer vermeintlichen Allergie in sich aufsteigen fühlte – und daran war jedes Mal die hereinströmende frische Luft mit all ihren bösen Pollen und sonstigen quälenden Bestandteilen schuld.

Das Telefon klingelte, und Heiderich nahm – den Blick noch auf den Entwurf seines Schreibens gerichtet – ganz in Gedanken den Hörer auf.

»Regierungspräsidium, Heiderich«, meldete er sich mechanisch, doch kurz darauf versteifte er sich ein wenig und fischte mit der rechten Hand einen Bleistift aus dem Schreibtischboy vor sich.

»Ja«, brummte er nach einer Weile und begann einen Notizzettel mit Kreisen und Dreiecken vollzukritzeln.

Stegmüller fing den Blick seines Kollegen auf, aber der rollte nur genervt mit den Augen, zuckte kurz mit den Schultern und lächelte matt.

»Ja, ich weiß«, sagte er dann wieder, und er schien sehr bemüht darum, seine Fassung zu wahren.

Stegmüller beugte sich wieder über seine Akten und kümmerte sich nicht weiter um den Kollegen – bis der plötzlich aufsprang und ein lautes »Nein!« in den Hörer bellte. Stegmüller zuckte zusammen und sah erschrocken auf. Heiderich stand nun verkrampft neben seinem Stuhl, fixierte den Wandkalender und presste die Lippen fest aufeinander. Fast eine Minute stand er so da, dann setzte er sich wieder und holte tief Luft.

»Das ist mir scheißegal!«, brüllte er ins Telefon. »Und jetzt will ich meine Ruhe haben!«

Damit knallte Heiderich den Hörer auf den Apparat, drehte sich auf dem Schreibtischstuhl halb zur Seite und starrte zum Fenster hinaus. Stegmüller wartete auf eine Erklärung, aber der Kollege blieb still und unbeweglich sitzen.

»Alles in Ordnung, Herr Heiderich?«

Keine Antwort. Stegmüller beugte sich wieder ein paar Minuten über seine Akten, beobachtete den Kollegen zwischendurch immer wieder. Schließlich schob er die Unterlagen seufzend von sich und lehnte sich in seinem Stuhl zurück – in dieser Atmosphäre konnte er keinen klaren Gedanken fassen.

»Geht es Ihnen gut, Herr Heiderich?«

»Ja, ja«, murmelte der.

Stegmüller dachte fieberhaft darüber nach, wie er den Kollegen wieder aufmuntern könnte. Dann fiel es ihm ein.

»Sollen wir die Fenster aufmachen?«

Langsam drehte sich Heiderich auf dem Bürostuhl und sah Stegmüller fragend an. Dann breitete sich ein Grinsen auf seinem Gesicht aus, und kurz darauf lachte er schallend auf. Stegmüller sah ihn verblüfft an.

»Danke, Herr Stegmüller, ich weiß Ihr Angebot wirklich zu schätzen, aber …«

Er lachte noch einmal leise, schüttelte den Kopf und zog sich wieder näher an den Schreibtisch heran.

»Wir lassen die Fenster zu, ganz genau so, wie wir es heute früh besprochen haben. Aber wie gesagt: danke, Herr Stegmüller.«

Damit machte sich Heiderich wieder an die Arbeit. Stegmüller sah ihn an – halb beruhigt, weil sich der Kollege offenbar wieder gefangen hatte, halb enttäuscht, weil er schon gerne den Grund für den ungewohnten Ausbruch erfahren hätte. Nach einigen Minuten sah Heiderich auf und bemerkte, dass Stegmüllers Blick noch immer auf ihm ruhte.

»Ist noch was, Herr Stegmüller?«

»Nein, es ist nur ... Was war denn los gerade? Am Telefon, meine ich?«

Über Heiderichs Gesicht huschte ganz kurz ein Schatten, dann schüttelte er bedauernd den Kopf.

»Glauben Sie mir, Herr Stegmüller, das wollen Sie nicht wissen.«

* * *

Stefan Lindner schälte sich aus dem Laken, schwang die Beine über die Bettkante, gähnte herzhaft und räkelte sich ausgiebig. Mit seinen Füßen fand er nach einigem Hin und Her die Pantoffeln und schlüpfte hinein, dann streifte sein Blick die Zimmereinrichtung, und wieder einmal nahm er sich vor, sein Jugendzimmer endlich einmal passend zu einem 39-jährigen Erwachsenen umzugestalten.

Der Radiowecker gab ein leises Klacken von sich, als das weiße Blättchen vom Räderwerk nach vorne geklappt wurde: Es war drei nach zehn – und ein Wunder, dass dieser alte Wecker aus der Zeit vor der digitalen Anzeige bis heute unverdrossen seinen Dienst verrichtete. Das Gehäuse war mit alten Donald- und Micky-Stickern beklebt. Zwei der drei Neffen Donalds schienen ihn von dem angerissenen Bildchen seitlich am Wecker höhnisch anzugrinsen – dort hatte er einen ersten kläglichen Versuch gestartet, den Wecker von seinen Aufklebern zu befreien, die aber längst nicht mehr vollständig abgingen.

Lindner seufzte: Es würde nicht einfach werden, sein Zimmer von allem Kindlichen zu befreien. Zweimal schon hatte er versucht, den Radiowecker in den Müll zu werfen – und beide Male hatte ihn seine Mutter aus der Tonne gefischt, ihn mit Spülmittel gereinigt und zurück auf den Nachttisch gestellt. Eigentlich hätte er das wissen können, schließlich warf man nichts weg, was noch irgendwie funktionierte. Und weil er nicht ständig Spülmittelgeruch in der Nase haben wollte, wenn er einschlief, hatte er sich inzwischen mit dem Wecker arrangiert.

Er stand auf, nahm sich eine neue Unterhose und neue Socken aus dem Schrank, schlüpfte in die Jeans vom Vortag, schnupperte schließlich kurz an Hemd und Shirt, die er gestern getragen hatte, und zog sie noch einmal an.

Unten in der Küche roch es nach gekochten Kartoffeln, der Topf stand noch auf dem Herd. Lindner schaltete die Kaffeemaschine an und schlurfte, während sie zu röcheln begann, zum Küchentisch hinüber. Ein Kanten Schwarzbrot und ein paar Scheiben lagen in ein großes Geschirrtuch eingeschlagen auf dem Tisch, daneben war für eine Person gedeckt. Unter der großen Tasse, aus der er seinen Kaffee morgens am liebsten trank, klemmte ein Zettel.

»I holl Äpfl, kommsch um 12 essa. Was hoschd heit?«

Kein Name war darunter geschrieben, aber das Wort »heit« war unterstrichen. Lindner verzog kurz das Gesicht. Natürlich war der Zettel von seiner Mutter, und sie hatte es nicht so mit der Rechtschreibung, weder in Hochdeutsch noch im Dialekt – aber vor allem ihr bissiger Humor machte ihm zu schaffen.

»Was hoschd heit?«

Was konnte er dafür, dass er ständig krank war, Schmerzen hatte und völlig eindeutige Symptome von Krankheiten, die sein ignoranter Hausarzt einfach nicht erkennen wollte? Mediziner nahmen ihre Patienten vermutlich nie ernst, wenn sie mit ihnen zusammen zur Schule gegangen waren.

Ruth Lindner dagegen ging nur zum Arzt, wenn sie unbedingt musste, und in den vergangenen zwanzig Jahren hatte sie kein einziges Mal gemusst. Schmerzen gingen vorüber, notfalls trank sie einen kräftigen Obstler, und dann mussten ja auch immer irgendwelche Bäume geschnitten, Wiesen gemäht oder wie jetzt im Herbst Äpfel aufgelesen werden. Die Praxis von Dr. Thomas Bruch, der vor fünfzehn Jahren die Räume seines Vaters gründlich hatte renovieren lassen, hatte sie jedenfalls noch kein einziges Mal betreten.

Mit ihren einundsiebzig Jahren war sie rüstig und tatkräftig wie eh und je. Sie sah nicht mehr so gut und schlief längst getrennt von ihren Zähnen, aber unermüdlich kraxelte sie auf ihren alten Traktor, wirbelte in der Küche und im Keller – und machte sich zwischendurch gern über ihren Sohn lustig.

»Was hoschd heit?«

Empört schüttelte Lindner noch einmal den Kopf. Er zerknüllte den Zettel und warf ihn in den Korb mit Brennholz, der neben dem Backofen stand, schenkte sich die Tasse voll und horchte in sich hinein. In kleinen Schlucken trank er den Kaffee, ließ ihn die Kehle hinunterrinnen und betastete dabei seinen Hals. Er befühlte ihn während des Schluckens und danach, dann war er sich sicher: Diese harte Stelle war gestern noch nicht da gewesen.

»Warum immer ich?«, ging es ihm durch den Kopf, als er zurück in sein Zimmer ging und das Medizinbuch aus dessen Versteck hinter dem Schrank holte. Es wies einige Flecken auf, die von den bisherigen Versuchen seiner Mutter herrührten, das Nachschlagewerk im Müll verschwinden zu lassen, aber bisher hatte er das Buch noch immer rechtzeitig vermisst und dann auch irgendwo gefunden. Kein Wunder, er blätterte fast täglich darin.

Diesmal wusste er schon, welche Stelle er nachlesen wollte, und keine zwei Minuten später klemmte er sich das Buch unter den Arm und machte sich auf den Weg zu Thomas Bruch.

* * *

Das nächste Telefonat Hansgeorg Heiderichs verlief wesentlich entspannter. Er senkte immer wieder die Stimme, und schließlich ging sein Tischnachbar Stegmüller aus dem Zimmer, um sich einen Tee aufzubrühen. Es war nicht zu überhören, dass es sich um ein privates Gespräch handelte.

Stegmüller begegnete auf dem Flur einigen Kollegen, die mit Akten oder einer Kaffeetasse unterwegs waren. In der kleinen Küchenecke startete er den Wasserkocher, aber dummerweise hatte er seinen Teebeutel im Schreibtisch vergessen. Also schaltete er den Kocher wieder aus und stellte sich ans Fenster.

Zehn Minuten gab er sich, dann ging er wieder zurück ins Zimmer. Heiderich hatte inzwischen wieder aufgelegt und beugte sich über einige Akten. Er studierte sie aufmerksam, aber das selige Lächeln in seinem Gesicht hatte sicherlich mehr mit dem Telefonat von eben zu tun.

Schade eigentlich, dachte Stegmüller, dass sie sich nichts Privates erzählten. Er selbst erlebte nicht viel Spannendes, dem Kollegen schien es in dieser Hinsicht derzeit deutlich besser zu gehen.

* * *

Die Tür zum Behandlungszimmer öffnete sich ein wenig, und Lisa Rummele steckte ihren Kopf durch den Spalt.

»Herr Doktor?«

»Hm?«

Thomas Bruch stand am Fenster, naschte einen Schokoriegel und sah sich unwillig um. Es waren die ersten freien Minuten des Tages, da hätte der nächste Patient auch gut noch kurz warten können.

»Er ist wieder da.«

Bruch drehte sich langsam um.

»Hat er sein Buch dabei?«

Die Assistentin nickte, lächelte dabei und zuckte mit den Schultern. Das sah bei ihr sehr hübsch aus, aber Lisa war eindeutig zu jung, um privat etwas mit ihrem Chef anzufangen. Kurz lächelte Bruch zurück, fast ein wenig bedauernd, dann ließ er sich seufzend auf seinen Stuhl sinken.

»Na, dann führen Sie unseren Todkranken doch bitte herein, Lisa.«

Die schlanke Blondine verschwand und kam einen Moment später zurück, hielt die Tür auf und wies Stefan Lindner den Weg zu ihrem Chef – unnötigerweise, da er sich hier längst bestens auskannte.

»Na, Stefan«, sagte Bruch und versuchte gar nicht erst, sich seinen zynischen Unterton zu verkneifen, »hast es wohl gerade noch mit letzter Kraft hierher zu uns geschafft, was?«

»Mach du nur deine Späße«, schnaubte Lindner, setzte sich seinem Schulfreund gegenüber auf den Stuhl und blätterte in seinem Nachschlagewerk. Schließlich hatte er die gesuchte Stelle gefunden und legte das Buch aufgeschlagen vor Bruch auf den Tisch.

Bruch sah kurz hin und grinste.

»Hast du das alles, oder nur eine dieser Krankheiten?«

»Thomas, jetzt reiß dich mal zusammen. Du bist mein Hausarzt, aber du nimmst mich nicht ernst.«

»Stimmt.«

»Aber hier am Hals ...«

Lindner stand auf, ging um den Tisch herum und legte seine Fingerspitzen an eine Stelle an seinem Hals.

»Fühl du mal.«

»Warum sollte ich? Sag mir doch gleich, woran du leidest.«

»Ich? Du bist hier der Arzt, oder?«

»Das ist richtig, aber das scheint dich sonst ja auch nicht zu interessieren. Wenn ich dir sage, dass du pumperlgesund bist, möchtest du es ja ohnehin nicht hören.«

»Aber ich bin ja auch nicht gesund!«

»Gesünder als ich und Lisa und wahrscheinlich die allermeisten hier im Ort auf jeden Fall.«

»Ach, was weißt du schon!«

»Sag ich doch, Stefan: Was weiß ich schon? Also: Was hast du denn heute?«

»Hier steht alles drin«, sagte Lindner und deutete auf einen Absatz des aufgeschlagenen Buches.

Bruch las den Text, und ein spöttisches Lächeln breitete sich auf seinem Gesicht aus.

»Tragisch, Stefan, wirklich tragisch.«

»Na also«, sagte Lindner triumphierend und setzte sich wieder auf den Stuhl. »Und was machen wir jetzt?«

»Eigentlich müsste ich als Erstes den alten Wehrle anrufen.«

Lindner stutzte kurz.

»Den Bestatter?«

»Klar.«

»Ha ha! Sehr witzig!«

»Ja, willst du jetzt krank sein oder nicht? Du solltest dich mal entscheiden.«

»Ich will doch nicht krank sein – aber ich bin halt krank, was soll ich machen?«

»Du bist kerngesund«, sagte Bruch und lehnte sich in seinem Drehstuhl zurück. »Glaub mir das doch endlich.«

»Das sagst du immer«, maulte Lindner.

»Natürlich, weil es immer stimmt.«

»Aber ich …«

»Lass dein Buch mal eine Weile bei mir liegen und surf nicht immer zu diesen Gesundheitsratgebern – du wirst sehen: Das ist für dich die reinste Wunderheilung.«

»Warum nimmst du mich eigentlich nicht ernst?«

Bruch sah seinen Schulfreund an und legte ein nachsichtiges Lächeln auf.

»Schau, Stefan: Wenn du all diese Krankheiten gehabt hättest, mit denen du mir hier schon gekommen bist – allein mal deine ›Leiden‹ aus den vergangenen zwei Wochen: Das würde zum Sterben für die Hälfte unserer Kurgäste reichen, ganz ehrlich. Und du? Du sitzt hier noch quietschfidel vor mir und hast genug Muße und Kraft, dir aus diesem blöden Schinken alle ein, zwei Tage eine neue schlimme Krankheit herauszulesen.«

Lindner wollte schon protestieren, aber Bruch hob abwehrend die Hände.

»Lass stecken, Stefan. Jetzt schleppst du deine kranken Knochen wieder nach Hause, lässt dir von deiner Mutter erklären, wie man ohne Jammern durch den Tag kommt – und heute Abend sehen wir uns beim Binokel.«

Lindner sah Bruch frustriert an.

»Raus mit dir«, lachte Bruch. »Sonst verschreib ich dir drei Wochen Bettruhe und sag deiner Mutter, sie soll dich ordentlich aufpäppeln.«

Lindner schluckte. Er konnte das warme Bier und den Rotwein mit rohem Ei und viel Zucker fast schon auf der Zunge schmecken und schüttelte sich.

»Das wagst du nicht!«, knurrte er dann.

»Wollen wir wetten?«

»Aber …«

»Jetzt lass gut sein, Stefan. Geh nach Hause, schaff was oder schaff nichts – aber gestorben wird erst nach dem Binokel, sonst trinken wir heute den ganzen Abend lang auf deinen Deckel.«

»Blödmann«, brummte Lindner noch, dann schnappte er sein Buch und trollte sich.

Lisa Rummele sah ihn hinausschlurfen, und aus dem Zimmer ihres Chefs war halblautes Lachen zu hören.

* * *

Hansgeorg Heiderich lächelte schon versonnen, als er noch die Serpentinen durch Aichelberg hinauffuhr. Er kurvte durch den Ort und trat, als er endlich die kleine Straße hinüber zum Nachbarort Eckwälden erreicht hatte, das Gaspedal durch. Der Wagen rumpelte über die brüchigen Betonplatten der Fahrbahn, das Licht zitterte auf und ab, in der Abenddämmerung huschten Obstwiesen links und rechts vorbei, und schließlich fuhr er zwischen einem großen Lagerplatz und einer alten Scheune unter zwei Baumkronen durch, die über ihm ein grünes Tor bildeten.

Er wurde langsamer, hielt neben der dichten Hecke am Ortseingang und wartete auf das übliche Zeichen. Als wenig später hinter einem der Fenster links vor ihm das Licht anging und die Gardine wackelte, legte er wieder den Gang ein und fuhr weiter. Langsam überquerte er die Dorfstraße und die Brücke über den Teufelsklingenbach, dann hatte er die kleine Haltebucht erreicht, an der sie sich immer trafen.

Zwanzig Minuten vergingen, bis er sie im Rückspiegel vom Ort her kommen sah. Es war ihm wie eine Ewigkeit vorgekommen. Schnell stieg er aus und sah sich kurz nach allen Seiten um, aber es war niemand sonst in der Nähe.

Sie kam strahlend auf ihn zu, umarmte ihn, gab ihm einen Kuss, sah ihn noch einmal lächelnd an, dann machten sie sich auf den Weg. Um diese Uhrzeit waren keine Jogger mehr unterwegs, vor denen sie sich sonst in Acht nehmen mussten. Auch fleißige Stücklesbesitzer saßen sicher schon daheim und vesperten. Und selbst die Bremsen, die sie an schwülen Sommertagen schon böse verzwiebelt hatten, waren so spät im Jahr kein Problem mehr.

Der asphaltierte Weg ging in einen geschotterten über, und allmählich wurde die Grasspur in der Mitte immer breiter. Sie passierten plaudernd und lachend eine Bank, Zäune und einen Jägerstand. Und dann, kurz vor dem Waldrand, blieb sie stehen, sah ihn stumm an und zog ihn schließlich zu einem mannshohen Holzstapel, hinter dem sie sich auf die Wiese sinken ließen.

* * *

»Jetzat«, brummte Hans Zumhofer, den sie alle nur Hannes nannten. Er lümmelte auf seinem Stuhl und nickte Stefan Lindner zu, der als Zweiter an ihren üblichen Tisch im »Gasthaus zum Hirschen« kam.

Die beiden hatten wenig später schon ihr erstes Bier geleert, als die Runde komplett wurde: Heinrich »Heiner«

Brodbeck und Thomas Bruch ließen sich auf ihre Stühle fallen. Hannes zog eine Schachtel mit Binokelkarten zu sich her, die schon auf dem Tisch bereitlag, Lindner holte Stift und Block vom Tresen.

Chiara Aichele brachte vier Bier, huschte wieder zum Tresen zurück, und Bruch und Lindner sahen der hübschen Wirtin versonnen nach. Als sie wieder zu ihren beiden Tischnachbarn blickten, bemerkten sie, dass sich Hannes und Heiner verschwörerisch angrinsten.

»Können wir mal anfangen?«, fragte Heiner schließlich und prostete den anderen dreien zu.

Lindner räusperte sich, Bruch lächelte verlegen – dann nahmen sie ihre Karten auf.

»Mensch, Hannes«, maulte Lindner. »Geht das schon wieder los?«

»So gute Karten?«, grinste Heiner hämisch und sah genießerisch auf sein Blatt.

»Ja, wie immer, wenn Hannes gibt.«

»Jetzat!«, protestierte Hannes, aber eigentlich war er vollauf damit ausgelastet, in seinem Blatt die zueinander passenden Karten zu sortieren.

Donnerstag, 22. September

Heiderich hatte früher Feierabend gemacht, doch auf der Strecke von Stuttgart nach Bad Boll war trotzdem so viel Verkehr, dass er länger brauchte als gehofft. Dennoch musste er sich nicht beeilen, denn er hatte sich bei Johanna nicht angekündigt. Sie rechnete erst wieder heute am frühen Abend mit ihm – aber er wollte sie überraschen.

Deshalb nahm er diesmal auch die Hauptstraße, fuhr von Norden her nach Eckwälden hinein und ließ seinen Wagen direkt vor ihrem Haus in der Dorfstraße ausrollen. Kurz blieb er noch sitzen und sah sich unschlüssig um, aber dann fasste er sich ein Herz, stieg aus und klingelte.

Eine kurze Melodie aus tiefen Tönen schlug im Flur direkt hinter der Haustür an und wiederholte sich kurz darauf irgendwo im ersten Stock. Heiderich lächelte. Er hatte diesen Klingelton bisher noch nie gehört. Schließlich war er ja auch noch nie hier im Haus gewesen.

Die Haustür schwang auf, Johanna stand ihm gegenüber und – starrte ihn überrascht an.

»Hallo, Johanna«, sagte er und lächelte sie an.

Doch Johanna Tiedtmaier wirkte nicht erfreut, sondern nur erschrocken. Sie schaute kurz nach links und rechts, dann packte sie Heiderich am Ärmel und zog ihn schnell ins Haus. Hinter ihm fiel die Tür schwer ins Schloss, und er war sich schon nicht mehr so sicher, ob es eine gute Idee gewesen war, sie zu überraschen.

Sie bugsierte ihn durch den Flur, schob ihn die Küche und zog die Zimmertür hinter sich zu.

»Was machst du hier?«

Heiderich versuchte noch einmal ein Lächeln, aber sie sah ihn so entgeistert an, mit einem Blick, in den sich ein Anflug von Panik mischte, dass ihm die Mundwinkel nach unten glitten.

»Ich dachte, du freust dich vielleicht.«

Johanna sah ihn an, als sei er nicht ganz bei Trost, dann schüttelte sie traurig den Kopf.

»Wir haben eine Vereinbarung, und du hast dich nicht dran gehalten. Warum soll ich mich darüber freuen?«

Heiderich ging einen Schritt auf sie zu, um sie zu umarmen, aber Johanna sah ihn so abweisend an, dass ihn gleich wieder der Mut verließ.

»Darf ich mich wenigstens setzen?«

»Meinetwegen.«

Er zog sich einen Stuhl heran.

»Was ist denn so schlimm daran, wenn ich mich nicht mehr heimlich zu dir schleichen will? Wenn ich will, dass alle wissen: Wir beide sind zusammen.«

Johanna setzte sich nun ebenfalls.

»Wir sind doch zusammen, oder?«

»Ja, sind wir«, sagte Johanna. »Natürlich sind wir zusammen, aber ...«

»Aber?«

»Ich habe dir gesagt, dass das zunächst niemand wissen soll.«

Sie sah ihn nun fast trotzig an.

»Das hab ich dir gesagt, oder? Das hast du von Anfang an gewusst!«

Er nickte.

»Also: Warum bist du dann jetzt hier?«

»Ich ... Ich will nicht mehr so weitermachen. Ich habe die Heimlichkeiten satt, und ich sehe auch keinen Grund, warum du dich nicht zu mir bekennen solltest.«

Johanna sank ein wenig in sich zusammen.

»Mein Gott, Johanna, ich mag mir kaum selbst zuhören. ›Dich zu mir bekennen‹ – hörst du nicht selbst, dass wir uns benehmen wie im 19. Jahrhundert? Wir treffen uns heimlich, ich warte unten im Wagen, bis du mir von oben dein Zeichen gibst. Dann fahre ich raus zum Ortsrand, und du schleichst dich hinterher – was soll das denn?«

»Du hast es von Anfang an gewusst!«

»Ja, hab ich – ich habe gewusst, dass du es so haben willst. Aber ich weiß nicht, warum. Du hast erzählt, dass dein Vater vor nicht allzu langer Zeit gestorben ist. Du hast erzählt, dass du dich um deinen kleinen Bruder kümmern musst, und dass er so kurz nach dem Tod deines Vaters mit weiteren Veränderungen in seinem Umfeld nicht gut zurechtkommen würde. Aber das ist doch alles kein Grund, warum es ein Geheimnis bleiben soll, dass wir beide zusammen sind!«

Johanna schwieg.

»Und das alles geht nun schon seit Monaten, Johanna. Das muss doch mal ein Ende haben. Irgendwann muss dein Bruder doch auch mal wieder mit etwas Neuem klarkommen können. Er ist doch kein Kind mehr!«

»In gewisser Weise schon, das weißt du.«

»Ja, das hast du mir erzählt. Aber du kannst ihn nicht sein Leben lang in Watte packen. Wie willst du ihm denn erklären, wenn du mich ihm mal vorstellst, dass wir schon lange Zeit zusammen sind?«

Johanna zuckte mit den Schultern.

»Mensch, Johanna, und was ist, wenn wir mal zusammenziehen?«

Sie sah ihn erschrocken an.

»Ich habe einen guten Job in Stuttgart, ich habe eine schöne Wohnung in Esslingen – und wenn du magst, suchen wir uns ein schönes Häuschen, am Geld würde es nicht scheitern. Ich verdiene nicht schlecht, habe jahrelang gespart …«

»Ich kann hier nicht weg, Hans!«

»Natürlich kannst du! Dein Bruder ist tagsüber doch ohnehin schon in diesem Heim, kann er dort denn nicht ganz wohnen?«

Johanna wurde bleich.

»Oder wir kaufen uns ein etwas größeres Haus, eins mit Einliegerwohnung – und suchen für deinen Bruder eine Einrichtung wie das Heim hier im Dorf, wo er dann auch wieder tagsüber betreut werden kann.«

»Nein, ich …«

»Johanna! Du kannst nicht dein ganzes Leben nur für deinen Bruder da sein! Du musst auch mal an dich selbst denken!«

Johanna schüttelte den Kopf, Tränen stiegen ihr in die Augen.

»Und an mich.«

Sie stützte ihre Arme auf den Tisch, vergrub ihr Gesicht in den Händen, und bald war leises Schluchzen zu hören. Heiderich saß ein paar Minuten still da, dann versuchte er es noch einmal.

»Johanna, bitte …«

Keine Reaktion.

»Johanna, du und ich, das ist etwas ganz Besonderes, das sollten wir nicht …«

Er seufzte, machte eine Pause, und schließlich stand er auf, ging um den Tisch herum und legte Johanna sanft beide Hände auf die Schultern. Ihr Körper bebte, das Schluchzen wurde allmählich lauter.

»Johanna, ich lass dir doch alle Zeit der Welt, aber …«

Ihr Körper versteifte sich, das Schluchzen brach ab. Dann schnellte sie hoch, und Heiderich konnte gerade noch einen Schritt nach hinten machen, um nicht von ihr angerempelt zu werden.

»Du lässt mir Zeit?«

Sie stand vor ihm: mit verheulten Augen, aber wütend.

»Du setzt mir das Messer auf die Brust, Hans! Du willst, dass ich mit dir nach Stuttgart oder Esslingen ziehe, wahrscheinlich lieber heute als morgen. Du willst, dass ich meinen Bruder verrate, dem ich nach Vaters Tod geschworen habe, immer für ihn da zu sein!«

»Aber, ich habe dir doch vorgeschlagen, dass wir ihn mit …«

»Halt die Klappe, Hans!«, fuhr sie ihm über den Mund. »Du suchst doch nur einen Weg, wie du ihn möglichst elegant loswerden kannst, ohne dich dafür schuldig zu fühlen, ohne dafür schlecht angesehen zu werden!«

»Aber das stimmt doch nicht, ich …«

»Du! Du! Du! Immer nur du! Merkst du eigentlich überhaupt noch, dass es für dich immer nur um dich geht?«

Nun war er sprachlos. Da hatte sie ihn aber gründlich missverstanden.

»Wie es in mir aussieht … interessiert dich das überhaupt?«, fuhr sie fort. »Oder reicht es dir, dass wir ein paar Mal die Woche zum Waldrand gehen und dort …«

Sie hatte sich in Rage geredet, war laut geworden, und nun schlug sie sich erschrocken die Hand vor den Mund. Heiderich war sich nicht sicher: Machte sie das, weil sie doch nicht alles so hatte sagen wollen – oder war es, weil sie fürchtete, dass ihr Bruder sie so hörte?

»O, mein Gott!«, stammelte sie dann, viel leiser. »Ronnie ist doch hier …«

Das war zu viel für Heiderich. Hatte sie also alles so gemeint? Und es ihm eigentlich bisher nur nicht direkt ins Gesicht sagen wollen? Hatte er sich wirklich so sehr in ihr getäuscht?

Heiderich spürte, wie er rot wurde vor Scham und wie ihm die Augen feucht wurden. Er atmete tief ein und tief aus, dann wandte er sich abrupt von Johanna ab und marschierte zum Haus hinaus. Er stieg in sein Auto, fuhr mit leicht durchdrehenden Reifen davon und bog viel zu schnell in das kleine Sträßchen nach Aichelberg ab, auf dem er sonst immer hergekommen war.

Im Rückspiegel sah er, wie das Fenster, hinter dem ihm Johanna sonst immer das Zeichen gab, geöffnet wurde und wie sie ihm hinterhersah. Noch bevor er Aichelberg erreicht hatte, klingelte sein Handy. Er nahm es hoch, sah Johannas Nummer auf dem Display und warf es wieder zurück auf den Beifahrersitz.

Erst als er bei Neuhausen die A8 wieder verlassen hatte, bog er auf einen Parkplatz ein und tippte sich zur Mailbox durch. Er hörte sich Johannas Nachricht an, die ihn – immer wieder von Schluchzen unterbrochen – um ein Treffen am Abend bat. Am üblichen Platz, zur üblichen Zeit wollte sie ihm noch einmal alles erklären, und natürlich habe sie alles nicht so gemeint, wie sie es gesagt habe.

Heiderich brauchte fast eine halbe Stunde, bis er sich traute, Johannas Nummer zu wählen. Er räusperte sich ein paar Mal, sie sollte nicht hören, wie zittrig seine Stimme nach dem Streit vorhin noch immer war.

Doch er kam ohnehin nicht zu Wort, Johanna legte los wie die Feuerwehr: »Hans, bitte, komm heute Abend, ich flehe dich an – es wird alles wieder in Ordnung kommen. Bitte, komm!«

»Ja, natürlich komm ich. Ich steh dann wieder am alten Platz, und du gibst mir durchs Fenster ein Zeichen, ja? Alles wie bisher. Ich hab dir doch gesagt: Ich lass dir alle Zeit der Welt.«

»Gut, Hans, dann also bis heute Abend.«

Sie ließ eine kurze Pause, ein leises Schniefen war zu hören.

»Eigentlich bis nachher«, sagte sie dann noch. Es klang fast, als lächle sie dabei. »Bist du schon weit gefahren?«

»Ich bin fast in Esslingen. Aber ich bin rechtzeitig wieder bei dir, kein Problem. Bis nachher also.«

Dann legte sie auf.

Heiderich war erleichtert. Er sah auf die Uhr: Er hatte noch Zeit genug, zu duschen und sich umzuziehen. Als er bald darauf seine Wohnung betrat, klingelte sein Handy erneut. Er zog das Telefon aus der Tasche: Eine SMS war eingegangen. Auf dem Weg zum Bad rief er die Nachricht auf, sie war von Johanna: »Kannst du schon früher kommen? 18.30 Uhr? Vermisse dich, J«

Er war kurz irritiert, weil er von Johanna noch nie eine SMS bekommen hatte, aber die Nummer war ihre, und er tippte die Antwort sofort.

»Bin 18.30 Uhr da, freu mich!!!!!«

Als er sie abgeschickt hatte, fürchtete er zwar, die vielen Ausrufezeichen könnten zu euphorisch wirken – aber eigentlich war das gleichgültig: Er war ja wirklich heilfroh, dass sie sich nachher wieder treffen würden. Und alles klang danach, als würden sie sich wieder versöhnen.

Er pfiff einen aktuellen Hit, fröhlich und grottenfalsch, und schleuderte seine Kleider nach und nach auf einen Haufen im Flur. Es tat gut, mal nicht ordentlich zu sein. Er war beschwingt, fühlte sich leicht und sah seine rosige Zukunft mit Johanna schon bildhaft vor sich. Nur musste er sich jetzt etwas beeilen, wenn er pünktlich wieder in Eckwälden sein wollte.

* * *

»Hallo, Ronnie.«

Johanna wirkte unsicher, als ihr im Wohnzimmer ihr Bruder begegnete. Er saß auf der Couch und sah von seinem Buch auf. Neben ihm auf dem Polster lagen seine Kopfhörer, der CD-Spieler lief, aber die Lautsprecherboxen waren abgeschaltet. Ronnie musterte sie aufmerksam, aber sie konnte seine Miene nicht recht deuten. Hatte er mit angehört, wie sie und Hans vorhin in der Küche gestritten hatten? Hatte er überhaupt mitbekommen, dass Hans da gewesen war?

»Sag mal, Ronnie, hast du mein Handy gesehen?«

»Nö, wieso?«

»Ich hab das vorhin in der Küche auf dem Tisch liegen lassen, und als ich wieder aus dem Bad kam, war es weg.«

»Hast du wahrscheinlich verschlampert«, brummte Ronnie, vertiefte sich wieder in sein Buch und streifte sich die Kopfhörer über. »Wär ja nicht das erste Mal.«

Den letzten Satz hatte er etwas lauter gesprochen, vermutlich wummerten ihm die Bässe seiner aktuellen Lieblings-CD schon die Ohren voll.

Johanna sah sich kurz im Wohnzimmer um, streifte durch Flur, Bad und schließlich Küche, aber das Handy blieb verschwunden.

»Komisch«, dachte sie. »Ich dachte, ich hätte es auf dem Küchentisch liegen lassen.«

Dann zuckte sie mit den Schultern: Ronnie hat ja recht, ich verlege es immer wieder einmal, genauso wie meine Schlüssel oder meine Handtasche. Außerdem war mit Hans auch alles Nötige besprochen. Sie ging ins Schlafzimmer und begann, sich für den Abend frische Kleider aus dem Schrank zu holen.

* * *

Das Telefon drückte gegen seinen Schnauzbart, und die Enden der Barthaare kitzelten ihn leicht am Kinn, aber das störte ihn im Moment kein bisschen.

»Es geht los«, sagte er, ohne sich mit Namen zu melden. »Wir haben noch eine Dreiviertelstunde.«

»Alles klar«, antwortete der Mann am anderen Ende. »Liegt schon alles bereit, ich bring's gleich raus und komm danach bei dir vorbei.«

»Gibst du den anderen Bescheid?«

»Natürlich, die Telefonkette haben wir ja verabredet, ich ruf gleich an.«

Das Gespräch wurde beendet, und der Mann mit dem Schnauzer legte das Mobilteil in die Ladeschale. Etwas mulmig war ihm zumute. Zum einen wusste er nicht, wie sehr auf die anderen in einer solchen Situation Verlass war – und zum anderen würde es nur klappen, wenn sie den Mann schnell überrumpelten und er so nah am Ortsrand nicht mehr laut genug um Hilfe rufen konnte. Und schließlich …

»Was muss, das muss«, murmelte er dann und riss sich aus seinen Gedanken. Jetzt war nicht die Zeit für Unsicherheiten und Grübeleien, jetzt war die Zeit zum Handeln.

Er nahm sich eine grobe Arbeitsjacke vom Haken, schlüpfte in seine Gummistiefel, stapfte durch den Hinterausgang auf den Hof und setzte sich in der Scheune auf einen Strohballen, um auf die anderen zu warten.

* * *

Das Warten fiel ihm diesmal besonders schwer. Der Tag war nicht sehr angenehm verlaufen, und dem heutigen Treffen am Waldrand fieberte Heiderich noch mehr entgegen als sonst. Der Streit war ihm an die Nieren gegangen, und nun sollte wieder alles gut werden – er würde ihr auch alle Freiheit geben, die sie brauchte. Er hatte es schon mehrfach zu ihr gesagt, irgendwann musste sie ihm doch glauben.

Es war sicher ein Fehler gewesen, gleich nach Feierabend zu ihr rauszufahren und einfach an ihrer Tür zu klingeln. Er hatte damit den Heimlichkeiten ein Ende bereiten wollen –

aber er hatte unterschätzt, wie wichtig es Johanna war, ihre Beziehung noch nicht öffentlich zu machen. Nun aber würden sie sich wieder versöhnen – warum sonst hätte sie ihn kurz nach dem Streit auf dem Handy anrufen sollen? Warum sonst hätte sie ihn per SMS gleich danach sogar noch früher nach Eckwälden bitten sollen? Und warum sonst hätte sie vor fünfzehn, zwanzig Minuten mit dem üblichen Zeichen hinter dem geschlossenen Fenster reagieren sollen, als er mit seinem Wagen von Aichelberg kommend wieder unter ihrem Fenster gewartet hatte?

Nun stand der Wagen wie gewohnt in der Haltebucht, und immer wieder ging sein Blick zum Rückspiegel – aber sie kam nicht. Er stieg aus, ging ein Stück hin und ein Stück her, dann setzte er sich wieder in den Wagen und zog die Tür zu.

Wo sie nur blieb?

Dann, endlich, bemerkte er eine Bewegung. Jemand kam näher. Aber es war nicht Johanna.

Freitag, 23. September

»Heute bist du aber früh dran«, sagte Thomas Bruch und rieb sich die Schläfen. Sie hatten gestern schon wieder gekartelt, und es war später geworden, als ihm in seinem Alter guttat.

»Ich brauche deine Hilfe«, sagte Stefan Lindner und machte Anstalten, eine bestimmte Seite in seinem Nachschlagewerk aufzublättern.

»Lass dieses Ding bloß zu, ich warne dich!«, zischte Bruch.

»Was hast du denn?«

»Kopfweh, Stefan. Ich habe tierisch Kopfweh, aber du brauchst nicht in deinem Buch nachzuschlagen – ich weiß, warum mein Schädel brummt.«

»Wegen gestern Abend?«

Bruch nickte vorsichtig, um seine Kopfschmerzen nicht noch zu verschlimmern.

»Komisch, mir geht's eigentlich ganz gut.«

»Klar geht's dir gut, Stefan. Du hast eine Konstitution wie ein Ochse, du bist durch und durch fit und gesund – deshalb wurmt es mich ja, dass du hier ständig mit eingebildeten Krankheiten aufkreuzt.«

»Aber …«

»Sag nichts, bitte!«

Stumm saßen sie sich ein paar Minuten gegenüber, dann klingelte das Telefon.

»Ja?«, fragte Bruch knapp in den Hörer.

Lindner beobachtete seinen Schulfreund aufmerksam, dessen Miene von genervt zu bestürzt wechselte. Schließlich sprang er auf, griff nach seiner Tasche und eilte zur Tür hinaus.

»Und ich?«, rief ihm Lindner hinterher. »Was ist mit mir?«

Er stand auf, ging zur Tür und sah Bruch gerade noch nach draußen verschwinden.

»He, du sollst mir helfen, Thomas!«

Die Tür zur Praxis wurde wieder aufgerissen: Bruch stand da und hielt die Autoschlüssel hoch.

»Du fährst, Stefan. Ich fass jetzt lieber noch kein Lenkrad an.«

»Was?«

»Jetzt beeil dich doch, wir müssen raus zum Unteren Teufelslochweg. Du fährst, los geht's!«

Lindner zögerte noch kurz.

»Meinetwegen kannst du mir unterwegs auch vorheulen, wie krank du bist – aber leise, bitte!«

Damit ging er wieder hinaus, Lindner folgte ihm, und Lisa Rummele versuchte, sich das Lachen zu verkneifen, bis die Tür hinter ihm ins Schloss gefallen war.

* * *

Lindner kam mit dem sperrigen SUV des Arztes nicht besonders gut zurecht, aber schließlich hatten sie doch den Unteren Teufelslochweg erreicht. In der Haltebucht, die sich nach dem Ortsende rechts in dichtes Gebüsch drückte, stand ein schwarzer Kombi mit auswärtigem Kennzeichen. Männer in weißen Ganzkörperanzügen machten sich an ihm zu schaffen. Lindner stutzte: Er wusste inzwischen, dass Bruch zu einem Toten gerufen worden war – doch sein Freund hatte ihm nicht gesagt, dass auch die Kriminaltechniker vor Ort waren.

»Mord?«, fragte er knapp, als er langsam an dem Kombi vorbeifuhr und dem Winken eines uniformierten Beamten folgte, der sie weiter hinauf schickte.

Bruch zuckte mit den Schultern und sah besorgt zum Seitenfenster hinaus – Lindner fuhr den Asphaltweg bergan und rutschte dabei zwei-, dreimal von der Fahrbahn auf den Wiesenstreifen daneben.

»Und jetzt?«

Lindner war an der Gabelung stehengeblieben und sah nach links den Höhenweg entlang, der oberhalb von Eckwälden durch die Wiesen verlief.

»Dort müssen wir lang, Stefan.«

Bruch hatte zur anderen Seite hingesehen, ein weiterer Uniformierter kam ihnen dort zu Fuß entgegen. Lindner lenkte nach rechts und holperte an dem Beamten vorbei und den nur noch mit Kies aufgeschütteten Feldweg entlang.

Ein Stück vor dem Waldrand parkten mehrere Fahrzeuge hintereinander auf dem Weg. Sie parkten am Ende der Schlange, stiegen aus und passierten einen fast mannshohen Holzstapel, der an der Oberseite mit einer grünen Plane notdürftig gegen Regen geschützt war.

Ein paar Meter dahinter stand eine Gruppe beisammen, die sich angeregt unterhielt. Als sie näher kamen, drehte sich ein Mann in den Fünfzigern zu ihnen um: Fritz Aichele, Leiter des Polizeipostens Bad Boll.

»Fritz«, sagte Bruch und nickte dem Beamten knapp zu.

»Ah, der Doktor kommt«, sagte Aichele und musterte dann Lindner mit einer Mischung aus gutmütigem Spott und Überraschung. »Und der Kollege auch gleich.«

»Kollege?«

Einer der anderen Männer war herumgefahren und sah verblüfft Lindner auf sich zukommen.

»Ah, da schau her – hoher Besuch vom LKA.«

Kriminalhauptkommissar Wolfgang Roeder hatte seine Ausbildung und auch die ersten Berufsjahre in der Polizeidirektion Göppingen zusammen mit Lindner absolviert. Und so ätzend, wie er seinen Kollegen nun begrüßte, hatte er es wohl noch immer nicht verwunden, dass Lindner es erst zur Kripo nach Stuttgart und zuletzt auch ins Landeskriminalamt geschafft hatte. Zumindest beinahe.

In Stuttgart hatte Lindner für die Kripo so gute Arbeit geleistet, dass ihn Hans-Dieter Kortz, ein befreundeter LKA-Beamter, ansprach und ihm riet, sich doch mal zu bewerben. Was der Kollege von den Aufgaben im Landeskriminalamt erzählte, klang spannend – und als er sich vorstellte, war bald klar, dass die Bewerbung mehr oder weniger Formsache war. Dann stand die letzte Fortbildung an, und er nahm teil, obwohl der Termin nicht besonders gut zu den Urlaubsplanungen der Kripo-Kollegen passte.

Gegen Ende der Fortbildung wurde ein Toter in der S-Bahn von Schorndorf nach Stuttgart gefunden, und Kriminalhauptkommissar Anton Kieber musste den Fall übernehmen – zwei Tage, bevor er in Pension gehen sollte. Doch so weit kam es nie: Kieber wurde tot in einem Güterwaggon aufgefunden, ermordet von einem Mann, den er Jahre zuvor hinter Gitter gebracht hatte.

Der Mörder wurde einen Tag später ebenfalls tot aufgefunden. Er hatte die Giftspritze noch in der Armbeuge und einen Abschiedsbrief bei sich, in dem er noch einmal beteuerte, vor Jahren unschuldig gewesen zu sein. Er habe damals seine Verlobte nicht umgebracht – aber nun aus Rache Kieber. Die Obduktion des Toten ergab, dass er unheilbar krank gewesen war und nicht mehr lange gelebt hätte.

Als der Fall abgeschlossen wurde, war klar: Kieber war in eine Falle gelockt worden, und vor dem Hass seines Mörders hätte ihn vermutlich nichts schützen können. Aller Wahrscheinlichkeit nach wäre Kieber auch im Ruhestand nicht aus der Schusslinie gewesen. Aber trotzdem – Lindner kam nicht mit Kiebers Tod zurecht, und das gleich aus zwei Gründen.

Zum einen wurde er den Gedanken nicht los, dass Kieber den Fall nicht übernommen hätte, wenn er verfügbar gewesen wäre. Jeder Kollege bemühte sich, ihm klar zu machen, dass das Kieber letztlich nicht gerettet hätte – aber wie es halt manchmal mit fixen Ideen so ist: Sie haften an einem wie die Kletten.

Und zum anderen hatte er in all den Jahren seinen Beruf zum Teil auch als anspruchsvolle Denksportaufgabe empfunden. Er rätselte gern, kombinierte, knüpfte Verbindungen zwischen Antworten und Indizien, zwischen Hinweisen und dem Verhalten der Befragten. Und er tat das deshalb so erfolgreich, weil er keine Gefühle investierte. Weil er unparteiischer und vor allem nicht betroffener Beobachter des Ganzen war. Doch jetzt war sein Kollege im Verlauf einer Ermittlung gestorben – persönlicher konnte ein Fall für einen Kommissar wohl nicht werden. Der Tod Kiebers hatte ihn der Illusion beraubt, er stehe stets verlässlich außerhalb des Geschehens und könne in Ruhe seiner Arbeit nachgehen, ohne als Mensch mit Gefühlen, Zweifeln und Ängsten auch selbst hineingezogen zu werden.

Irgendwann hatte ihn sein Vorgesetzter zu sich gerufen. Er hatte ihm Hilfe angeboten und sie ihm dann, als Lindner ablehnte, verordnet. Der Psychologe musste sich nicht oft mit ihm treffen, um eine klare Diagnose zu stellen: Lindner war bis auf Weiteres nicht in der Lage, seinem Beruf als Ermittler der Stuttgarter Kripo oder des Landeskriminalamts nachzugehen.

Lindner traf sich mit Kortz, der ihn beruhigte und ihm versicherte, er könne sich ruhig erst einmal alle nötige Zeit nehmen für die Erholung, die er brauche – das LKA werde ihn auf jeden Fall mal aufnehmen, er hatte ja alle nötigen Unterlagen beisammen. Aber er solle sich erst einmal vorübergehend außer Dienst stellen lassen, bis er seine Schwierigkeiten im Griff hatte. Und wenn es denn sein müsse, wäre auch eine längere Pause kein Problem. Schließlich fügte sich Lindner, packte seine Siebensachen und fuhr zu seiner Mutter nach Bad Boll, um seine Gedanken zu ordnen und wieder auf die Beine zu kommen.

Das klappte bisher mehr schlecht als recht. Er fühlte sich ganz wohl in der vertrauten Umgebung, aber seine neu erwachte Aufmerksamkeit gegenüber den Befindlichkeiten und Symptomen seines Körpers machten inzwischen nicht nur ihm selber, sondern auch seiner Umgebung leidlich zu schaffen.

Allerdings war er nicht auf Roeders offene Feindseligkeit gefasst. Dieser herrschte ihn mit nur schlecht unterdrückter Ablehnung an: »Und, Stefan, was machst du hier?«

»Ich … ich habe nur Thomas gefahren.«

»Wieso fährt er denn nicht selbst?«

Roeder musterte den Arzt misstrauisch, und Thomas wandte sich eilig dem Toten zu, der vor ihm auf der Wiese lag – nicht, dass Roeder aus seinem übermüdeten Aussehen und den leicht rot unterlaufenen Augen noch die richtigen Schlüsse zog! Roeder konnte unangenehm werden, wenn er meinte, jemanden tadeln oder für ein Fehlverhalten zur Rechenschaft ziehen zu müssen. Und ein vom Vorabend noch leicht mitgenommener Mediziner wäre für ihn auf jeden Fall ein Grund, auf den Putz zu hauen – Thomas hatte wirklich keine Lust, sich seine Reputation auf diese Weise beschädigen zu lassen.

»Ach«, sagte Lindner schnell, weil ihm nichts Besseres einfiel, »der Thomas hat sich irgendwie den linken Fuß verstaucht – und Automatik hat er ja nicht im Wagen. Da bin ich halt eingesprungen. Ich war eh grad bei ihm.«

Roeder sah mit hochgezogenen Augenbrauen zwischen Lindner und dem Rücken von Bruch, der sich nun noch tiefer nach vorn beugte, hin und her. Aichele zwinkerte Lindner kurz zu – er war gestern Abend Teil der Kartenrunde gewesen und konnte sich gut vorstellen, was dem Arzt an diesem Morgen noch zu schaffen machte.

Brummend wandte sich Roeder wieder ab, und Lindner ließ seinen Blick kurz über die anderen Anwesenden streifen. Ein jüngerer Mann hielt sich direkt neben Roeder und verfolgte alles aufmerksam, was er sagte – vermutlich Roeders Assistent und mit seiner offensichtlichen Ergebenheit auf jeden Fall der richtige Mann für diesen Job. Etwas abseits stand eine Frau, die Lindner auf Anfang vierzig taxierte – sie sah ab und zu leicht genervt zu dem Gespann, nickte Lindner grüßend zu und konzentrierte sich ansonsten auf den Toten. Wenn das eine Kollegin von der Kripo in Göppingen war, stand sie Roeder vermutlich nicht besonders nahe. Das machte sie Lindner gleich sympathisch.

Dazwischen stand ein etwas kleinerer Mann mit Halbglatze. Dem Geplänkel zwischen Lindner und Roeder hatte er leicht amüsiert zugehört, und zwischendurch zeigte er Bruch die Leiche, die schon auf Spuren abgesucht worden war, und gab seinen Leuten mit knappen Worten und deutlichen Gesten ständig Anweisungen. Schließlich kam er zu Lindner und streckte ihm die Hand hin.

»Ich bin Roland Schopf, der Chef der Kriminaltechnik. Sind Sie ein Kollege von der Kripo?«

»Nicht direkt«, sagte Lindner. »Ich war früher mal in Göppingen, danach einige Jahre in Stuttgart, und inzwischen … na ja: Ich bin derzeit außer Dienst, aber das LKA führt mich als einen seiner Beamten.«

Er zuckte mit den Schultern und war froh, dass Schopf, nachdem er kurz überrascht dreingeschaut hatte, nicht weiterbohrte.

»Roeder mag Sie nicht, was?«, raunte er ihm nach einer kleinen Pause zu.

»Ach, merkt man das?«, grinste Lindner. »Aber wenn es Sie beruhigt: Ich mag ihn auch nicht.«

Schopf verkniff sich ein breites Lächeln, Lindner schien mit seinen Gefühlen dem Kollegen gegenüber nicht allein zu sein.

»Wollen Sie sich den Toten trotzdem mal anschauen? Ich meine: obwohl Sie außer Dienst sind?«

»Ich weiß nicht recht ...«

»Mich stört's nicht, und Roeder ... na ja.« Er beugte sich ein wenig zu Lindner hin. »Den stört ohnehin alles.«

»Vielleicht sollte ich es lieber lassen. Schließlich gehöre ich nicht zum Team.«

»Ach was, halten Sie sich nur an den Weg zwischen dem Trassenband. Da sind wir schon fertig.«

Lindner zögerte noch kurz, dann ging er den beschriebenen Pfad entlang die letzten paar Schritte bis zu dem Toten. Er hatte eigentlich keine große Lust auf eine Leiche, aber wo er nun schon mal hier war ...

Der Tote war ein Mann mittleren Alters, eher bieder gekleidet, und lag verrenkt auf der Wiese. Er hatte Platzwunden am Kopf und wirkte zerschunden, seine Kleider waren schmutzig, und überall um ihn herum lagen Mostäpfel, die offenbar noch nicht ganz reif waren.

Gerade wollte sich Lindner direkt neben den Toten knien, wie es seit Jahren seine Angewohnheit war, da hörte er schon Roeders Stimme hinter sich.

»Muss das sein, Stefan?«

Der Ton war recht scharf, und Lindner versteifte sich kurz. Er hatte gute Lust, seinem alten Tischnachbarn mit einer heftigen Antwort über den Mund zu fahren, aber dann richtete er sich doch nur langsam auf, wandte sich ab, lächelte dem kopfschüttelnd zu ihm sehenden Schopf bedauernd zu und stapfte ohne einen Blick auf Roeder zurück zu Bruchs Wagen. Er setzte sich hinter das Steuer und wartete.

Nach einer Weile kam auch Bruch, zog die Tür auf, schlüpfte mit einem Schwall kalter Luft in den Wagen, stellte seine Tasche zwischen die Beine und schnallte sich an.

»Du hast was vergessen«, sagte Lindner und sah weiter geradeaus.

»Vergessen?« Bruch deutete auf den Fußraum. »Meine Tasche ist hier, da ist alles drin.«

»Du hast das Humpeln vergessen.«

»Welches Humpeln?«

»Du hast dir doch den Fuß verstaucht.«

»Ich hab …? Ach so, stimmt.« Er grinste. »Danke, übrigens.«

»Keine Ursache. Ich mag Roeder nicht, er ist ein intrigantes Arschloch. Und er ist nachtragend, sehr nachtragend. Mir ist mal ein blöder Fehler passiert, und er hat es mitbekommen – das musste ich mir bei Treffen mit den alten Kollegen noch anhören, als ich schon in Stuttgart war. Da muss er nun wirklich nicht wissen, dass du heute früh noch nicht so fit bist wie üblich.«

Lindner bugsierte den Wagen umständlich hin und her, bis er endlich gewendet hatte, dann rollte er den Weg zurück wieder auf Eckwälden zu.

»Der ist neidisch auf dich, oder?«, sagte Bruch, als sie den kurz vor dem Ortsrand parkenden Kombi passierten.

»Wahrscheinlich.«

Sie fuhren bis vor Bruchs Praxis, und Lindner ließ den Wagen auf dem Parkplatz neben dem Eingang ausrollen.

»Dabei hat er im Moment nun wirklich keinen Grund, auf mich neidisch zu sein.«

Bruch sah ihn an, dann legte er wortlos eine Hand auf seinen Arm.

»Kaffee?«, fragte er schließlich, und Lindner nahm dankend an.

* * *

Ronnie hockte still in seinem Versteck und beobachtete die Leute drunten auf der Wiese. Ein größerer Wagen hatte nur recht kurz auf dem Feldweg gestanden und war dann wieder zurück ins Dorf gefahren. Nun kam ein knallroter Flitzer über den Weg herangerumpelt und blieb am Ende der Schlange stehen. Ein Mann in einem schicken Anzug stieg aus und ging auf die anderen zu. Er wurde von manchen freudig, von anderen eher reserviert begrüßt – dann schien er sich aufs Laufende bringen zu lassen.

Von seinem Platz aus konnte Ronnie den Toten, der schon seit gestern Abend auf der Wiese lag, im Moment nicht mehr sehen – zwei Männer aus der Gruppe, die den Mann musterten und untersuchten, standen ihm im Blick. Aber das war egal: Er hatte genug gesehen. Gestern Abend schon, und heute auch.

Ganz vorsichtig streckte er ein Bein aus, dann das nächste, und er genoss es, wie es nun zu kribbeln begann. Er wartete, bis das Kribbeln nachgelassen hatte, dann erhob er sich halb und schlüpfte rückwärts aus seinem Versteck.

Als er sich endlich ganz aufrichten konnte, war er schon ein paar Schritte vom Waldrand entfernt, und an seinem aus Ästen aufgeschichteten geheimen Lager vorbei konnte er noch immer zwischen den Bäumen zu der Wiese hinuntersehen. Er sah den Weg mit den abgestellten Autos, er sah den Holzstapel mit der Abdeckplane, und er sah die Oberkörper und Köpfe der Männer und Frauen, die den dort unten liegenden Mann umringten.

Ronnie sah sich nach allen Seiten um, dann huschte er durch den Wald davon.

* * *

Der Milchkaffee tat gut. Bruch war nach einer halben Tasse wieder auf dem Damm, und Lindner vertrieb der vollmundige Geschmack die unangenehmen Erinnerungen an den Zusammenstoß mit Roeder.

»Hast du den Toten erkannt?«, fragte Lindner.

»Nein, der war nicht von hier, so viel ist sicher.«

»Ein Kurgast vielleicht, oder ein Besucher eines Seminars drüben in der Akademie?«

Bruch zuckte mit den Schultern.

»Sein Wagen hatte jedenfalls eine Esslinger Nummer«, sagte Lindner nach einer kurzen Pause.

»Woher weißt du das?«

»Na, ich nehme an, der Kombi in der Haltebucht am Ortsrand war seiner. Das vermutet wohl auch die Kripo, sonst hätten sie dort kaum nach Spuren gesucht. Und die Nummer des Kombi begann mit ›ES-HH‹.«

Bruch dachte kurz nach, dann nickte er.

»Wahrscheinlich liegt die Kripo damit auch richtig – sonst war kein Auto zu sehen. Aber er könnte auch zu Fuß durch den Wald gekommen sein, und das Auto steht da, ohne etwas mit dem Toten zu tun zu haben.«

»Dann hätte er von Gruibingen kommen können, zum Beispiel.«

»Oder er ist einen Rundweg gegangen, von der Akademie herüber, und wollte wieder zurück.«

»Und dann wird er ausgerechnet dort hinten am Waldrand ermordet? Ist ja kein schlechtes Plätzchen für einen Mord, schön abgelegen und so – aber wenn er aus dem Wald gekommen wäre, wäre er auf seinem Weg schon an einigen viel besser geeigneten Plätze vorbeigekommen. Und dass er getötet wurde, weil er zufällig am falschen Ort zur falschen Zeit war … hm … tja, könnte auch sein.«

Lindner dachte nach.

»Sah aus, als sei er erschlagen worden. Was meinst du, Thomas: Woran ist er gestorben?«

»Hm«, machte Bruch und nahm noch einen Schluck. »Das ist zwar nicht mein Job, und der Rechtsmediziner kommt noch – aber ich würde auf die Äpfel tippen.«

»Wie: auf die Äpfel?«

»Du hast doch gesehen, dass überall um den Toten herum Mostäpfel lagen, oder?«

»Klar. Und?«

»Die sind um diese Zeit noch ziemlich hart, und sie würden jetzt vermutlich noch nicht in so großer Zahl einfach vom Baum fallen. Außerdem stand der nächste Apfelbaum ein Stück entfernt von der Stelle, an der der Tote lag. Wenn ich mir dann noch vor Augen halte, dass er überall an den Kleidern Schmutzflecken und überall an Kopf und Armen Hämatome hatte ...«

Lindner dachte kurz nach.

»Und du glaubst, all das ist ihm mit diesen Mostäpfeln zugefügt worden?«

Bruch nickte und nahm noch einen Schluck. Lindner schwieg und überlegte.

»Aber dann wäre der Mann ja ...«

Lindner suchte nach dem richtigen Wort.

»... *gesteinigt* worden?«

»Sieht für mich ganz so aus«, sagte Bruch, dann grinste er. »Da bekommt der Begriff ›Steinobst‹ ja gleich noch einmal eine andere Bedeutung, was?«

»Äpfel sind Kernobst, kein Steinobst«, versetzte Lindner mürrisch. Der schwarze Humor seines alten Freundes war nicht sonderlich nach seinem Geschmack.

»Klugscheißer«, brummte Bruch und trank seinen Kaffee aus. »Willst du noch einen?«

Lindner schüttelte den Kopf und stierte nachdenklich vor sich auf den Boden.

»Na, ermittelst du schon wieder?«, fragte Bruch, der sich inzwischen noch einen Cappuccino gemacht hatte.

Lindner sah hoch und schien sich besinnen zu müssen, wo er sich befand.

»Was?«

»Ermittelst du schon wieder?«

Lindner atmete tief ein und blies die Luft laut aus.

»Hm ... Lieber nicht, Thomas. Ich will im Moment nichts mit Toten zu tun haben. Und schon gar nichts mit irgendwelchen Mordfällen. Außerdem bin ich nicht zuständig. Und Roeder, mein früherer Kollege aus Göppingen, hat ja ziemlich deutlich gemacht, wie dringend er mich in seiner Nähe haben will.«

Lindner kaute auf der Unterlippe.

»Also: Nein, Thomas, ich ermittle nicht. Und das hab ich auch nicht vor.«

Bruch sah ihn über die dampfende Tasse hinweg an und schmunzelte ein wenig.

»Außerdem habe ich im Moment ganz andere Sorgen, und deshalb bin ich eigentlich hier: Ich habe da hinten« – er deutete auf eine Stelle in seinem Nacken – »ein Ziehen. Und ich hab mal nachgesehen, worauf das hindeuten könnte. Das könnte …«

»Halt jetzt bloß die Luft an!«, stoppte ihn Bruch. Von einem Schmunzeln war nichts mehr zu sehen. Ruckartig stand der Arzt auf, stellte seine Tasse weg und schob sich hinter seinen Schreibtisch. »Ich muss jetzt auch wieder, Stefan.«

»Aber ich …«

Lindner deutete noch einmal auf seinen Nacken.

Bruch beugte sich vor und drückte einen Knopf auf seiner Sprechanlage: »Lisa, kommen Sie bitte kurz?«

Einen Moment später stand Lisa Rummele in der Tür.

»Lisa wird dich rausbringen. Wenn's dir so schlecht geht, willst du dich sicher jetzt daheim ausruhen. Dann kannst du dir ja auch gleich überlegen, woran du morgen leiden wirst.«

Lindner öffnete den Mund, um zu protestieren, aber Bruch hob nur kurz warnend den Zeigefinger. Also blieb er ruhig, stand auf und folgte Lisa nach draußen.

»Ach, und danke fürs Fahren, Stefan!«, hörte er Bruch noch rufen. »Und für den verstauchten Fuß!«

Dann drückte Lisa Rummele, die sich nun doch einen fragenden Blick nicht verkneifen konnte, die Eingangstür hinter ihm zu.

* * *

Lindner holte einen Laib Brot aus der Speisekammer, schnitt freihändig eine dicke Scheibe ab, nahm sich ein Stück Rauchfleisch und setzte sich an den Esstisch.

Seine Mutter hatte wieder einen ihrer Zettel auf dem Tisch hinterlassen, beschwert von einem selten hässlichen Apfelmännle: Mit Holzspießchen waren schrundige Mostäpfel so miteinander verbunden worden, dass das Gebilde mit viel Fantasie als Männchen erkannt werden konnte. Zwei größere Äpfel bildeten den Leib, ein kleiner den Kopf, und auf zwei weiteren kleinen Äpfelchen stand die Figur mehr schlecht als recht. Lindner tippte das Gebilde an, das Männle kippelte kurz und fiel dann nach hinten um.

»Hot mir oiner gschenkt«, stand auf Mutters Zettel. »Woiß it, wer. Schee, gell?«

Lindner schüttelte sich und biss in die Brotscheibe. Kauend musterte er das liegende Apfelmännle, stellte es wieder auf und schnippte es wieder um.

»Unglaublich, was für einen Kruscht die Leute verschenken«, ging es ihm durch den Kopf. Dann vesperte er fertig, räumte den Tisch leer, stellte das Apfelmännle vorsichtig wieder auf den Zettel und ging in sein Zimmer hinüber.

Halb eins war eine gute Tageszeit für ein Mittagsschläfchen. Seine Mutter würde wohl erst gegen Abend wieder nach Hause kommen, also würde es bis dahin auch nichts Gescheites zu essen geben. Da konnte er genauso gut den Nachmittag verschlafen. Irgendwie ging es ihm im Moment sowieso nicht so besonders – ob da wohl wieder etwas im Argen lag?

* * *

Johanna Tiedtmaier hatte sich den ganzen Nachmittag über im Haushalt beschäftigt, doch gegen siebzehn Uhr stieg wieder die Unruhe in ihr auf. Immer wieder ging sie zum Fenster und sah zu dem kleinen Sträßchen hinunter, das von Aichelberg herüberführte.

Aber nie sah sie sein Auto unten stehen, den alten Kombi, den er immer lachend als seinen Nobelschlitten angepriesen hatte und in dem sie ab und zu draußen in der Haltebucht gewartet hatten, bis der Regen vorüber war. Sie blieb eine Zeitlang am Fenster stehen, aber von Aichelberg kam kein Wagen, nur der alte Traktor eines Nachbarn tuckerte auf den Ortseingang zu, und sie trat einen Schritt zurück ins Zimmer, um von draußen nicht gesehen zu werden.

Gestern war er nicht mehr zurückgekommen, obwohl sie sich für den Abend verabredet hatten. Schon kurz vor dem verabredeten Termin um 19.30 Uhr hatte sie gespannt am Fenster gestanden und darauf gewartet, dass unten sein Wagen heranfahren würde.

Und weder gestern Abend noch heute hatte sie ihn zu Hause oder auf dem Handy erreichen können. Noch einmal nahm sie den Hörer auf, drückte die Wahlwiederholung und hörte nach kurzem Warten die Ansage seines Anrufbeantworters. Sie setzte sich auf die Couch, blätterte fahrig in der Fernsehzeitung, stand auf und ging ans Fenster.

Der Traktor war nur noch leise zu hören, und das kleine Sträßchen lag menschenleer vor ihr. Ob er ihr den Streit doch mehr übelnahm, als sie vermutete? Ob er gar kein Interesse mehr an einer Versöhnung hatte?

Johanna fröstelte, sie zog ihre dünne Strickjacke etwas enger um sich zusammen und verschränkte ihre Arme vor der Brust.

Sie hätte ihn nicht so brüsk zurückweisen dürfen.

Unruhig ging sie im Zimmer auf und ab, sah zum Fenster hinaus, durchquerte wieder das Zimmer. Da klingelte es an der Tür. Johanna erschrak – hatte sie ihm nicht deutlich gemacht, dass er nicht zu ihr kommen sollte? Und wie sollte sie ihm das jetzt noch einmal sagen, wo jedes harte Wort das Ende ihrer Beziehung bedeuten konnte?

Sie kaute auf ihrer Unterlippe, und als es zum zweiten Mal klingelte, ging sie schweren Herzens zur Tür und öffnete.

Vor ihr standen zwei Männer, die sie nicht kannte.

* * *

Johanna Tiedtmaier bat die beiden Kripobeamten ins Wohnzimmer und stellte drei Gläser und eine Flasche Mineralwasser vor ihnen auf den Tisch.

»Danke«, sagte der Ältere, der sich als Kriminalhauptkommissar Wolfgang Roeder ausgewiesen hatte.

»Vielen Dank«, sagte der Jüngere, ein Kommissar namens Harald Miller.

»Und wie kann ich Ihnen helfen?«, fragte sie die beiden.

»Wir wollten Sie fragen, ob Sie einen gewissen Hansgeorg Heiderich kannten«, fragte Roeder geradeheraus. Er hatte noch nie viel übrig gehabt für ein dezenteres Vorgehen, und er hielt sich viel dafür zugute, dass er sofort auf den Punkt kam – und mit seinen nicht selten rücksichtslosen Äußerungen immer wieder Reaktionen provozierte, die ihn in seinen Ermittlungen voranbrachten.

»Natürlich kenne ich …«

Sie stutzte.

»Sagten Sie gerade: ob ich ihn gekannt habe?«

Roeder nickte und musterte sie. Alles Blut schien aus ihrem Gesicht zu weichen, die Augen wurden groß, und mit fahrigen Bewegungen schnappte sie sich die Sprudelflasche, schenkte sich das Glas halb voll, verschüttete dabei reichlich, und setzte das Glas mit nun bereits zitternden Händen an die Lippen. Dort beließ sie es, trank nichts, stellte das Glas wieder auf den Tisch.

»Was ist mit ihm?«, fragte sie dann mit tonloser Stimme.

Roeder schwieg noch einen Moment.

»Ein Unfall?«

»Nein, Frau Tiedtmaier, kein Unfall.«

»Aber was …?«

Allmählich schien sie zu begreifen, warum die Kriminalpolizei zu ihr gekommen war und nicht ein Beamter vom Streifendienst. Sie griff wieder nach dem Glas, trank es leer und setzte es hart auf die Tischplatte.

»Was genau ist passiert?«

Roeder ließ erneut eine kleine Pause.

»Das erzähle ich Ihnen gleich, aber zunächst muss ich wissen, in welchem Verhältnis Sie zu Herrn Heiderich standen.«

»Verhältnis?«

Sie lächelte matt.

»Wir waren befreundet. Eng befreundet.«

Roeder nickte.

»Und wann haben Sie Herrn Heiderich zuletzt gesehen?«

»Gestern.«

Die Erinnerung an den Streit hier im Haus kam wieder in ihr hoch, und sie musste sich zwingen, ruhig am Wohnzimmertisch sitzen zu bleiben. Sie hätte gerne geschrien, wäre gerne rausgerannt, und inzwischen musste sie auch befürchten, sich jeden Moment übergeben zu müssen.

»Gestern also«, wiederholte Roeder. »Wann denn genau?«

»So gegen …« Sie dachte kurz nach. »Das war gegen vier Uhr nachmittags, so ungefähr – ich hab nicht auf die Uhr gesehen.«

Roeder sah sie stumm an, offenbar wartete er darauf, dass sie weiterredete.

»Er war nach der Arbeit zu mir gekommen, wir saßen zusammen drüben in der Küche. Und nach etwa einer Viertelstunde ging er wieder.«

»Was wollte er denn hier?«

»Das hab ich ihn auch …« Johanna unterbrach sich, dann fuhr sie fort: »Er wollte mir einen überraschenden Besuch abstatten.«

»Und? Hat er Sie überrascht?«

»Ja.«

»Weil er an diesem Tag eigentlich nicht zu Ihnen kommen wollte – oder weil er generell nicht hierherkam?«

Johanna fixierte den Kommissar und fragte sich, wie viel er von ihr und Hansgeorg Heiderich schon wusste.

»Wie kommen Sie eigentlich auf mich? Und vor allem: Was ist denn nun mit Hans passiert?«

»Er ist tot«, sagte Roeder lakonisch.

Sie musterte ihn, als habe sie Angst, was nun noch kommen konnte.

»Er wurde ermordet.«

Johanna schlug sich vor Schreck die flache Hand vor den Mund.

»Draußen am Waldrand«, fuhr Roeder ungerührt fort. »Vielleicht kennen Sie die Stelle ja: Er lag auf der Wiese, direkt neben einem großen Holzstapel.«

Sie wurde weiß wie eine Wand, langsam ließ sie ihre Hand sinken, der Mund schloss sich und sie schluckte mehrmals.

»Ermordet ...«, brachte sie schließlich hervor. »Dort draußen?«

Roeder nickte und beobachtete sie weiter.

»Haben Sie sich normalerweise dort draußen getroffen?«, versuchte er einen Schuss ins Blaue.

Johanna nickte langsam, ihre Augen füllten sich mit Tränen.

»Sein Wagen stand in der Haltebucht am Ortsrand.«

Johanna nickte wieder, dann senkte sich ihr Blick auf den Tisch.

»Ich habe ihn nicht kommen sehen.«

»Haben Sie denn auf ihn gewartet?«

»Ja, natürlich, wie üblich.«

»Und wann war die übliche Zeit?«

»Wir hatten uns für halb acht verabredet, also abends halb acht.«

»Und er kam nicht?«

»Nein. Auch danach nicht, ich habe immer wieder rausgesehen zum Fenster.«

»Zu welchem Fenster?«

»Das Fenster dort drüben geht zu der kleinen Straße hinaus, die von Aichelberg herüberführt. Da ist er immer langgefahren, hat unten gewartet, und ich habe ihm dann das Zeichen gegeben.«

»Welches Zeichen?«

Sie stand auf, ging zum Fenster und schwenkte den Vorhang ein wenig hin und her. Dann setzte sie sich wieder.

»Sie haben sich heimlich getroffen?«

Johanna nickte und wischte sich die Nase am Ärmel.

»Und warum?«

Johanna hob den Blick, dann fiel ihr die Frage wieder ein, auf die sie noch keine Antwort bekommen hatte.

»Wie sind Sie auf mich gekommen?«

Roeder ließ sie noch kurz zappeln, dann holte er sein Handy aus der Tasche und hielt es hoch.

»Über Ihre Handynummer wurde Herr Heiderich zuletzt angerufen.«

»Ja, klar, wir haben uns für den Abend verabredet. Dazu habe ich ihn auf dem Handy angerufen. Ich benutze eigentlich gar kein Festnetz mehr – vielleicht melde ich es mal ab, mal sehen. Wir stehen halt noch mit der alten Nummer im Telefonbuch.«

»Sie haben auf seinem Anrufbeantworter eine Art Entschuldigung hinterlassen, und er hat sie dann zurückgerufen.«

»Ja, wir …«

Roeder wartete.

»Wir hatten Streit. Ich wollte nicht, dass er hier ins Haus kommt, und er wollte keine Heimlichkeiten mehr.«

»Und für denselben Tag haben Sie sich dann wieder mit ihm verabredet?«

»Ja, wir hatten Streit, wie gesagt, und ich wollte mich wieder mit ihm versöhnen.«

»Draußen am Waldrand.«

»Ja, dort draußen. Er hat sein Auto immer in der Haltebucht abgestellt, dort habe ich ihn immer getroffen, und dann sind wir zum Waldrand spaziert.«

»Immer.«

»Na ja, fast immer.«

»Und gestern nicht?«

»Nein, er ist ja nicht gekommen.«
Johanna schluckte.
»Ich meine: Ich habe ihn ja nicht kommen sehen.«
»Haben Sie vielleicht einfach nur vergessen, dass Sie ihn nicht erst um halb acht, sondern schon um halb sieben zum Treffpunkt bestellt haben?«
»Wie bitte?«
»Kurz nach Ihrem Telefonat haben Sie Herrn Heiderich eine SMS geschickt, in der Sie das Treffen auf 18.30 Uhr vorverlegt haben – und er hat das kurz darauf ebenfalls per SMS bestätigt.«
Johanna sah ihn verblüfft an.
»Blödsinn!«, sagte sie dann. »Ich hab ihm keine SMS geschickt. Ich schicke grundsätzlich keine SMS – ich finde das dämlich, mit dem Daumen Texte zu tippen, die ich in einem Bruchteil der Zeit ebenso gut auf den Anrufbeantworter sprechen kann.«
»Die SMS wurde von Ihrem Handy aus verschickt, und die Antwort ging direkt danach ebenfalls an Ihr Handy.«
»Ich habe keine SMS verschickt – und ich habe nicht um halb sieben, sondern ab halb acht auf Hans gewartet. So, wie wir das vorher telefonisch verabredet hatten.«
»Sehen Sie einfach nach, die SMS müsste ja noch in Ihrem Speicher sein.«
»Geht nicht: Mein Handy ist verschwunden, seit gestern. Ich dachte, ich hätte es nach dem Telefonat mit Hans auf dem Küchentisch liegen lassen, aber als ich zurückkam, lag dort kein Handy. Ronnie meinte, ich habe es wohl verschlampt – das ist mir schon manchmal passiert.«
»Ronnie? Wer ist das?«
»Mein kleiner Bruder.«
»Und wo ist der jetzt?«
Sie sah auf die Uhr und dachte kurz nach.
»Vor einer halben Stunde ging die Disco los, da wird er heute wohl tanzen, bis ihm die Füße wegknicken.«
»In welcher Disco?«

»Im Heim drüben haben sie einen Kellerraum hergerichtet, und da dürfen die Jungs und Mädels einmal die Woche abtanzen. Einer der Betreuer legt auf, meistens so Achtziger-Jahre-Zeugs, aber den Kids gefällt's.«

Sie zuckte mit den Schultern.

»Welches Heim?«

Miller versuchte zu überhören, wie nervtötend sein Chef Frage um Frage in der immer gleichen knappen Art stellte.

»Das Institut vorne an der Dorfstraße.«

»Und Ihr Bruder ist dort … wie sagt man? Insasse?«

Johanna funkelte ihn mit plötzlich aufwallender Wut an.

»Das heißt nicht Insasse«, zischte sie. »Das ist ja kein Knast.«

»Entschuldigen Sie bitte«, sagte Roeder, und der bisher stumm neben ihm ausharrende Kollege Miller sah seinen Vorgesetzten verblüfft an – entschuldigt hatte sich Roeder noch nicht oft. Ein Blick auf Johanna Tiedtmaier machte ihm aber deutlich, dass sein Chef gerade noch den richtigen Weg eingeschlagen hatte: Diese Frau schien für ihren Bruder und dessen Ruf jederzeit die Krallen ausfahren zu können.

»Die Menschen, denen dort geholfen wird«, sagte Johanna schließlich halbwegs besänftigt, »werden von den Betreuern ›Seelenpflege-bedürftig‹ genannt – und ich finde, das trifft es gut.«

»Seelenpflege-bedürftig …«, echote Roeder. »Das heißt doch aber, Ihr Bruder ist … in gewisser Weise … nun ja: geistig behindert?«

Kurz verengten sich Johannas Augen zu Schlitzen, doch dann presste sie hervor: »Wenn Sie es so nennen wollen.«

»War Ronnie der Grund, warum Sie das Verhältnis …« Roeder korrigierte sich sofort: »… die Beziehung zu Herrn Heiderich geheim hielten?«

Johanna sah ihn an, in ihrer Miene schienen Trauer, Wut und Empörung gegeneinander anzukämpfen. Dann stand sie auf und ging ein paar Schritte auf den Flur zu.

»Herr Roeder, Herr …«

»Miller«, assistierte der Jüngere eifrig.

»Sie gehen jetzt bitte.«

Die beiden Männer standen auf, Roeder machte Anstalten, noch etwas zu fragen, aber Johanna schüttelte nur den Kopf und deutete mit einem Arm zum Flur hinaus. Roeder und Miller gingen voran und zur Haustür hinaus, Johanna drückte die Tür direkt hinter ihnen zu.

»Sehen Sie, Miller: Das war ein eindeutiges Ja«, sagte Roeder im Weggehen zu seinem Kollegen.

Samstag, 24. September

Die Haltebucht am Ortsrand von Eckwälden war am Morgen wieder frei. Lindner lenkte seinen Wagen ganz nah an die dichten Büsche und stellte den Motor ab. Kurz dachte er nach, dann ließ er die Fahrertür weit aufschwingen. Ein dumpfer Stoß und wütendes Schimpfen direkt neben sich ließ Lindner herumfahren: Ein morgendlicher Jogger war ihm in die Autotür gelaufen.

»Können Sie nicht aufpassen?«, polterte Lindner los, bevor ihm klar wurde, dass ja er hätte aufpassen müssen.

Doch als er sich gerade entschuldigen wollte, trippelte der andere auch schon ein paar Schritte zur Seite und rannte kopfschüttelnd weiter. Er hörte noch kurz, wie der Jogger vor sich hinbruddelte, irgendetwas von »Unverschämtheit« und »Nicht zu fassen« glaubte er zu verstehen, und der Mann rieb sich im Rennen die rechte Schulter.

Dann war er um die nächste Kurve verschwunden, und Lindner atmete auf. Auf Streit war er so früh am Tag noch gar nicht eingerichtet, also blieb er ein wenig sitzen, bis der Jogger genügend Vorsprung hatte und er ihm auf seinem Weg hinaus in Richtung Wald nicht noch einmal begegnen musste.

Er inspizierte kurz seine Fahrertür, aber anscheinend war zumindest dem Wagen nichts passiert. Er schloss die Tür zur Probe, öffnete sie und ließ sie auf- und zuschwingen, alles schien in Ordnung zu sein.

Dann begann es leicht zu nieseln, und Lindner schlug den Kragen seiner Jacke hoch. Er sah sich um, aber es war kein weiterer Sportler im Anmarsch. Er schloss den Wagen ab, stopfte die Hände in die Jackentaschen und marschierte los.

Kurz danach hatte er die Steigung hinauf zur Weggabelung erreicht, und bald darauf knirschte Kies unter seinen Schuhen. Der Jogger war nicht mehr zu sehen, und Lindner hielt in strammem Schritt auf die Stelle zu, an der gestern der Tote gelegen hatte.

Der Weg wurde links und rechts von einem Stacheldrahtzaun begrenzt. Auf den angrenzenden Wiesen, die in der warmen Jahreszeit als Weiden genutzt wurden, standen vereinzelt Obstbäume.

Nach rechts fiel das Gelände erst sanft und dann steil ab – unten, verdeckt zwischen den Bäumen, verlief der Teufelsklingenbach, dahinter zog sich der Wald wieder den Hang hinauf, oberhalb dessen die Autobahn verlief. Vereinzelt lagen große Äste am unteren Rand der Wiesen – ein Sturm hatte dort einem Baum stark zugesetzt, und den Grundstücksbesitzer hatte das Bruchholz bisher offenbar nicht gestört.

Nach links zogen sich die Wiesen sanft bis zum Waldrand hinauf, und Lindner erinnerte sich an eine Zeit, als er hier als Bub herumgestreift war – damals hatten noch keine Zäune den Weg versperrt, alle Wiesen und Wälder waren herrliche Spielplätze gewesen und hatten ihm und den anderen Kindern ein riesiges Feld für Abenteuer rund um Eckwälden, Boll und Sehningen eröffnet.

Heute verirrte sich kaum ein Kind und ganz sicher kein Jugendlicher mehr hierher – außer, wenn für die erste Liebe ein ruhiges Plätzchen gesucht wurde.

Lindner sah den Weg vor sich fast schnurgerade verlaufen, und der Blick zum Waldrand weckte wehmütige Erinnerungen in ihm. Er blieb stehen, atmete ein paar Mal tief ein und aus und setzte sich dann auf die Ruhebank, die links am Wegesrand stand.

Er ließ seinen Blick schweifen und hatte für einen Moment sogar den toten Kollegen im Güterzug und den toten Mann auf der Streuobstwiese vergessen. Dort hinten, etwa an der Stelle, an der sich seit einigen Jahren der Jägerstand etwas krumm gegen den Abhang stemmte, hatte er Chiara an dem Abend gesehen, den er lange nicht aus dem Kopf bekam.

Die hübsche Chiara war nett gewesen, als sie sich in Eckwälden zufällig über den Weg gelaufen waren. Sie hatte mit ihm gelacht und geplaudert, und als sie schließlich zum Ort hinauslief und sich dabei noch einmal winkend zu ihm umdrehte, hatte er das falsch verstanden. Er ging Chiara nach, folgte ihr in einigem Abstand, verlor sie ein-, zweimal aus den Augen und hatte, wenn er sie wieder vor sich auf den Waldrand zugehen sah, Angst, sie könne sein Herz hören, das ihm heftig und beinahe schmerzhaft bis zum Hals schlug.

Schließlich hatte er nur noch ihren Lockenschopf zwischen den Büschen vor den ersten Bäumen wippen sehen. Dann war Chiara verschwunden, und er eilte voller Vorfreude ebenfalls auf den Waldrand zu. Erhitzt und ziemlich nervös erreichte er das Gebüsch, wischte sich noch kurz die schweißnassen Handflächen an der Hose ab und ging dann ein paar Schritte in die Wiese hinein – um plötzlich wie vom Blitz getroffen stehen zu bleiben.

Vor sich sah er seinen Schulkameraden Christian Aichele und Chiara Moretti eng umschlungen. Sie küssten sich und wandten ihm dabei halb den Rücken zu – Lindner machte, dass er schleunigst zurück zum Weg gelangte, ohne von den beiden entdeckt zu werden. Für den Rückweg tappte er so leise wie möglich den Weg entlang, wurde allmählich schneller und erreichte die Weggabelung oberhalb von Eckwälden schließlich rennend und keuchend. Dort blieb er stehen, stützte sich mit beiden Händen auf den Oberschenkeln ab und versuchte, wieder zu Atem zu kommen. Als ihm einfiel, dass Chiara und Christian vermutlich auch auf diesem Weg zurück nach Eckwälden kommen würden, wo Chiaras Eltern ein kleines Häuschen bewohnten, marschierte er quer durch die Wiesen den Berg hinauf, schlug sich durch den Wald und erreichte schließlich klatschnass und abgekämpft die Gruibinger Straße, der er bis zum Bauernhof seiner Eltern folgte.

Dreiundzwanzig Jahre war das inzwischen her, aber Lindner spürte in Gedanken noch immer die nassgeschwitzten Kleider am Leib, konnte sich noch immer daran erinnern, wie lange das Stroh auf seiner Haut gejuckt hatte, in dem er sich in der Scheune stundenlang heulend wie ein Schlosshund vor den Fragen seiner Eltern versteckte. Und jedes Mal, wenn er seither die Stelle passierte, an der er Chiara und Christian miteinander gesehen hatte, spürte er einen Stich im Herzen – außer gestern, wo ihn die bange Aussicht auf einen Mord von allen anderen Gedanken ablenkte.

Der Mord …

Lindner stützte sich auf der nassen Sitzfläche ab, um sich von der schräg nach hinten geneigten Bank hochzuwuchten, und ging langsam weiter auf den Waldrand zu. Am Hintern und an den Oberschenkeln klebte die nass gewordene Hose ein wenig, und er zupfte umständlich am Stoff herum, bis es sich nicht mehr so unangenehm anfühlte.

Der Nieselregen hatte sich zu einem leichten Landregen verstärkt, und Lindner konnte vor dem Dunkel des Waldes sehen, wie der Wind den Regen immer wieder zur Seite blies. Ganz in Gedanken wegen des Toten auf der Wiese kümmerte er sich nicht weiter um das nasse Herbstwetter, und schließlich stapfte er hinter dem Holzstapel ein Stück weit in die Wiese hinein.

Der Boden war ein wenig aufgeweicht vom heutigen Regen und von den Schauern aus den vergangenen Tagen, und Lindner sank mit seinen Wanderschuhen etwas ein. Überall um sich herum sah er lange nicht gemähtes, niedergedrücktes Gras. Die Wiese war an dieser Stelle fast eben, und einige Schritte in Richtung auf den dahinter ansteigenden Hang erkannte er die Stelle wieder, an der gestern der Tote gelegen hatte.

Die nächsten Obstbäume standen etwas entfernt, es waren junge Bäume, die bisher nur wenig Obst trugen und mit ihren dünnen Stämmchen und der schon buschigen, aber noch niedrigen Laubkrone etwas mickrig aussahen vor dem Hintergrund der älteren Bäume, die sie in einiger Entfernung im Halbkreis umgaben.

Vor Lindner lagen noch einige kleine Mostäpfel auf dem Boden. Er bückte sich, hob zwei der Äpfel auf und steckte sie in die Jackentasche. Es war ruhig um ihn herum, auch der Regen ließ ein wenig nach, und Lindner stand stumm und still auf der Wiese und ließ seinen Blick über den Platz gleiten.

Die Äpfel konnten nicht von den Obstbäumen herübergekullert sein, dazu waren die Bäume viel zu weit entfernt und das Gras viel zu hoch. Ohnehin hing das meiste Obst noch unreif und hart an den Ästen. Lindner sah sich weiter um. Links vor ihm lagen einige Äpfel beisammen, auch schräg rechts von ihm gab es eine solche Ansammlung, und als er nach vorne stapfte und den Boden weiter absuchte, fielen ihm noch weitere Stellen auf, an denen mehr Obst beisammen lag als anderswo.

Er ging hin und her. Das Gras war zu lang, zu alt und zu verfilzt, um sich nach den Schritten der Kriminaltechniker seit gestern wieder aufgerichtet zu haben. Konkrete Fußspuren konnte er in dem weiträumig niedergetrampelten Gras natürlich nicht entdecken, aber die Äpfel … Schließlich musterte er reihum noch einmal alle Stellen, an denen mehr Obst beisammen lag, und dann trat er in die Mitte eines unregelmäßigen Kreises von etwa fünf oder sechs Metern Durchmesser. Seine äußere Linie war die gedachte Verbindung jener Stellen, an denen sich die liegenden Äpfel etwas häuften – und den Mittelpunkt bildete der Fundort des Toten.

Fast eine halbe Stunde lang stand Lindner auf diesem Fleck. Er rief sich das Bild der auf der Wiese liegenden Leiche vor Augen, und allmählich kam vor seinem geistigen Auge wieder Leben in den Körper des Mannes: Er krümmte sich unter Schmerzen, versuchte sich mit den Händen und Armen vor den auf ihn einprasselnden Äpfeln zu schützen, schrie, stöhnte und blieb schließlich wieder ganz still liegen.

Als die letzten Regentropfen gefallen waren und ein auffrischender Wind die feuchte Luft aufwirbelte, schüttelte sich Lindner. Das alles wollte er eigentlich hinter sich lassen, dieses Hineindenken in die letzten Minuten im Leben eines Menschen, dieses Grübeln über Motive und Mörder, über Tathergang und Todesursachen – aber das ließ sich nicht so einfach abstellen.

Nun hatte er eine Ahnung davon im Kopf, was hier passiert sein konnte. Eine Ahnung, die ihn nicht so schnell wieder loslassen würde – und wie er sich so durch das nasse Gras zurück zum Feldweg mühte, ärgerte er sich schon, dass er überhaupt hier herausgekommen war.

Warum hatte er hierherkommen müssen? War es nur der Mord gewesen, der sich gewissermaßen vor seiner Haustür ereignet hatte – in seinem privaten Umfeld, in dem er eigentlich Abstand zu seiner Arbeit als Kriminalbeamter hatte finden wollen? Oder war es die Nähe zu jener Stelle, die er immer noch beispielhaft mit seinem Schmerz wegen der enttäuschten Jugendliebe zu Chiara in Verbindung brachte?

Ganz in Gedanken und den Blick auf den Boden gerichtet trat Lindner auf den Weg hinaus, als er mehr spürte als sah, dass etwas an ihm vorbeihuschte und ihm dabei im letzten Moment auswich.

»Idiot!«, schrie der Mann noch, der dabei in unvermindertem Tempo weiter in Richtung Eckwälden hastete.

Von hinten sah er aus wie der Jogger, den er vorhin mit der Autotür gestreift hatte.

* * *

Am frühen Abend marschierte Lindner zügig die Gruibinger Straße entlang und hielt dann auf den Kirchplatz zu, kurz danach hatte er sein Ziel erreicht. Das »Gasthaus zum Hirschen« duckte sich unter einem alten Kastanienbaum, der den Eingang selbst in der größten Sommerhitze weitgehend in Schatten tauchte. Die Lage direkt dem Rathaus gegenüber an der Einmündung der Kirchgasse in die Hauptstraße war eigentlich ideal für ein Gasthaus, und trotzdem fristete der »Hirschen« seit jeher ein Dasein in der zweiten Reihe. Die »Krone« und der »Löwen« waren bekannter, auch die »Rosenau« war besser besucht, und der Italiener »Conca d'Oro« zog ebenfalls mehr Gäste an – doch für Lindner und seine Freunde ging nichts über den »Hirschen«.

Das lag an der entspannten Atmosphäre, am leckeren Essen und nicht zuletzt auch an der Wirtin. Für Chiara hatten Lindner und Bruch schon als Jungs geschwärmt – wie die meisten anderen Jungs in ihrem Alter auch. Familie Moretti hatte es in den Siebzigern nach Eckwälden verschlagen, der Vater war ein tüchtiger Automechaniker, die Mutter eine begnadete Köchin, und die einzige Tochter fand schnell Freundinnen im Dorf. Mit vierzehn oder fünfzehn wurde aus dem quirligen Lockenkopf eine richtige Schönheit, die obendrein noch ein patentes Mädchen war, mit dem man Pferde stehlen konnte.

Nicht nur Lindner, auch Thomas Bruch und einige andere gaben sich viel Mühe, Chiara für sich zu begeistern, aber bis auf Christian Aichele blieben sie alle nur Freunde. Nach Christians Tod – er war mit seinem getunten BMW gegen einen Baum gerast – boten sie ihr alle ihre Hilfe an, und aus Pietät verboten sie sich alle Hintergedanken, so gut es eben ging. Inzwischen war Chiara schon eine ganze Zeitlang Witwe, und immer offener versuchten ihre alten Verehrer, wieder mit ihr zu flirten. Sie machte das Spiel mit, stellte zugleich aber immer wieder fast beiläufig klar, dass es nicht mehr als ein Spiel werden würde.

Chiara Aichele hatte das Lokal zusammen mit ihrem Mann Christian von dessen Eltern übernommen, und die alten Aicheles waren froh, dass sie das Gasthaus nach Christians Tod allein weiterführte – der »Hirschen« wurde bereits in vierter Generation von der Familie betrieben, und vielleicht würde es später einmal eines der beiden Kinder von Chiara und Christian übernehmen, die derzeit noch die Grundschule besuchten.

Die Aicheles fuhren nicht schlecht mit ihrer Schwiegertochter: Sie stammte aus der ebenfalls seit Generationen in der Gastronomie umtriebigen Südtiroler Familie Moretti, sie bewies als Wirtin und Bedienung viel Fleiß und Geschick, und obendrein hatte sie ein Händchen für gutes Küchenpersonal.

Als Lindner den Gastraum betrat, rieb Chiara gerade Gläser trocken, und Thomas Bruch, Heiner Brodbeck und Hannes Zumhofer saßen schon beisammen, unterhielten sich und prosteten sich zu. Lindner ließ das vertraute Idyll kurz auf sich wirken, da hörte er hinter sich Schritte.

»Aus dem Weg, Stefan!«, befahl Fritz Aichele in gutmütigem Ton und klatschte ihm die rechte Pranke auf die Schulter. Gemeinsam gingen sie zu den anderen und winkten Chiara herbei.

Fritz Aichele, der Leiter des Bad Boller Polizeipostens, war über ein paar Ecken mit Chiaras Schwiegereltern verwandt, und auch sonst blieb manches hier in der Familie: der Metzger, der das Fleisch lieferte, der Bauer, der die Eier und Kartoffeln zum Speiseplan des »Hirschen« beisteuerte, die Cousine zweiten Grades, die jeden Freitag frisch gebackenes Bauernbrot ins Gasthaus brachte.

Chiara kam mit einem Rotweinschorle für Aichele und einem frisch gezapften Weißbier für Lindner an den Tisch, stellte beides ab und legte dann die Speisekarten dazu, die sie sich unter den Arm geklemmt hatte. Die Karten würdigte wie immer keiner eines Blickes, und Chiara nahm sie wie jedes Mal wieder mit zum Tresen.

»Sag mal, Fritz«, begann Lindner nach einem großen Schluck aus seinem Weizenglas, »der Mann draußen auf der Wiese – der war nicht von hier, oder?«

Aichele trank sein Schorle gemütlich aus, dann schüttelte er den Kopf und hielt sein leeres Glas nach oben. Chiara nickte ihm vom Tresen her zu und schenkte ihm ein neues ein.

»War das Esslinger Auto seins? Ich meine: das in der Haltebucht am Ortsrand?«

Aichele nickte zweimal: einmal dankbar zu Chiara hin, die das neue Glas vor ihm abstellte und das alte mitnahm, und einmal grinsend zu Lindner.

»Na, juckt's wieder, Stefan?«, sagte er dann.

»Wegen Chiara?«, raunte Brodbeck ihm zu und kicherte.

»Blödsinn!«, protestierte Lindner. »Und damit meine ich euch beide: Mich juckt's kein bisschen – nicht wegen Chiara und …«

»Ja, ja, schon klar«, grinste Brodbeck breit.

»… und nicht wegen des Toten draußen auf der Wiese.«

Lindner hatte beides mit Nachdruck gesagt und hoffte, dass ihm im Hinblick auf die Leiche niemand anmerkte, dass er log. Aichele trank lächelnd noch einmal einen großen Schluck Schorle. Brodbeck war nun ernst geworden und sah aufmerksam zwischen Aichele und Lindner hin und her.

»Trotzdem: Hier liegt ja nicht alle Tage eine Leiche auf der Streuobstwiese – da wird man doch mal fragen dürfen, oder?«

»Klar, Stefan, kein Problem.«

Aichele trank noch einen Schluck, sah Lindner lächelnd an, machte aber keine Anstalten, mehr zu erzählen.

»Jetzt lass dich doch nicht so bitten! Ist der Tote von hier? Habt ihr Spuren gefunden, die euch weiterbringen?«

Aichele grinste breit und wartete ab.

»Los jetzt, Fritz, spann mich nicht länger auf die Folter.«

Er sah sich am Tisch um, alle sahen aufmerksam zu Aichele hin.

»Uns alle nicht, Fritz, jetzt erzähl schon!«

»Na gut«, gab sich Aichele schließlich einen Ruck. »Du bist ja noch immer ein Kollege, und ihr anderen ...« – er sah streng in die Runde – »... ihr haltet schön eure Klappe, ja?«

Alle nickten eifrig und hingen an Aicheles Lippen.

»Der Tote stammt nicht von hier, und er war auch kein Ferien- oder Kurgast im Ort. Das Auto in der Haltebucht war seins, aber woher er stammt und wie er heißt, braucht euch nicht zu interessieren.«

Lindner wollte schon etwas sagen, da hob Aichele nur die Hand.

»Auch dich nicht, Stefan. Du gehörst nicht zur Soko, und eigentlich dürfte ich dir ebenso wenig etwas erzählen wie den anderen.«

»Ja, Fritz, ich seh's ja ein«, nickte Lindner und hob das Weizenglas an den Mund.

»So wie es aussieht, wurde er mit mehreren stumpfen Gegenständen erschlagen – na ja ... Der Mann bekam so viele Mostäpfel an den Kopf, bis er irgendwann tot liegen blieb.«

Chiara war an den Tisch gekommen und stellte die ersten Teller ab. Das leichte Zittern ihrer Hände verriet, dass sie Aicheles Schilderung mitangehört hatte.

»Es waren mehrere Täter«, sagte Lindner tonlos nach einer Pause und stierte in das Glas vor sich.

Aichele sah ihn an.

»Woher weißt du das?«

»Ich war heute früh draußen am Waldrand. Es gibt ein paar Stellen, an denen mehr Mostäpfel beisammen liegen als auf dem Rest der Wiese. Diese Stellen bilden so etwas wie einen Kreis um den Fundort der Leiche.«

Aichele sah Lindner nachdenklich an.

»Fünf solcher Stellen habe ich gefunden – also dürften mindestens fünf Leute mit Äpfeln auf den Mann geworfen haben.«

Aichele schwieg noch kurz, dann fragte er: »Wieso ›mindestens‹ fünf?«

»Wenn die sich da auf die Wiese stellten, müssen die ihre Äpfel von den Bäumen herangeholt haben – die stehen ein Stück weit entfernt. Dann haben sie das Obst vor oder neben sich aufgehäuft und haben sich von den Haufen immer wieder Äpfel gegriffen, um sie auf den Mann zu schleudern. Für jeden Werfer ein kleiner Obsthaufen.«

»Das wären dann *genau* fünf, nicht *mindestens* fünf.«

»Ja, aber vielleicht haben einer oder zwei oder mehr alle ihre Äpfel geworfen und es blieb nichts übrig von ihrem Häufchen.«

Aichele dachte nach, dann nickte er.

»Du bist immer noch gut, Stefan.«

Er trank sein Schorle aus und gab Zeichen, dass er Nachschub wollte.

»Ist ein Jammer, dass du gerade nicht im Dienst bist … Hoffentlich kommst du bald wieder auf den Damm. Die könnten dich in der Soko gut gebrauchen, glaub mir.«

»Danke für die Blumen, Fritz, aber das solltest du den Kollegen Roeder lieber nicht hören lassen. Und eigentlich will ich damit nichts zu tun haben – der Tod meines Stuttgarter Kollegen steckt mir immer noch in den Knochen.«

Aichele nickte, sagte aber nichts, weil jetzt Chiara mit seinem neuen Schorle und mit den restlichen Speisen an den Tisch kam. Stefan Lindner machte sich mit wahrem Heißhunger über den Wurstsalat Speciale her – eine Mischung, wie man sie wirklich nur im »Hirschen« bekam. Ein schwäbischer Wurstsalat mit ordentlich Essig und Zwiebeln, und mit einer einzigen Abweichung vom traditionellen Rezept: Statt der Schwarzwurst waren dünne Streifen luftgetrockneter Salami untergemischt.

Auch die anderen waren vollauf beschäftigt, mit Jägerschnitzel, Kässpätzle und Zwiebelrostbraten, und für eine Weile waren nur noch die Geräusche der essenden und natürlich weiterhin fleißig trinkenden Männer zu hören.

Später am Abend, als Hannes Zumhofer bereits unter dem Feixen der anderen schnarchend auf die Tischplatte gesunken war, verabschiedeten sich zuerst Lindner und Aichele aus der Runde. Sie legten Geld auf den Tresen, wünschten Chiara einen baldigen Feierabend und traten hinaus in die Nacht.

Die Wolken, aus denen es tagsüber immer wieder einmal geregnet hatte, waren weitergezogen. Über ihnen spiegelte sich das Mondlicht im vergoldeten Abbild des röhrenden Hirschs, der als Wahrzeichen des Gasthauses über der Eingangstür unter einer Lücke des großen Kastanienbaums hing.

Die Luft roch frisch, es war kühl geworden. Ein Kleinwagen fuhr die Hauptstraße hinauf an ihnen vorbei und bog in Richtung Dürnau ab.

»Na, geht's noch, Stefan?«, fragte Aichele, der bemerkt hatte, dass Lindner auf dem Weg zur Tür ein wenig unsicher auf den Beinen gewesen war.

»Klar, Fritz, kein Problem.«

Er lachte kurz auf.

»Nur Mamas Apfelmännle sollte ich heute Abend nicht mehr anfassen – das ist mir schon gestern umgefallen, als ich noch ganz nüchtern war.«

Er rülpste vernehmlich und schmunzelte selig.

»Wackliges Ding, Fritz, das sag ich dir. Ungefähr so wacklig wie ich jetzt.«

Er kicherte.

»Und so hässlich … Furchtbar, was die Leute alles verschenken.«

Aichele war ernst geworden.

»Deine Mutter hat ein Apfelmännle?«

»Ja, Fritz, stell dir vor. Ziemlich popelig zusammengesteckt aus Mostobst und Spießchen, Schaschlik- oder Rouladenspießchen, was weiß ich, keine Ahnung …«

»Hat sie sich das selbst gebastelt?«

»Nö, hat sie wohl geschenkt bekommen, von wem auch immer.«

»Hm.«

»Ach, Fritz, zieh nicht so ein Gesicht! Dann hat meine Mama halt einen heimlichen Verehrer – vielleicht ist sie ja der Kurschatten von einem aus der Klinik.«

Er kicherte wieder.

»Ja, vielleicht«, murmelte Aichele.

Lindner klopfte ihm ungelenk auf die Schultern, nickte ihm zu, ging mit unsicheren Schritten die Stufen hinunter zum Gehweg und machte sich leidlich gerade auf seinen Heimweg.

Aichele stand noch ein Weilchen oben auf der Treppe und sah Lindner besorgt nach. Er zückte sein Notizbuch, das er auch privat stets in irgendeiner Hemd-, Hosen- oder Jackentasche mit sich trug, und schrieb »Ruth Lindner: auch ein Apfelmännle« hinein.

Sonntag, 25. September

Gegen vier Uhr schreckte Lindner hoch. Er hustete ein paar Mal, bis er wieder frei atmen konnte. Er hatte einen trockenen Mund, und er musste aufs Klo. Also rieb er sich die Augen, schwang sich aus dem Bett und tappte im Dunkeln über den Flur ins Badezimmer.

Auf dem Rückweg blieb er kurz stehen und horchte. Aus dem Elternschlafzimmer drang das beständige Schnarchen seiner Mutter, und beruhigt kehrte er ins Bett zurück.

Als er die Augen schloss, kamen sofort die Bilder wieder hoch. Kollege Kieber im Güterzug, nur ganz kurz, und dann – wieder und wieder – der Tote draußen auf der Wiese am Waldrand, und um ihn herum schemenhafte Gestalten, die wie von Sinnen harte Äpfel auf ihn warfen, bis sich der Mann nicht mehr bewegte.

Er öffnete die Augen wieder und sah sich im Zimmer um. An Schlaf war, wie es schien, erst einmal nicht mehr zu denken. Lindner rückte im Bett nach hinten, bis er, das Kopfkissen im Rücken, an der Wand lehnte. Er zog die Decke bis zum Kinn hoch und winkelte die Beine an.

Draußen zerrten Windböen an dem Ast vor dem Fenster und ließen ihn hin- und herschwingen. Der Mond war nicht mehr zu sehen, und es regnete wieder leicht.

Nach einer Weile ging Lindner zum Bücherregal hinüber, holte sich einen Comic und richtete sich darauf ein, dass er sich die nächsten ein, zwei Stunden lesend vertreiben würde. Immerhin halfen ihm Donald und seine Neffen dabei, die Bilder von der Streuobstwiese für eine Weile zu verdrängen.

* * *

Die paar Meter bis in die Beethovenstraße ging Lindner trotz des Regens zu Fuß. Thomas Bruch sah er vor seiner Tür stehen. Er paffte eine Zigarre und drückte sich unter dem kleinen Vordach an die Hauswand. Als er Lindner näher kommen sah, stutzte er.

»Grüß dich, Thomas«, sagte Lindner, stellte sich neben seinem Freund an die Wand und sah zurück in den dichten Regen, durch den er gekommen war.

»Die Praxis ist heute geschlossen«, sagte Bruch.

»Ja, ich weiß.«

»Gut«, machte Bruch und zog wieder an seiner Zigarre.

»Das ist nicht gesund, das solltest du wissen.«

»Weiß ich, Stefan, weiß ich. Aber manchmal muss das sein. Und jetzt ist manchmal.«

»Warum?«

»Na, der Mann draußen auf der Wiese … Ich lag wohl richtig mit meiner Vermutung.«

»Mit den Äpfeln?«

Bruch nickte und zog erneut an der Zigarre.

»Schöner Mist, was?«

Bruch nickte erneut.

»Fritz hat's mir gestern Abend erzählt, und ich hab mir die Stelle gestern früh noch einmal angesehen.«

Bruch schaute zu ihm hin, musterte ihn und lächelte dann wehmütig.

»Kannst es nicht lassen, was?«

»Nein, offenbar nicht.«

»Und? Hast du eine Theorie?«, fragte Bruch nach einer Weile.

»Bisher sehe ich nur vor mir, wie es ungefähr gewesen sein muss. Fünf oder mehr Leute werfen so lange Mostäpfel auf den Mann, bis er tot am Boden liegt.«

Bruch schüttelte sich, zog erneut an der Zigarre und stutzte dann.

»Wie kommst du auf die Zahl?«

Lindner erklärte es ihm.

»Klingt einleuchtend.«

»Aber irgendwie passt es noch nicht zusammen. Schau: Da stehen fünf oder mehr Leute im Kreis und ... na ja ... steinigen ihn mit Mostäpfeln zu Tode. Der Mann kann irgendwann nicht mehr, geht zu Boden und stirbt schließlich. Nur ...«

Lindner ließ eine Pause, und Bruch sah zu ihm hin.

»Ich frage mich: warum dort draußen?«

Bruch zuckte mit den Schultern.

»Vielleicht war es Zufall, vielleicht haben ihn die anderen verfolgt und genau dort gestellt – was weiß ich.«

»Aber auf der Wiese haben sich die Täter kleine Häufchen mit Mostäpfeln vorbereitet – sie müssen also schon vorher mit genau dieser Stelle gerechnet haben. Das spricht dagegen, dass sie ihn einfach nur verfolgt und ihn zufällig am Waldrand eingeholt haben.«

»Und wenn dort draußen einfach fünf Knallköpfe darauf gewartet haben, dass irgendjemand kommt? Und der Mann einfach nur das Pech hatte, zur falschen Zeit dort aufzukreuzen? Ich meine: Die Leute werfen Steine von Brücken und fahren verkehrt herum auf die Autobahn, nur um ins Radio zu kommen – man kann nie wissen, auf welche verrückten Ideen man noch kommen kann.«

»Ich weiß nicht recht – das klingt doch sehr weit hergeholt. Joggen war der Tote auf jeden Fall nicht. Er hatte keine Sportkleidung an, wie er da auf der Wiese lag.«

»Er könnte gewandert sein.«

»Könnte er, ja.«

Lindner wirkte nicht sehr überzeugt.

»Aber warum stellte er sein Auto dann in diese Haltebucht, die ein Auswärtiger eigentlich kaum kennen kann – warum fuhr er nicht auf einen der bekannteren Wanderparkplätze der Gegend und ging von dort aus los?«

Bruch zuckte mit den Schultern, und die beiden schauten hinaus auf den unverändert prasselnden Regen.

»Ich glaube, dass der Mann einen guten Grund hatte, seinen Wagen in der Haltebucht abzustellen«, fuhr Lindner nach einer Weile fort. »Ich glaube, dass sein Wagen dort nicht zum ersten Mal stand. Ich glaube, dass er nicht zufällig das Opfer ist – und ich glaube, dass er nicht zufällig dort draußen ermordet wurde.«

»Und warum soll es ausgerechnet ihn ausgerechnet dort am Waldrand getroffen haben?«

»Hm«, machte Lindner und schwieg. Dann zog er die Jacke etwas enger um sich und machte sich ohne ein weiteres Wort auf den Heimweg durch den Regen.

Bruch zog an seiner Zigarre, bemerkte, dass sie ausgegangen war und schleuderte sie missmutig auf die Straße hinaus. Mürrisch ging er nach drinnen – dann fiel ihm ein, dass Stefan Lindner heute tatsächlich ohne eingebildetes Leiden zu ihm gekommen war, und er lächelte. Der Mord draußen am Waldrand schien zumindest seinem alten Freund gutzutun.

Montag, 26. September

Die Glocke schellte, als Lindner gerade aus dem Bad kam. Er sah zum Küchenfenster hinaus und sah drunten vor der Haustür Fritz Aichele stehen.

»Morgen, Fritz, ich komm runter, Augenblick!«

Lindner stieg die Treppe hinunter und öffnete die Tür.

»Hallo, Stefan«, sagte Aichele. »Ist deine Mutter da?«

»Um zehn? Am helllichten Tag?«

Lindner lachte.

»Warst lange nicht mehr hier, Fritz, sonst wüsstest du, dass Mutter fast nur zum Schlafen und zum Essen heimkommt – zu viel Arbeit, weißt du? Komm rauf, ich hab noch einen Kaffee übrig.«

Damit ging er wieder hinauf in die Küche, und Aichele folgte ihm nach kurzem Zögern.

Oben hatte sich Lindner schon auf die Eckbank gesetzt und schenkte gerade Kaffee aus einer Thermoskanne in zwei große Bechertassen. Eine schob er Aichele entgegen und ermunterte ihn mit einem Kopfnicken, sich ihm gegenüberzusetzen. Auf dem Tisch lag ein großes Holzbrett mit Hefezopf, von dem einige Scheiben aufgeschnitten waren, und daneben stand das Apfelmännle, unter dem der heutige Notizzettel klemmte.

»Ist es das?«, fragte Aichele, und erst begriff Lindner gar nicht, was er meinte.

»Was ist was?«

»Na, das Apfelmännle, das deine Mutter geschenkt bekommen hat.«

»Ja«, nickte Lindner.

Aichele griff nach dem kleinen Gebilde.

»Darf ich?«

»Klar«, nickte Lindner, doch dann fiel ihm der Zettel ein, auf dem das Männle stand, und er schnappte schnell nach dem Stück Papier. Aichele musste ja nicht unbedingt lesen, welche Nachricht ihm seine Mutter heute wieder hinterlassen hatte.

»Mir ässat erscht heit Obend, kannsch ruhig dr ganze Dag todkrank sei.«

Erst hatte er sich tatsächlich überlegt, gleich früh zu Bruch zu gehen, weil er im Brustbereich ein ungewohntes Ziehen verspürte – aber dann hatte er sich doch zuerst Kaffee gemacht und vom frischen Hefezopf gegessen. Und schließlich hatte er seine Schmerzen ganz vergessen, weil er in einem fort über den Toten beim Teufelslochweg sinnierte.

Der Hefezopf ... den musste seine Mutter irgendwann gestern Abend gebacken haben. Die Frau war unverwüstlich, und er musste kurz nachdenken, wann er sie das letzte Mal zu Gesicht bekommen hatte.

Am Samstag war sie in aller Herrgottsfrühe aufgestanden und mit dem Traktor irgendwohin getuckert. Als er sich vormittags draußen am Waldrand umsah, hatte sie sich zum Ausflug mit den Landfrauen aufgemacht, und als sie vom Ausflug am späten Sonntagnachmittag zurückkehrte, war er gerade in den »Hirschen« gegangen, um dort zu essen. Und als er später am Abend heimkam, schnarchte seine Mutter schon im Elternschlafzimmer, und in der Küche kühlte der frischgebackene Hefezopf aus.

Aichele hatte kurz überrascht zu dem Zettel hingesehen, dann zog er das Apfelmännle vorsichtig und etwas umständlich zu sich her, indem er es nur an den zwei hölzernen Beinchen anfasste. Lindner steckte den Notizzettel weg und sah fragend zu Aichele hin.

»Was ist denn los, Fritz?«

Aichele reagierte nicht gleich, sondern musterte das Apfelmännle.

»Fritz?«

Aichele sah auf.

»Was ist denn mit dem Apfelmännle? Willst du auch eins?«

Lindner lachte auf, aber Aichele blieb ernst und schüttelte den Kopf.

»Nein, danke, ich hab schon eins.«

»Echt?«

Lindner grinste, doch Aichele verzog keine Miene.

»Ganz schön hässlich, das Ding, oder? Ist deins denn wenigstens schöner?«

»Nein, nicht gerade.«

»Und von wem hast du es bekommen?«

Aichele zuckte mit den Schultern.

»Wie … du weißt nicht, wer dir das Ding geschenkt hat?«

»Stimmt«, nickte Aichele. »Und ich wollte deine Mutter fragen, woher sie ihres hat.«

Lindner hob die Augenbrauen.

»Wieso ist das so wichtig? Ich meine: Ihr habt einen Mordfall aufzuklären – und du fragst herum, wer dir ein Apfelmännle geschenkt haben könnte?«

»Ja.«

Lindner stutzte, dann lehnte er sich zurück und verschränkte die Arme vor der Brust.

»Gut, Fritz, dann erzähl mir mal, was es mit diesem Apfelmännle auf sich hat. Da steckt doch mehr dahinter.«

Aichele presste die Lippen aufeinander und schien nachzudenken.

»Du musst im Moment schon mit mir reden, Fritz. Meine Mutter ist nicht da, ich hab sie selbst seit Freitag nicht mehr gesehen.«

Aichele erschrak und starrte Lindner an.

»Sie war immer schon unterwegs oder im Bett, wenn ich daheim war. Da, den Hefezopf hat sie gestern irgendwann am Abend gebacken. Und als ich aus dem ›Hirschen‹ zurückkam, lag sie im Bett und schnarchte.«

Aichele entspannte sich wieder etwas, er wirkte erleichtert.

»Jetzt red schon, Fritz. Was ist los?«

»Ich … Mir hat jemand ein Apfelmännle vor die Haustür gestellt, das war am Donnerstag. Ich bin abends vom

Stammtisch heimgekommen, da stand das Ding neben der Fußmatte. Weißt du, wann deine Mutter ihres geschenkt bekommen hat?«

»Keine Ahnung«, sagte Lindner. »Aber ich hab's am Freitag früh zum ersten Mal gesehen. Da hat Mutter das Apfelmännle auf den Esstisch hier gestellt und hat mir einen Zettel geschrieben, dass sie das geschenkt bekommen habe.«

»Weißt du noch, was genau draufstand?«

»Auf dem Zettel meiner Mutter?«

Lindner sah Aichele ungläubig an, dann zuckte er mit den Schultern.

»Da stand halt, dass ihr jemand das Ding geschenkt habe.«

»Mehr nicht?«

»Doch: Dass sie es schön fand, stand da noch. Aber sonst ...«

»Hat sie nicht draufgeschrieben, von wem sie es bekommen hat?«

»Nein, hat sie nicht. Oder, wart mal ...«

Er versuchte sich den genauen Wortlaut noch einmal in Erinnerung zu rufen – seine Mutter schrieb ihm laufend Zettel, und die meisten Notizen wollte er am liebsten gleich wieder vergessen. Sie warf ihm ohnehin fast jedes Mal vor, dass er sich wegen seines Gesundheitszustands unnötig Sorgen mache.

»Sie hat geschrieben, dass sie nicht weiß, wer ihr das Apfelmännle geschenkt hat. Ich wollte sie am Freitag beim Essen noch einmal danach fragen. Ich tippe ja immer noch auf einen heimlichen Verehrer, das hab ich dir ja schon gesagt, als wir vom ›Hirschen‹ heim sind. Aber erst hab ich vergessen, sie darauf anzusprechen – und als es mir dann doch noch einfiel, war sie schon wieder mit dem Traktor unterwegs.«

»Hm«, machte Aichele und sah dabei nicht sehr glücklich aus.

»Was willst du nur immer mit dem Apfelmännle? Jetzt sag endlich, was los ist!«

»Ich hab eines bekommen, das hab ich dir ja schon gesagt. Deine Mutter hat eins bekommen – und der Tote hatte auch eines in seiner Wohnung.«

»Der … Tote?«

»Ja, der Mann, der draußen am Waldrand auf der Wiese lag. Heiderich, ein Landesbeamter aus Stuttgart.«

»Ach, der heißt Heiderich und kommt aus Stuttgart?«

»In Stuttgart arbeitet er nur, seine Wohnung ist in Esslingen, und dort wurde auch ein Apfelmännle gefunden – grad so eines, wie deine Mutter und ich eins haben.«

»Was heißt: ›grad so eines‹? Genauso hässlich oder was?«

»Das auch – aber die Männle sind praktisch Kopien desselben Musters: etwas ungeschickt zusammengesteckt, ziemlich kippelig und allem Anschein nach noch recht frisch. Das hat einer aus der Soko anhand des Zustands der Äpfel festgestellt.«

Lindner hörte mit wachsender Verwunderung zu.

»Die Arme und Beine sind aus derselben Art von Spießchen gemacht, und die Äpfel für Kopf, Leib und Füße sind von derselben Sorte.«

»Ach?«

»Und es ist außerdem auch dieselbe Sorte Mostäpfel, mit der Heiderich getötet wurde.«

* * *

Roeder stoppte den Wagen direkt vor dem Haupteingang des Regierungspräsidiums in Stuttgart, ließ die Tür aufschwingen, und schon ertönte der Warnton, weil der Zündschlüssel noch steckte.

»Fahren Sie den Wagen mal auf einen richtigen Parkplatz, Miller«, sagte Roeder noch, und schon war er auf dem Weg zur Pforte.

Es war gegen elf Uhr, und als Harald Miller ebenfalls ins Gebäude kam, saß Kriminalhauptkommissar Wolfgang

Roeder lässig auf einem ausladenden Ledersessel, der als Teil einer Sitzgruppe links im Foyer stand. Miller ging zu ihm, Roeder streckte die flache Hand aus, und Miller ließ den Autoschlüssel in die imposante Pranke seines Vorgesetzten fallen.

»Nehmen Sie Platz, Miller. Unser Gesprächspartner ist noch nicht so weit.«

Miller setzte sich, aber schon kurz darauf winkte ihnen der Pförtner zu und deutete auf einen Mann, der von den Aufzügen her auf sie zukam.

Roeder erhob sich, Miller ebenfalls.

»Sind Sie die Herren von der Kriminalpolizei?«, fragte der andere, gab ihnen die Hand und stellte sich als Ralf Stegmüller vor.

Der Beamte war in jeder Hinsicht das, was man gemeinhin einen blassen Typ nennt: Er hatte helle, fast bleiche Haut, dünnes Haar, einen laschen Händedruck, eine eher leise Stimme, die auf Unsicherheit hindeutete, und sein hagerer Körper war mit Stoffhose, dezent gestreiftem Hemd und gestricktem Pullunder auch nicht unbedingt fetzig gekleidet.

»Schön, dass Sie Zeit haben«, versuchte sich Roeder an einer einschmeichelnden Eröffnung. »Könnten wir uns vielleicht mal den Arbeitsplatz Ihres Kollegen ansehen?«

»Aber natürlich, kommen Sie bitte.«

Er ging ihnen voraus, forderte einen Aufzug an und bat sie, als kurz darauf die stählernen Schiebetüren auseinanderglitten, in die Kabine vorauszugehen.

»Hat Sie Ihr Vorgesetzter informiert, warum wir hier sind?«

»Ja, das hat er. Und mir wurde auch gleich die Anordnung übergeben, es ist also alles geregelt, und Sie können sich den Schreibtisch von Herrn Heiderich gleich anschauen.«

Als Stegmüller die Tür zum Büro öffnete, das er sich bisher mit Heiderich geteilt hatte, schlug Roeder und Miller die stickige Luft wie ein heißer Lappen entgegen. Es roch nach

Männerparfüm, Akten, Kamillentee und etwas Schweiß. Roeder räusperte sich, folgte Stegmüller ins Zimmer und bemühte sich, möglichst durch den Mund einzuatmen.

»So«, sagte Stegmüller, der sich im Raum offenbar wohlfühlte, »das da ist sein Schreibtisch. Ich habe nichts verändert, alles ist noch genauso, wie es Herr Heiderich am Donnerstag verlassen hat.«

Das glaubte Roeder aufs Wort: Er sah die halb gefüllte Kaffeetasse an Heiderichs Platz. Die Oberfläche der dunklen Brühe schimmerte in bunten Farben.

»Der Kollege ist am Donnerstag früher als sonst gegangen, wissen Sie?«

Stegmüller klang ein wenig neidisch, wie er das so sagte.

»Wie früh ist denn früher als sonst, Herr Stegmüller?«

Roeder fragte nur nebenbei, er zog sich gerade Einmalhandschuhe über die Finger, während er die Utensilien und Unterlagen auf Heiderichs Schreibtisch musterte und sich so einen ersten Überblick verschaffte.

»Wir arbeiten meistens bis vier Uhr nachmittags, manchmal sogar noch länger.«

Roeder musste sich beherrschen, ihm kamen gleich die Tränen.

»Aber am Donnerstag machte Herr Heiderich schon um kurz nach drei Feierabend. Ich war ab fünfzehn Uhr in einer kurzen Besprechung, und als ich etwa zwanzig nach drei wieder ins Büro kam, war er schon nicht mehr da.«

»Aha«, machte Roeder und zog die oberste Schublade auf.

Stifte, Radiergummis, Büroklammern, Tintenpatronen und zwei schwarze USB-Sticks lagen beieinander, zwei kleine Schlüssel waren durch einen Metallring miteinander verbunden. Roeder hob die Schlüssel hoch.

»Wofür sind die denn?«

Stegmüller sah nur kurz hin.

»Das dürften die Schlüssel für den Schreibtisch sein.«

»Ach? Und die lagert er im Schreibtisch?«

Stegmüller zuckte mit den Schultern.

»Ja, warum nicht? Wir schließen eigentlich nie ab. Sehen Sie?«

Er zog seine Schreibtischschubladen auf und schob sie wieder zu.

»Das ist hier nicht nötig, wir respektieren alle den Bereich des anderen, also muss auch niemand abschließen.«

Roeder inspizierte die zweite Schublade, in der einige Collegeblöcke und ein Klemmbrett aufeinandergestapelt lagen, in dem kleinen Eck, das noch frei blieb, standen ein Päckchen Zwieback und eine Tüte mit italienischen Keksen.

Die unterste Schublade ließ sich nicht öffnen: Sie war abgeschlossen.

Roeder sah Stegmüller fragend an, doch der zuckte nur mit den Schultern. Offenbar hatte der Kollege Heiderichs Bereich tatsächlich respektiert: Er schien nicht zu wissen, dass die Schublade verschlossen war.

Die kleinen Schlüssel passten ins Schloss, und gespannt zog Roeder die Schublade auf.

Neben einem kleinen Fotoapparat, einem zusammenklappbaren Fernglas, einigen Muscheln und Tannen- oder Kiefernzapfen lagen darin ein Ortsplan von Bad Boll, eine Wanderkarte der Boller Gegend und ein dünnes Bändchen mit dem Titel »Stauferland gestern und heute«. Roeder hob die Unterlagen etwas an und fand darunter drei Ansichtskarten von Bad Boll, verpackt in Briefkuverts, die an Heiderichs Wohnadresse in Esslingen gerichtet waren. Die Karten waren mit geschwungener Handschrift dicht beschrieben und am Ende jeweils nur mit einem »J« signiert. Roeder vermutete aufgrund der Schrift eine Frau als Absender.

Er überflog die Texte, dann verzog er das Gesicht und reichte die Postkarten an Miller weiter. Es waren Liebeserklärungen, ein wenig schwülstig, aber nicht ohne Reiz, wie Miller fand – aber für derlei Romantik hatte sein Chef nichts übrig, das wusste er. Er steckte die Postkarten in eine Klarsichttüte und steckte die Tüte in die Jackentasche.

Als Roeder die anderen Unterlagen wieder zurück in die Schublade legte, raschelte es. Der Kommissar bückte sich, griff mit der rechten Hand ganz nach hinten in die Schublade und hielt eine sorgfältig zugeklebte Plastiktüte in der Hand. Sie war transparent und zum Glück luftdicht verschlossen: In der Tüte faulten mehrere Äpfel vor sich hin, die mit Holzstäbchen nur noch teilweise verbunden waren.

»Dieses Apfelmännle stammt nicht aus der aktuellen Ernte«, brummte Roeder und übergab Miller das Fundstück.

»Was ist das denn?«, fragte Stegmüller, der die beiden Kripobeamten nicht aus den Augen ließ und jeden ihrer Handgriffe genauestens beobachtete.

»Ein Apfelmännle«, sagte Roeder. »Kennen Sie das nicht?«

Stegmüller schüttelte den Kopf.

»Haben Sie eine Ahnung, von wem er das bekommen haben könnte?«

»Nein, tut mir leid. Ich wusste ja nicht mal, dass er eins hatte.«

Dann fiel Stegmüller noch etwas ein, und er wirkte plötzlich ganz verdrossen.

»Ich wusste ja nicht mal, dass seine Schublade abgeschlossen war.«

Das schien ihn wirklich zu treffen.

»Brauchen Sie mich noch?«

»Nein«, sagte Roeder. »Eigentlich nicht, wir sind auch bald fertig.«

»Gut, dann warte ich draußen – falls Sie noch Fragen haben.«

Er schnappte sich eine Bechertasse vom Schreibtisch und ging nach draußen. Roeder wartete, bis er die Tür hinter sich geschlossen hatte, dann wandte er sich Miller zu.

»Machen Sie mal die Fenster auf, Miller, hier stinkt's ja wie im Sanatorium.«

Miller beeilte sich, die drei Fenster des Eckbüros aufzureißen, und Roeder sah die übrigen Unterlagen durch, die auf Heiderichs Schreibtisch gestapelt waren. Schließlich gingen sie zu Stegmüller auf den Flur hinaus.

»Ist Ihnen in den vergangenen Tagen irgendetwas Ungewöhnliches an Ihrem Kollegen aufgefallen?«, fragte Roeder.

»Nein, eigentlich nicht.«

»Womit sind Sie denn hier im Regierungspräsidium so befasst?«

»Unser Referat 56 kümmert sich um Naturschutz und Landschaftspflege«, sagte Stegmüller, und er klang furchtbar wichtig dabei. »Wir sind zum Beispiel Träger des Projekts LIFE+, wo wir uns dafür einsetzen, dass Streuobstwiesen als Lebensraum für Vogelarten geschützt und optimiert werden. Das ist wichtig für den Erhalt von Halsbandschnäpper und Grauspecht, Neuntöter und Wendehals, zum Beispiel.«

»Wendehals«, echote Roeder und versuchte, dabei nicht zu grinsen.

Stegmüller bemerkte nichts und dozierte reflexartig: »Der Wendehals gehört zur Familie der Spechte, er wird bis zu 17 Zentimeter lang und bis zu 50 Gramm schwer, und wenn er aufgeregt ist, sträubt sich sein Kopfgefieder zu einer Haube. So etwa.«

Er bildete mit den Fingern beider Hände eine Art Helm über seinem Kopf, und Roeder musste sich noch mehr zusammenreißen.

»Dann sind Sie sicher viel draußen in freier Natur unterwegs«, sprang Miller seinem Chef schnell bei.

»Nein«, sagte Stegmüller, »ich bin mit dem Thema eher als Theoretiker vertraut. Es gibt da ja so viele Richtlinien, Merkblätter und Best-Practice-Beispiele … Kollege Heiderich, der war gern draußen vor Ort – ich hab ihm mit meiner Schreibtischarbeit dafür gewissermaßen den Rücken freigehalten. Das war uns beiden recht: Er wollte raus aus dem Büro, und ich vertrage Pollen und manches andere nicht so gut, das draußen in der sogenannten frischen Luft herumwirbelt, wissen Sie?«

Roeder sah Miller fragend an, der zuckte die Schultern, und Stegmüller holte ein Taschentuch und schnäuzte sich lautstark, als setzte ihm schon allein der Begriff »frische Luft« zu.

»Gibt es in Ihrem Zuständigkeitsbereich auch Projekte, die Bad Boll und Umgebung betreffen?«, fragte Roeder, als Stegmüller das Taschentuch wieder weggesteckt hatte.

»Ja, sicher. Bad Boll liegt mitten im Projektgebiet von LIFE+. Das zieht sich von Geislingen am ganzen Albrand entlang bis hinüber nach Reutlingen, auch im Remstal und im Wieslauftal gibt es noch ein etwas kleineres Teilgebiet.«

»Da werden Sie aber wohl kaum mit jemandem Streit bekommen in und um Bad Boll, nehme ich an – Sie verteilen dort doch Fördergelder, oder?«

»Ja, LIFE+ fördert die unterschiedlichsten Maßnahmen, die dem Erhalt der Streuobstwiesen dienen. Aber trotzdem bleibt es natürlich nicht aus, dass man auch mal mit jemandem aneinandergerät. Allen kann man es ja nie recht machen. Und wenn jemand etwas plant, was gegen den Erhalt der Streuobstwiesen gerichtet ist, versuchen wir natürlich, auch da im Sinne von LIFE+ unseren Einfluss geltend zu machen.«

»Ist Herr Heiderich denn deswegen mit jemandem aneinandergeraten?«

»Ach, der Kollege ist ein eher ruhiger und ausgeglichener Zeitgenosse. Da muss schon viel zusammenkommen, bis er mal …«

Stegmüller stockte. Wahrscheinlich war ihm gerade erst wieder eingefallen, dass er von Heiderich inzwischen in der Vergangenheitsform reden musste.

»Ist denn in letzter Zeit mal viel zusammengekommen?«

»Hm …«, machte Stegmüller. »Ich weiß nicht … wobei: Am Mittwoch hatte er wohl ein unangenehmes Telefonat. Das war vormittags. Da ist er richtig laut geworden, ich bin ganz erschrocken. Aber als ich ihn danach gefragt habe, wollte er nichts sagen.«

»Und mit wem hat er da telefoniert?«

»Das weiß ich nicht. Herr Heiderich hat den Gesprächspartner nicht mit dem Namen angeredet, und hinterher hat er mir nichts erzählt, das sagte ich ja gerade.«

»Haben Sie eine Vorstellung, mit wem er sich da gestritten haben könnte? Eine Vermutung? Einen Verdacht?«

Stegmüller schüttelte jedes Mal den Kopf.

»Aber sagten Sie nicht gerade, Sie und der Kollege müssten auch mal etwas ablehnen, einen Antrag oder so etwas, oder dagegen Stellung beziehen – irgendetwas entscheiden oder kommentieren, was den Betroffenen so richtig wütend macht?«

»Das schon, und da gibt es gerade in der Gegend von Bad Boll einige Kandidaten.«

»Warum gerade dort?«

»Solche Kandidaten gibt es im Grunde genommen natürlich überall, aber Herr Heiderich wurde doch in Bad Boll tot aufgefunden, oder hat man mich da falsch informiert? Außerdem hatten Sie vorhin eine Orts- und eine Wanderkarte von Bad Boll in der Hand.«

Roeder sah Stegmüller überrascht an, der hob sofort abwehrend die Hände.

»Ich hab das vorhin nur ganz zufällig gesehen«, beteuerte er. »Ehrlich!«

»Nun gut, und wen haben Sie in Bad Boll im Auge?«

»Am schlimmsten war auf jeden Fall Herr Rösler, das ist so ein alter Apfelzüchter, ziemlich verbohrt – und außerdem ziemlich aggressiv, wenn es nicht nach seinem Kopf geht.«

»Und mit dem hatte Herr Heiderich in jüngster Zeit zu tun?«

»Nein, zumindest habe ich nichts davon mitbekommen. Aber im vergangenen Jahr gab's Ärger mit Rösler. Das würde übrigens auch zu diesem … wie sagten Sie? Apfelmännle?«

Roeder nickte.

»Das würde doch passen, oder?«, fuhr Stegmüller fort. »Vielleicht ist das dort droben in Bad Boll so etwas Ähnliches wie diese Voodoo-Puppen auf Haiti, nur halt aus Äpfeln. Der alte Rösler könnte den Kollegen mit diesem Männle bedroht haben, sozusagen. Und so, wie das Ding in der Tüte in Herrn Heiderichs Schublade aussieht, ist das ja auch mindestens vom vorigen Jahr.«

Roeder gab ihm insgeheim recht.

»Also machen Sie die Tüte mit dem Männle bloß nicht auf, das stinkt sicher wie die Pest! Und da sind Keime drin und alles …!«

Miller hob die Hand, in der er die Tüte mit dem Apfelmännle hielt, so hoch, dass Stegmüller sie sehen konnte.

»Wir haben die Tüte nicht geöffnet, keine Sorge«, beruhigte ihn Roeder noch. »Außerdem sind die Fenster gerade offen, die Luft in Ihrem Büro war ganz stickig.«

Erschrocken sah Stegmüller zwischen den beiden Kommissaren hin und her, dann riss er die Tür auf, ging ins Büro und schloss die Fenster, so schnell er konnte. Danach stand er im Zimmer, schnüffelte ängstlich in die ungewohnt frische Luft und begann sich Sorgen zu machen, ob er mit seinem nächsten Tischnachbarn wohl auch eine so ausgewogene Lösung für das Problem der offenen Fenster finden würde wie mit Heiderich.

Allmählich bekam Stegmüller ein Gefühl dafür, dass Hansgeorg Heiderichs Tod auch für ihn schwerwiegende Folgen haben konnte.

* * *

Obwohl Miller ihm noch abgeraten hatte, bestand Wolfgang Roeder darauf, dass sie auf der Rückfahrt von Stuttgart nach Bad Boll um die Mittagszeit in ein wenig Vertrauen erweckendes Dorfgasthaus einkehrten, das auf ihrem Weg lag. Und nun hatte Roeder nach einem fetten und wohl nicht mehr ganz frischen Schweinebraten Magendrücken und musste obendrein noch so tun, als würde er das heimliche

Feixen seines Mitarbeiters, der nur eine Scheibe Brot bestellt hatte, nicht bemerken.

Miller hatte das Steuer des Wagens übernommen. Roeder fächerte sich durch das halb heruntergelassene Seitenfenster frische Luft zu, was aber nicht viel half. Entsprechend gereizt knurrte er seinen Kollegen an, als der etwas zu flott durch ein Schlagloch der kleinen Straße rumpelte, die zu dem Aussiedlerhof von Eugen Rösler führte.

Der alte Mann schob gerade eine Karre vor sich her auf ein offenes Scheunentor zu, als der Wagen neben ihm ausrollte. Rösler stellte die Karre ab, steckte die Hände in die Hosentaschen und sah den beiden Männern ganz entspannt dabei zu, wie sie aus dem Wagen stiegen.

»Herr Rösler, Eugen Rösler?«

Der Alte nickte und ließ seine Hände, wo sie waren. Roeder stellte sich und den Kollegen vor.

»Kripo, so, so. Hab ich was ausgefressen?«

Roeder zuckte mit den Schultern.

»Sagen Sie es mir.«

Rösler grinste knitz und nickte anerkennend.

»Nicht schlecht, Herr Kommissar. Wollen Sie einen Most?«

»Na ja, eigentlich … mag ich keinen Most.«

»Aber wenn Sie mich was fragen wollen, müssen Sie eh ein paar Minuten einrechnen – da können Sie genauso gut kurz mit mir reingehen und ein Glas Most trinken. Ich mach den selbst, und so etwas bekommen Sie nirgendwo sonst.«

Millers warnenden Blick ignorierte Roeder auch diesmal, und er ging hinter Rösler her auf das Haus zu. Miller folgte, und kurz darauf saßen sie in einer großen, etwas dämmrigen Wohnküche an einem groben Holztisch, jeder ein gefülltes Glas Most vor sich.

»So, die Herren, jetzt wird angestoßen!«, kommandierte Rösler und hob sein Glas. »Auf die Äpfel!«

»Und auf die Polizei!«, ergänzte Roeder und stieß mit Röslers Glas an.

»Na ja, von mir aus …«, brummte Rösler und grinste frech dabei. »Was wollen Sie denn wissen?«

»Kannten Sie einen Hansgeorg Heiderich?«

Rösler wurde ernst.

»Der arbeitete im Regierungspräsidium in Stuttgart und war zuständig für …«

»Für das Abschießen meiner Pläne«, fuhr Rösler dazwischen.

Er leerte sein Glas, schenkte nach, leerte es wieder.

»Und?«, fragte er dann patzig.

»Der ist tot«, sagte Roeder ansatzlos, und Miller zuckte auch diesmal zusammen, obwohl er die barsche Art seines Vorgesetzten inzwischen gewohnt war.

»Hm.«

Rösler schenkte noch einmal Most nach und wollte gerade das Glas heben, als ihm Roeder die Hand auf den Arm legte.

»Herr Rösler, haben Sie verstanden, was ich gerade gesagt habe?«

»Klar, bin ja nicht taub.«

»Und?«

»Was: und? Der Heiderich ist tot. Da werden Sie von mir kein Bedauern hören. Gut so, endlich.«

»Was hatten Sie denn für ein Problem mit ihm?«

»Er hat mich ruiniert.«

»Und wie hat er das gemacht?«

»Ich wollte auf einigen meiner Wiesen Spindelanlagen haben statt der alten Krüppelbäume, die dort stehen und kaum mehr Äpfel tragen.«

»Äh … Herr Rösler, ich versteh kein Wort.«

»Streuobstwiese – das haben Sie schon mal gehört, oder?«

»Ja, natürlich, die ganze Gegend hier ist voll damit. Und?«

»Mit denen ist kein Geld zu verdienen, also pflanzt keiner mehr neue Bäume. Und die alten stehen irgendwann halb morsch auf der Wiese rum, wie Krüppel eben, und auf denen wächst mit der Zeit auch kein gescheites Obst mehr.«

»Aha.«

»Ich lebe aber von meinem Obst, also muss ich zusehen, dass ich mehr aus meinen Wiesen raushole. Also wollte ich kleinere Bäume anpflanzen statt der großen – die tragen schneller nach dem Pflanzen und die lassen sich auch leichter abernten. Aber das wurde mir abgelehnt.«

»Von Heiderich?«

»Für die letzte Entscheidung zählte auch sein Gutachten – und der hat da wohl irgendeinen Vogel gefunden, für den meine Wiesen als Lebensraum wichtig seien. *Meine* Wiesen – für diesen blöden Vogel, nicht für mich!«

Rösler hob nun doch noch sein Glas, trank es erneut leer und stierte dann kopfschüttelnd vor sich auf die Tischplatte.

»Und dann haben Sie ihm ein Apfelmännle zugesteckt.«

Roeder hatte einen Schuss ins Blaue versucht und offenbar getroffen. Rösler erstarrte kurz, dann breitete sich allmählich ein Grinsen auf seinem Gesicht aus.

»Hatte er das noch?«

»Ja, in seinem Schreibtisch, ganz hinten in einer Schublade mit privatem Kram.«

»Oh Mann, das muss aber inzwischen ganz schön stinken. Das ist vom vorigen Jahr.«

Rösler lachte heiser.

»Er hatte es luftdicht in einer Plastiktüte verpackt, und die Äpfel waren wirklich schon verfault.«

»Na, egal«, griente Rösler. »Ist mir ohnehin nicht besonders gut gelungen. Ich hab's nicht so mit feinen Arbeiten, ich bin eher der Mann fürs Grobe, wissen Sie?«

Er schenkte Roeder Most nach.

»Jetzt haben Sie mich gefragt, jetzt trinken Sie auch mal was.«

Roeder zierte sich ein wenig, schon nach dem halben Glas, das er bisher getrunken hatte, zog sich in seinem Magen alles zusammen, und der Schweinebraten schien Karussell zu fahren. Aber der Apfelwirt ließ nicht locker, also trank Roeder noch einen Schluck – und das Gespräch war schlagartig beendet.

Roeder rannte aus dem Haus, und als Miller ihn schließlich erreichte, stand er immer noch vornübergebeugt und wieder und wieder würgend über dem Misthaufen.

»Geht's wieder?«, fragte Miller nach einer Weile.

Roeder nickte, richtete sich auf und sah noch einmal zum Haus hinüber. Dort stand Eugen Rösler und winkte den beiden Kommissaren zum Abschied. Roeder hatte Tränen in den Augen, deshalb war er sich nicht ganz sicher, ob aus Röslers Miene auch Schadenfreude abzulesen war.

* * *

Als er das Brot und seine anderen Vesperutensilien am späten Nachmittag wieder aufgeräumt hatte, schnürte Lindner seine Wanderstiefel und brach zu einer etwas größeren Runde auf. Er marschierte die Straße nach Gruibingen entlang und bog ein Stück hinter dem großen Hotel nach rechts auf die Obstwiesen ein. Etwas weiter oben ging zwar der Höhenweg von der Landstraße ab und führte auch in die Richtung, in die er wollte – aber er hatte ohnehin selten Lust auf feste Wanderwege, und heute war ihm noch viel weniger danach. Er wollte das Gras unter seinen Schritten hören, er wollte über federnden Untergrund gehen, und vor allem wollte er niemandem begegnen, der wie gehetzt joggte oder mit dem Mountainbike über den Kies fegte.

Das Streifen quer durch die Wiesen und Wälder tat ihm immer gut, und es erinnerte ihn angenehm an seine Kindheit hier draußen. Was waren sie alle an der frischen Luft gewesen, wie hatten sie sich hier wohlgefühlt, und wie unbeschwert war das alles gewesen. Wenn er heute an schlechte Noten und zu aufwendige Hausaufgaben zurückdachte, kam ihm das alles längst nicht mehr so schlimm vor wie damals.

Das Marschieren machte ihm allerdings heute mehr Mühe, und Lindner blieb stehen und fasste sich prüfend an die Brust. Sein Atem ging schwer, und das Herz pochte stärker – das musste er im Auge behalten.

Der tote Kollege in Stuttgart kam ihm unversehens in den Sinn, und sofort zog sich ein stechender Schmerz vom Nacken über den Schädel bis hin zu den Schläfen. Er atmete tief ein und aus, schloss die Augen, konzentrierte sich ganz auf seinen Atem, zwang sich, ruhiger zu atmen, was aber nicht so gut gelang – und dann machte er doch wieder die Augen auf, weil ihm sein weiterhin heftig pochendes Herz Angst machte.

War da nicht ein Ziehen im linken Arm? Ein Stechen in der Brust?

»Mist«, dachte Lindner. »Wenn es mich hier draußen erwischt, findet mich keiner rechtzeitig.«

Er horchte weiter in sich hinein, das Herz beruhigte sich ein wenig.

»Glück gehabt«, atmete er nach einer Weile auf. Die Kopfschmerzen ließen nach, Puls und Atmung normalisierten sich. Aber dass er sich gleich morgen von seinem Schulfreund auf Herz und Nieren untersuchen lassen musste, war klar.

Er fingerte sein Handy aus der Tasche, rief die gespeicherte Praxisnummer von Bruch auf und kündigte sich auf dem Anrufbeantworter für den morgigen Vormittag an.

Dann sah er sich um. Ein gutes Stück links von ihm erhob sich die mächtige Silberpappel über die anderen Bäume, die über die Wiesen verstreut standen. Und rechts unter sich sah er Boll liegen: das kleine Wohngebiet diesseits der Badstraße, weiter hinten die Schulen und die Sportanlagen und links – aus Lindners Perspektive halb vom Wald verdeckt – die Evangelische Akademie, die Reha-Klinik und den Kurpark.

Er marschierte weiter, schlüpfte in den Wald, folgte einem schmalen Pfad hinunter, überquerte den kleinen Bach, erklomm die Böschung, überwand den nächsten Bach auf einer schmalen Brücke mit einem Geländer aus stehenden

Holzlatten und kraxelte den Hang hinauf, bis er den Höhenweg erreichte, der hier nur ein Trampelpfad war.

Im Wald war es duster gewesen, und als er unter freiem Himmel das Schützenhaus passierte und das Tempele erreichte, hatte die Dämmerung schon eingesetzt. Die Bank unter dem Dach des runden Pavillons war unbesetzt, und Lindner ging die paar Stufen zu der Plattform hinauf.

Er setzte sich in die Mitte, genoss den leichten Windschutz der Rückwand, die etwa die halbe Rundung des Pavillons umfasste, und sah zwischen den Säulen auf der anderen Seite hinaus auf die Landschaft.

Es war ein atemberaubender Blick, der sich ihm bot. Obstwiesen lagen bis zum Ort, dahinter breitete sich das Stauferland mit seinen Flächen und Hügeln aus wie eine erhabene Theaterbühne. Lindner saß lange da und beobachtete das Spiel von Licht und Schatten, inszeniert von den dahinziehenden Wolken und der voranschreitenden Dämmerung.

Erst nach einer Weile fiel ihm wieder ein, mit welchem Ziel er eigentlich losgewandert war. Noch einmal sah er in die Runde, dann stand er auf und machte sich auf den Weg.

Inzwischen hatte er es etwas eilig, sein Ziel zu erreichen, also schnaufte er den breiten Kiespfad bis zum Hörnle hinauf, ließ den Aussichtspunkt aber achtlos liegen und folgte einem Wildwechsel, der ihn oberhalb von Eckwälden bis zum Waldrand hinunter führte. Schließlich stand er genau oberhalb der Stelle, an der Heiderichs Leiche entdeckt worden war. Nicht weit von ihm raschelte es, und etwas schien sich eilig in den Wald zurückzuziehen. Lindner sah angestrengt in den schon recht dunkel liegenden Wald, aber er konnte nichts erkennen. Wahrscheinlich hatte er ein Tier aufgescheucht, ein allzu kleines konnte es den Geräuschen nach aber nicht gewesen sein.

Als er die ersten Schritte hinunter auf den Fundort zu machte, fiel ihm auf, dass etwas neben dem Holzstapel lehnte. Als er näher kam, konnte er erkennen, dass es ein

Mensch war, der dort kauerte. Und als er die Gestalt mit seinen Schritten und seinem schweren Atmen aufschreckte, erkannte er Johanna Tiedtmaier.

Sie sah ihm erschreckt entgegen, und fast wirkte sie, als wollte sie jeden Augenblick aufspringen und davonrennen.

»'n Abend, Johanna«, sagte Lindner so beruhigend wie möglich und ging weiter auf sie zu.

Er kannte sie natürlich, auch wenn sie einige Jahre jünger war als er. Früher waren die Kinder vom quirligen Kleinsten bis zum großspurigen Jugendlichen alle miteinander über die Wiesen gerannt, und ob Boll oder Eckwälden – man stromerte gemeinsam umher, oder man traf in den damals überaus beliebten Bandenspielen aufeinander und ärgerte sich oder spielte sich Streiche.

Johanna war ein hageres, schüchternes Mädchen gewesen, schon früh hoch aufgeschossen und immer sehr altmodisch in Kittelschürzen und groben Halbschuhen unterwegs. Sie wurde oft gehänselt, was zwei ältere Jungs aus ihrer Nachbarschaft gerne als Angriff auf ihre Eckwäldener Ehre auffassten – dann gab es Dresche, wenn man es nicht rechtzeitig wieder zurück über den Pappelweg schaffte, an dem sich die Kinder damals als Grenze zwischen den beiden Dörfern orientierten.

Später, als es in die Disco ging – oder in das, was sie damals dafür hielten –, hatte sich Johanna schon recht früh zu einer durchaus ansehnlichen jungen Frau ausgewachsen, für Lindners damaligen Geschmack etwas zu rundlich und zu üppig, aber auf eine eher herbe Art durchaus hübsch.

Aber ernst war sie immer gewesen, wahrscheinlich wegen ihres kleinen Bruders Ronnie, der ein wenig zurückgeblieben war und um den sie sich häufig kümmern musste. Soweit Lindner das während seiner Stuttgarter Zeit bei Besuchen in seinem Elternhaus mitbekommen hatte, wurde Ronnie inzwischen tagsüber im Institut in Eckwälden betreut.

Sie rappelte sich auf, blieb mit hängenden Schultern stehen und sah ihn nun weniger erschreckt als erstaunt an.

»Was machst du denn hier draußen?«, fragte er.
Johanna sah sich um und räusperte sich nach einer Weile.
»Hier hat man ihn gefunden.«
Lindner musterte Johanna. Sie war schlanker geworden in den vergangenen Jahren, einige Fältchen zogen sich um ihre Mundwinkel und um ihre Augen, die Haare trug sie kurz im Stil eines Pagenschnitts. Sie wirkte müde und traurig, und Lindner hatte plötzlich das Bedürfnis, sie in den Arm zu nehmen – was aber auch daran liegen konnte, dass sie im Halbdunkel mit ihren markanten Gesichtszügen einfach umwerfend aussah.
»Kanntest du ihn?«, sagte Lindner stattdessen, und er spürte einen Kloß im Hals.
Johanna nickte.
»Gut?«
Nun sah sie ihn mit einem wehmütigen Lächeln an, und Lindner bekam ganz weiche Knie.
»Fängst du jetzt auch noch an, Stefan?«
»Warum ich auch?«
Dann fiel ihm etwas ein.
»Hat Roeder mit dir geredet?«
»Ja, allerdings. Hat mich ausgequetscht wie eine Zitrone, würde ich mal sagen. Besonders feinfühlig scheint der mir nicht zu sein.«
»Ach, mach dir da mal nichts draus. Roeder ist ein Arschloch, ich kann ihn auch nicht leiden.«
Sie hob die Augenbrauen.
»Ja, ja, wir waren lange Kollegen, aber das muss nichts heißen. Als ich mit Thomas hierherkam, damit er Heiderichs Tod feststellen konnte, hat er ziemlich deutlich gemacht, wie sehr er sich über meine Anwesenheit ›freute‹.«
»Thomas? Thomas Bruch?«
»Ja, wir waren zusammen in der Schule, ein paar Klassen über dir.«
»Na ja, ich erinnere mich eher an eure Schweinerei damals mit Ronnies Tretroller.«

Sie sah ihn an, und Lindner konnte nicht erkennen, ob sie die Erinnerung daran noch trauriger als zuvor aussehen ließ. Am liebsten wäre er im Boden versunken.

»Das war nicht so toll, damals, was?«

»Nein, war es nicht.«

»Tut mir leid, ehrlich. Tat mir schon damals leid, noch am selben Tag.«

»Ist okay, vergiss es.«

Sie standen ein paar Minuten schweigend beieinander.

»War er dein Freund?«, fragte Lindner schließlich.

Sie sah ihn an, er nickte kurz zu der Stelle auf der Wiese hin, wo Heiderich gelegen hatte.

»Ja, war er.«

Sie folgte seinem Blick.

»Hat er dort gelegen?«

Lindner ging die paar Schritte zu der Stelle.

»Genau hier.«

Johanna kam zögernd näher und sah auf das Gras hinunter, als könnte sie Heiderich noch dort liegen sehen.

»Wir hatten uns gestritten«, begann sie dann mit leiser Stimme, »am Nachmittag, bevor er hier ...«

Sie stockte.

»Er wollte sich nicht mehr heimlich mit mir treffen – und ich wollte Ronnie nicht beunruhigen.«

Lindner verstand kein Wort, aber er rührte sich nicht und hoffte, dass sie einfach weiterreden würde. Es dauerte fünf Minuten.

»Weißt du, Stefan: Ich habe meinem Vater auf dem Sterbebett versprechen müssen, dass ich mich immer um Ronnie kümmern werde. Er hatte Angst, dass er in einem Heim enden würde, so wie seine Patentante, einer seiner Onkels und auch seine Großmutter.«

Lindner wartete auch die nächste Pause ab, ohne etwas zu sagen.

»Der Frauenarzt hatte meiner Mutter von Anfang an nichts vorgemacht: eine späte Geburt, und dann die Vorbelastung in der Familie meines Vaters … Und so ist es dann ja auch gekommen.«

Sie ließ wieder eine Pause und sah auf die Wiese, obwohl allmählich alles um sie in Dunkelheit versank.

»Ich liebe Ronnie, er ist ein toller Bruder. Meistens ist er ganz … wie soll ich sagen? Ganz normal, eben. Aber wenn er unter Druck kommt, wenn er schlechte Laune bekommt oder Angst – dann wird's schwierig für ihn. Und mit ihm.«

Sie zog ein Taschentuch hervor und putzte sich die Nase. Dann blickte sie sich noch einmal um und sah Lindner direkt in die Augen.

»Komm, lass uns gehen. Ist ja schon ganz dunkel hier.«

Damit wandte sie sich ab und ging auf den Kiesweg zu, der zurück nach Eckwälden führte. Am Rand des Weges blieb sie noch einmal stehen und sah zu Lindner zurück – er stand unverändert mitten auf der Wiese.

»Jetzt komm schon, Stefan, ich erzähl dir den Rest unterwegs.«

Lindner setzte sich in Bewegung, und gemeinsam schlugen sie die Richtung zum Dorf ein.

»Als Mama vor einigen Jahren starb«, fuhr sie fort, »war Ronnie noch klein, und wahrscheinlich verstand er kaum, was da passiert ist. Ich hab ihm erzählt, dass die Mama jetzt ein Engel ist und Tag und Nacht dabei hilft, auf ihn aufzupassen. Das hat ihn damals beruhigt. Aber als es Papa begann, schlechter zu gehen, und er das Bett kaum mehr verlassen konnte, war Ronnie schon zu alt, um ihn mit so etwas abzuspeisen. Er saß ganze Abende stumm an Papas Bett, hielt ihm die Hand oder erzählte ihm, was er tagsüber im Heim erlebt hatte. Und dann ist Papa eingeschlafen, hat noch einmal Luft geholt, und es sah aus, als bereitete es ihm Mühe. Und dann …«

Sie schluckte und zog noch einmal das Taschentuch hervor.

»Und dann war es plötzlich so still. Papa hat einfach nicht mehr ausgeatmet.«

Sie ging wortlos weiter, und als sie die Gabelung erreichten, an der es rechts auf den Höhenweg und links hinunter zum Ortsrand, zur kleinen Brücke und zur Haltebucht gleich dahinter ging, blieb sie stehen.

»Zum Glück waren wir beide dabei, auf diese Weise konnte er Papas Tod vermutlich besser begreifen – und ich war da, habe ihn mit diesem Erlebnis nicht allein gelassen. Trotzdem brauchte Ronnie drei, vier Wochen, bis er mit seinen Gefühlen einigermaßen umgehen konnte. Im Institut haben sie sehr gute Arbeit geleistet, wir haben zuhause auch viel miteinander geredet, über alles Mögliche. Und mit der Zeit musste ich abends nicht mehr fürchten, dass er mich in seiner blinden Verzweiflung umschubst oder boxt oder kneift …«

Lindner kam sich plötzlich ganz klein vor mit seinen gesundheitlichen Problemen, die obendrein auch niemand ernst nahm.

»Dann lernte ich Hans kennen.«

»Hans?«, hakte Lindner mechanisch nach.

»Ja: Hansgeorg Heiderich, ich hab ihn nur Hans genannt. Hansgeorg … meine Güte: Ich kannte mal einen mit diesem Namen, den ich nicht besonders mochte. Na ja … Hans jedenfalls hat irgendjemanden besucht, drüben in der Rehaklinik. Ich weiß gar nicht mehr, ob es ein Kollege, ein Freund oder ein Verwandter war. Und als er mit seinem Wagen vom Parkplatz auf die Straße wollte, bin ich ihm mit dem Fahrrad fast in die Seite gekracht. Ich konnte gerade noch ausweichen, aber dafür bin ich dann im Graben gelandet.«

Sie lächelte und schien die Erinnerung zu genießen. Fast spürte Lindner einen Hauch von Eifersucht in sich aufsteigen.

»Mein Kleid war hin, und die Kette sprang runter, aber sonst war ich okay. Hans ist gleich aus seinem Wagen gesprungen, hat mir wieder aufgeholfen und mir die Kette wieder draufgemacht. Dabei hat er sich beide Hände und sein helles Hemd eingesaut … Dann hat er darauf bestanden, mich nach Hause zu fahren. Das Rad hat er hinten in seinem Kombi verstaut, und dann sind wir nach Eckwälden rein. Als er mein Rad wieder ausgeladen hatte, wollte ich ihn zum Dank auf einen Kaffee reinbitten, aber da stand schon Ronnie in der Tür und schaute misstrauisch zu uns herüber. Ich hab Hans dann noch kurz meine Telefonnummer aufgeschrieben und ihm den Zettel zugesteckt, dann ist er wieder gefahren.«

Sie setzte sich wieder in Bewegung.

»Damals hab ich mich richtig beobachtet gefühlt. Die alte Römer von gegenüber stand wie üblich am Fenster, und Heiner Brodbeck, der nebenan wohnt, werkelte an seinem Traktor herum und hatte Hans wohl auch gesehen. Am schlimmsten aber fand ich Ronnies Gesichtsausdruck.«

Johanna schüttelte sich.

»So eine Mischung aus Misstrauen, Wut, Angst – fast, als habe er mich bei etwas Schlimmem erwischt. Oder so, als rechnete er damit, dass ich ihm demnächst etwas antun oder ihn verraten würde.«

Lindner begriff allmählich, wie kompliziert Johannas private Situation war. Gewesen war.

»Und das habe ich dann ja auch getan. Fast jedenfalls.«

»Was meinst du damit?«

Lindner war ganz in Gedanken neben ihr hergetrottet. Nun sah er sie an, weil keine Antwort kam – dann fiel ihm auf, dass sie gerade die Haltebucht passierten. Also schwieg er, bis sie die ersten Häuser von Eckwälden erreicht hatten und die Haltebucht so weit hinter ihnen lag, dass sie hinter der Wegbiegung nicht mehr zu sehen war.

»Was meinst du damit, dass du Ronnie fast verraten hättest?«, wiederholte er.

»Hans wollte mich bei sich haben, und ich musste bei Ronnie bleiben – und wollte das auch, schon wegen meines Versprechens Papa gegenüber. Aber nachdem Ronnie mich so angesehen hat, als Hans mich und das Rad heimbrachte … da hab ich mich nicht mehr getraut, mich vor Ronnies Augen mit Hans zu treffen. Ein paar Mal hat Hans mich angerufen, und wenn Ronnie ranging, hat er gleich wieder aufgelegt. Dann haben wir uns diese Treffen am Waldrand ausgedacht, und das Zeichen, das ich ihm geben sollte.«

Lindner sah sie fragend an, und Johanna erklärte das Prozedere mit Heiderichs Wagen unten auf der Straße und dem »Winken« mit der Gardine, mit der Haltebucht, ihrem Hinterherschleichen und den Spaziergängen raus zum Wald.

»Und wie war's am Donnerstag? Habt ihr euch da auch getroffen?«

»Hans kam zu mir ins Haus. Ich war sauer, weil er damit riskierte, dass Ronnie ihn sah. Und er war sauer, weil ich mich nicht öffentlich zu ihm bekennen wollte. Ich konnte ihn ja verstehen, aber als er dann auch noch anfing, von einer gemeinsamen Wohnung in Esslingen zu reden und davon, dass Ronnie doch ganz im Heim leben könnte … Da hab ich ihn rausgeschmissen.«

»Und wann am Donnerstag war das?«

»Gegen vier, so ungefähr. Und kaum war er eine halbe Stunde weg, habe ich ihn auf dem Handy angerufen, habe mich auf seinem Anrufbeantworter für alles entschuldigt und ihn gebeten, dass wir uns am Abend am üblichen Platz treffen.«

Sie hatten Johannas Elternhaus erreicht.

»Er hat kurz darauf zurückgerufen, hat versprochen, dass er um halb acht kommt – und ich habe gewartet.«

»Und er ist nicht gekommen.«

»Er war wohl schon früher da. Dein Kollege Roeder meinte, von meinem Handy sei Hans nach dem Telefon auch noch eine SMS geschickt worden, er soll doch schon um halb sieben kommen – und das hat er dann, wieder per SMS, bestätigt. Davon hab ich aber nichts mitbekommen, mein Handy ist seit Donnerstag weg. Das ist direkt nach meinem Gespräch mit Hans verschwunden und ist seither auch nicht mehr aufgetaucht.«

Lindner dachte nach, und dass Johanna sich zum Hineingehen wandte, spürte er mehr, als er es sah. Dann drehte sie sich noch einmal um, nahm seine Hände in ihre, drückte sie, sah ihn an und murmelte: »Danke, Stefan, dass du mir zugehört hast.«

Er hörte sich »Jederzeit gerne« stammeln, und dann war sie schon drin im Haus. Ihren warmen, weichen und trockenen Händedruck spürte er noch, als ihm ein Stück weiter im Ort Ronnie entgegenkam. Der Junge stierte vor sich auf den Boden, sah auf, als er Lindners Schritte hörte, und fixierte ihn mit einem argwöhnischen Blick. Lindner nickte ihm knapp zu, dann gingen die beiden ohne ein Wort aneinander vorüber.

Nun konnte sich Lindner gut vorstellen, wie Johanna wegen ihrer Sorge um Ronnie und ihrer Liebe zu Heiderich zumute gewesen sein musste.

Ronnie blieb ein paar Meter von seinem Elternhaus entfernt stehen und sah Lindner nach. Er kannte ihn vom Sehen, sein Name würde ihm auch wieder einfallen. Er wusste, dass er bei der Polizei war, aber er hatte keine Ahnung, warum Lindner so spät noch durch seine Straße spazierte. Und warum er ihn vorhin in seinem Versteck am Waldrand aufgeschreckt hatte.

Dienstag, 27. September

Lindner erwachte und fühlte sich erholter als sonst. Er blieb noch eine Weile still liegen und horchte in seinen Körper hinein – aber außer der Tatsache, dass er dringend zur Toilette musste, war nichts Unangenehmes zu spüren.

In der Küche rumpelte es, seine Mutter war noch zugange. Doch als er wieder aus dem Bad kam, hörte er nur noch, wie die Hintertür zuschlug und kurz darauf der Traktor blubbernd und fauchend losratterte.

Er sah auf die Uhr: 8.30 Uhr. So früh war er schon lange nicht mehr aufgestanden, und so knapp hatte er seine Mutter schon länger nicht mehr verpasst.

Unter dem Apfelmännle auf dem Küchentisch klemmte ein neuer Zettel. »Lacha isch xond – Blättle, Seite zwoi!«

Er nahm das neue Amtsblatt vom Zeitungsstapel und blätterte es auf. Dort war ein Bild seiner Mutter zu sehen, wie sie in Gummistiefeln und Arbeitsschürze auf der Obstwiese stand, mit einer Leiter in der einen und einem Korb in der anderen Hand – und dabei so breit lachte, dass ihr fast der Stumpen aus dem Mundwinkel glitt. Das Bild war unterschrieben mit der Zeile »Traditionelle Mostobsternte in den Wiesen um Bad Boll«, und daneben stand ein Artikel, der Tipps zum Verarbeiten von Mostäpfeln gab und die Adressen der Annahmestellen in der näheren Umgebung auflistete.

Lindner lachte schallend auf und setzte sich an den Küchentisch, wo seine Mutter alles mit Glas- und Plastikschüsseln abgedeckt hatte, damit die Katze und die Fliegen nicht ans Essen konnten. Als er sich ein Brot schmierte, hörte er im Wohnzimmer den alten Kater vom Sofa plumpsen und gemächlich in die Küche herübertappen. Ein paar Mal strich das Tier mit seinem allmählich räudig werdenden Fell um seine Beine, dann trollte er sich zu den beiden Schüsselchen, in denen Wasser und Trockenfutter für ihn bereitstanden. Wegen des Katers hätte es die Abdeckungen schon lange nicht mehr gebraucht: Er war längst zu faul und zu unbeweglich, um es überhaupt noch auf den Tisch hinauf zu schaffen.

In der Thermoskanne war noch etwas mehr als eine Tasse Kaffee, und dieser war noch erfreulich warm. Langsam begannen in Lindners Kopf wieder die Gedanken zu kreisen, aber nicht um Kollege Kieber und auch nur am Rand um den toten Heiderich – Lindner ging Johanna durch den Kopf.

Hübsch im eigentlichen Sinn war sie in den vergangenen Jahren nicht geworden, aber gestern Abend hatte er sie schon sehr attraktiv gefunden. Er dachte an ihre Beziehung zu dem Ermordeten, an die Entscheidung für oder gegen Heiderich und damit gegen oder für ihren Bruder, die ihr bevorgestanden hatte. Und er konnte sich gut vorstellen, wie Johanna in der Zwickmühle gesessen haben musste. Lindner legte Johannas Namen in Gedanken trotzdem im Fach »unschuldig« ab.

Was war mit Ronnie? Wenn er schon misstrauisch reagierte, als Heiderich Johanna heimbrachte – was würde dann erst in ihm vorgehen, wenn er von der Beziehung seiner Schwester zu dem fremden Mann erfuhr? Wenn er womöglich sogar die Befürchtung gehabt hätte, dass seine Schwester wegziehen und ihn vollends ins Heim stecken würde? Nur: Heiderich war von mehreren Leuten mit Äpfeln gesteinigt worden – Ronnie hätte ihm sicher eher einfach eine Schaufel über den Kopf gezogen oder ihn in seiner Wut und Verzweiflung irgendwo hinuntergestoßen.

Aber offenbar hatte irgendjemand Heiderich per SMS von Johannas Handy aus gebeten, eine Stunde früher zu kommen – leichter als Ronnie hatte es sicher niemand, an Johannas Handy zu gelangen.

Er aß und trank und grübelte, der Kater trollte sich wieder ins Wohnzimmer, und Lindner kam mit seinen Überlegungen nicht weiter.

Schließlich räumte er den Tisch ab und machte sich auf den Weg zum Polizeiposten. Erst wollte er sein altes Fahrrad nehmen, aber das stand platt und verstaubt im Schuppen. Also stieg er doch in sein Auto, und keine fünf Minuten später stellte er den Wagen am Straßenrand ab und ging hinüber zu dem Gebäude, in dem Fritz Aichele und seine Kollegen im ersten Stock untergebracht waren.

Aichele war nicht da, aber dessen jungen Kollegen Marc Weiser traf er an.

»Der Chef ist bei der Soko«, sagte Weiser, klemmte sich ein paar Unterlagen zwischen die Beine und schlüpfte in seine Uniformjacke. »Ich muss auch gleich wieder rüber.«

»Kann ich mitkommen?«, fragte Lindner.

Weiser zögerte kurz, dann zuckte er mit den Schultern.

»Mir ist es egal, Sie sind ja Kollege. Also kommen Sie ruhig – aber Roeder scheint Sie nicht so sehr zu mögen.«

»Ich ihn auch nicht«, sagte Lindner knapp, und bemerkte, wie sich Weiser ein Grinsen nur mühsam verkneifen konnte.

Er folgte dem jungen Beamten nach draußen, und kurz darauf stand er in der Tür zu dem Konferenzraum, in dem sich die Ermittlungsgruppe zum Mordfall Heiderich eingerichtet hatte.

Lindner spürte eine Mischung aus Vertrautheit und Abneigung. Alles sah aus, wie es immer aussah in solchen Räumen. Auch wegen des Mordes an seinem Kollegen Kieber war in einem solchen Ambiente beratschlagt und ermittelt worden.

Einige Tische waren zu einem Viereck zusammengestellt, vorne standen ein Flipchart mit hastig hingeworfenen Filzstift-Grafiken und eine große Stellwand, auf die Planskizzen, Fotos und allerlei Unterlagen gepinnt waren. Ein Beamer war aufgebaut, und der Rest des Raumes war vollgestellt mit Tischen, an denen die Kollegen am Computer oder am Telefon Informationen beschafften.

Roeder stand in einer Gruppe vor der Stellwand und wandte der Tür den Rücken zu. Irgendwann bemerkte Harald Miller, der Roeder gegenüberstand, den wartenden Lindner, und er machte seinen Vorgesetzten auf ihn aufmerksam.

Das Gespräch brach ab. Es wurde fast unnatürlich still in dem Raum, nur an einem der anderen Tische wurde ein Telefonat geführt. Roeder drehte sich um. Sein Blick sprach Bände, kopfschüttelnd kam er auf Lindner zu und baute sich direkt vor ihm auf.

»Was willst du schon wieder?«

Roeder hatte offenbar keine Lust auf Konversation.

»Johanna hat mir von sich und Heiderich erzählt.«

Roeder sah ihn fragend an.

»Johanna Tiedtmaier, sie wohnt in der Dorfstraße in Eckwälden.«

»Das weiß ich, du Genie!«, zischte Roeder. »Glaubst wohl, dass es außerhalb von Stuttgart keine brauchbaren Ermittler gibt, was?«

»Oh, Wolfgang«, seufzte Lindner mit gedämpfter Stimme. »Kannst du nicht mal eine Therapie machen? Deine Minderwertigkeitskomplexe nerven nur noch – und wahrscheinlich nicht nur mich, glaub mir.«

Roeder bebte, er stand offensichtlich kurz davor, die Beherrschung zu verlieren – aber Lindner blieb ganz ruhig stehen, den Kopf leicht nach hinten geneigt, damit er dem etwas größeren Kollegen genau in die Augen sehen konnte. Damit war Roeder schon während ihrer gemeinsamen Zeit in Göppingen nicht zurechtgekommen.

Und auch diesmal sank Roeder nach einer kurzen Wartezeit etwas in sich zusammen. Nicht viel, aber es reichte, um zu zeigen, dass Lindner wieder ein Duell gegen den alten Kollegen gewonnen hatte.

Lindner verbot sich ein triumphierendes Lächeln, aber er ließ seine Mundwinkel gerade so sehr zucken, dass Roeder, der ihn nach wie vor aufmerksam musterte, bemerkte, dass sich Lindner seines Sieges gewiss war. Außer Roeder merkte das niemand, und sehr höflich fuhr Lindner dann fort: »Ich dachte mir, ich schau mal bei den alten Kollegen vorbei – natürlich nur, wenn du einverstanden bist, Wolfgang.«

Roeder war nicht mehr an ihre Spielchen gewöhnt. Früher hatte er solche Niederlagen elegant überspielt und hatte nach außen hin großzügig gewährt, was sich Lindner längst erkämpft hatte – aber diesmal trat er ein wenig hölzern einen Schritt zurück und suchte noch nach den richtigen Worten.

Hinter Roeder trat ein Mann im maßgeschneiderten Anzug näher und stellte sich neben den Kripobeamten.

»Wollen Sie uns einander nicht vorstellen?«, fragte er Roeder, aber sein Tonfall ließ keinen Zweifel daran, dass das keine Frage war, auf die sich Roeder selbst eine Antwort ausdenken durfte.

»Das ist Herr Staatsanwalt Hagenbeck«, sagte Roeder etwas steif und deutete auf den Mann neben sich. »Und das, Herr Hagenbeck, ist Stefan Lindner, ein alter Kollege. War früher bei uns in der Kripo Göppingen, dann ging er nach Stuttgart, und inzwischen ist er …«

Roeder fing Lindners warnenden Blick auf und verstummte.

»Ich bin inzwischen beim LKA, hier in Bad Boll bin ich aber nur privat – meine Mutter betreibt den elterlichen Bauernhof, und ich wohne zurzeit bei ihr.«

»Als Einheimischer«, sagte Hagenbeck, »kennen Sie ja sicher alle hier im Dorf, was?«

»Na ja, die meisten. Boll ist doch ein wenig größer geworden in den vergangenen Jahren.«

»Schön, schön«, sagte Hagenbeck und sah zwischen Roeder und Lindner hin und her. Er schien das Verhältnis der beiden ganz gut einschätzen zu können, und Lindner hatte das Gefühl, dass sich der so bestimmt auftretende Staatsanwalt im Moment mit einiger Mühe ein Grinsen verkneifen musste. »Aber was führt Sie nun hierher?«

»Herr Lindner ist indirekt auch von unserem Fall betroffen«, sagte Fritz Aichele, der mit diesen Worten neben Hagenbeck trat. »Seine Mutter hat ebenfalls ein Apfelmännle bekommen. Vielleicht kann er uns behilflich sein – er ist ziemlich gut darin, aus den kleinsten Hinweisen nützliche Theorien zu entwickeln.«

»Ja dann, Fritz«, sagte Hagenbeck und sah Lindner nachdenklich an.

Roeder und Lindner stutzten kurz wegen der vertraulichen Anrede.

»Wir angeln zusammen«, sagte Aichele, als würde das alles erklären. »Seit ein paar Jahren.«

»Ja, tun wir«, ergänzte Hagenbeck. »Und da habe ich schon oft von seiner Ortskenntnis profitiert. Vielleicht …« Er sah nun etwas freundlicher zu Lindner hin. »Vielleicht geht es uns in der Soko ja mit Ihnen ähnlich.«

»Eigentlich wollte ich nur ...«, setzte Lindner lahm an, aber Hagenbeck fuhr ihm sofort dazwischen.

»Papperlapapp! Ich habe Sie schon gesehen, als Sie noch in der Tür standen. Und so, wie Sie die ganze Szenerie hier aufgenommen haben, wie Sie sich umgesehen haben, als wäre nur Vertrautes um Sie herum ... Erzählen Sie mir bloß nicht, Sie wollten ja eigentlich nur dies oder jenes.«

Hagenbeck grinste breit, aber nicht unfreundlich. Roeders Kieferknochen mahlten.

»Natürlich können Sie nicht offiziell Mitglied der Sonderkommission sein, aber wenn Sie Lust hätten, sich an den Besprechungen zu beteiligen und ab und zu etwas von Ihrem Wissen über Boll und die Boller – oder wie immer man die Leute hier richtig bezeichnet – beizusteuern, würde ich mich freuen. Wir können jede Hilfe brauchen in diesem seltsamen Fall, glauben Sie mir. Ich verlasse mich selbstverständlich darauf, dass Sie professionell mit der Situation umgehen – also kein Wort zu jemandem außerhalb dieser Ermittlungsgruppe, auch nicht zu Ihrer Mutter, ja?«

Lindner nickte.

»Sind Sie denn überhaupt einverstanden, Herr Roeder?«, fragte Hagenbeck nach einer kurzen Pause, dann wandte er sich wieder an Lindner: »Herr Roeder leitet die Soko, und ich möchte ihm natürlich nicht in seiner Entscheidung vorgreifen. Das ist nur ein Vorschlag.«

Das war natürlich pure Untertreibung. Der Staatsanwalt war Herr des Verfahrens. Roeder mochte zwar der Leiter der Soko sein, aber Hagenbeck musste hier nichts vorschlagen, er konnte anweisen.

»Gute Idee, Herr Hagenbeck«, log Roeder und nickte tapfer. »Herr Lindner kann uns sicher helfen, ich werde ihn mal aufs Laufende bringen, wenn Sie mich jetzt entschuldigen würden.«

Damit wandte er sich ab und marschierte zur Stellwand, ohne darauf zu warten, dass ihm Lindner wirklich folgte. Der wollte gerade losgehen, da nahm ihn Hagenbeck noch kurz zur Seite: »Ich habe in Stuttgart schon viel Gutes von Ihnen gehört, Herr Lindner. Und glauben Sie mir: Sie kommen wieder auf die Beine – vielleicht ja gerade dadurch, dass Sie sich gedanklich mit unserem Fall beschäftigen.«

Er lächelte Lindner an und nickte ihm aufmunternd zu.

* * *

Es war fast elf, und bisher hatte Roeder ihn in Ruhe gelassen. Er hatte ihm im Soko-Raum einen freien Platz an einem der Schreibtische zugewiesen. Maria Treidler, die den Platz ihm gegenüber benutzte, war unterwegs und würde erst am frühen Nachmittag wiederkommen. Also konnte Lindner die Unterlagen, die ihm die Kollegen zur Verfügung gestellt hatten, über beide Arbeitsplätze ausbreiten.

Zuerst stolperte Lindner über ein seltsames Detail: Der Tote trug seine Brieftasche bei sich, Papiere, Kreditkarten und Geld waren noch drin. Aber es fehlten alle Schlüssel. Mindestens den Autoschlüssel musste er bei sich gehabt haben, und im Auto wurde auch kein Hausschlüssel gefunden. Aber weder die Brieftasche des Toten noch eine Aktenmappe mit teils vertraulichen Unterlagen, die im Kofferraum seines Wagens lag, waren gestohlen worden. In Heiderichs Wohnung deutete auch nichts auf einen Diebstahl hin. Das Apfelmännle stand auf dem Wohnzimmertisch, und in den Schubladen fanden sich kleinere Geldbeträge und eine Schachtel mit Halsketten, vermutlich Familienschmuck.

Roeder hatte zu der Unstimmigkeit mit dem fehlenden Schlüssel einige Notizen auf den Bericht gekritzelt: »Nichts gestohlen! Brieftasche: Wollte Mörder schnell weg? Auto: Wurde der Täter gestört? Wohnung: Kannte der Mörder die Adresse nicht?« Lindner nickte: Roeder war kein schlechter

Ermittler, seiner Ansicht nach stellte er hier genau die richtigen Fragen.

Zu Bruchs Vermutung, der Tote sei an den Einschlägen der auf ihn geworfenen Äpfel gestorben, hatte sich durch die Obduktion etwas Neues ergeben. Offenbar war Heiderich durch die zahlreichen Apfeltreffer bewusstlos zu Boden gegangen, aber die Würfe waren nicht tödlich. Der Rechtsmediziner hatte noch zwei weitere Schlagverletzungen an der Schläfe festgestellt, auf der Heiderich gelegen hatte – und diese beiden Verletzungen rührten ziemlich sicher nicht von geworfenen Äpfeln her. Der Rechtsmediziner tippte auf einen Stein mit einer leicht abgerundeten, aber doch noch kantigen Form. Und die damit geführten Schläge lösten schließlich die Hirnblutungen aus, die zu Heiderichs Tod führten.

Die Kriminaltechnik hatte in der Umgebung des Toten keinen Stein gefunden, auf den die Beschreibung passte und der entsprechende Blut- oder Gewebespuren aufwies. Auch deshalb ging die Soko davon aus, dass der Stein nicht geworfen, sondern dass mit ihm geschlagen worden war – und dass er etwa handtellergroß gewesen sein musste, damit er gut als Schlagwerkzeug zu handhaben war.

Lindner vermutete dasselbe wie die Kollegen von der Ermittlungsgruppe: Mehrere Täter hatten Heiderich mit Äpfeln bombardiert, bis er leblos oder zumindest stark benommen am Boden liegen blieb – dann brachte ihm jemand die tödlichen Schläge bei.

War es jemand aus der Gruppe, und die anderen hatten den Mord beobachtet? Oder war der Mörder, nachdem alle anderen gegangen waren, noch einmal zurückgekommen, um Heiderich heimlich zu töten?

Der Rechtsmediziner konnte die Verletzungen zwar zeitlich einordnen – aber die Zeit, die zwischen den Treffern mit den Äpfeln und den Schlägen mit dem Stein lag, ließ sich nicht so genau bestimmen, dass eine der Varianten deswegen ausschied.

Was sich aber im Sektionsraum noch herausstellte: Heiderich hatte schon vor dem ersten Apfeltreffer einen Schlag abbekommen, vielleicht eine viertel oder eine halbe Stunde zuvor. Jemand hatte ihn niedergeschlagen, vermutlich mit einem Holzscheit oder dem groben Holzgriff eines Werkzeugs. Das war vermutlich bei der Haltebucht passiert, und von dort bis zum Waldrand war Heiderich halb geschleift, halb getragen worden – darauf deuteten Abriebspuren auf dem Obermaterial seiner Lederschuhe hin. Heiderich war aus seinem Wagen ausgestiegen, oder er hatte Johanna Tiedtmaier schon stehend dort erwartet, als er niedergeschlagen und zu der Wiese am Waldrand gebracht wurde, an der er sich immer mit Johanna getroffen hatte.

Aber warum war es so wichtig, Heiderich unbedingt an jene Stelle zu schaffen, an der er sich sonst immer mit seiner Freundin traf – einsam und vor Beobachtung noch geschützter lagen auf dem Weg an den Waldrand viele andere Plätze. Allein unterhalb des Teufelslochwegs endeten alle Wiesen in dichtem Gebüsch und grenzten an ein Waldstück. Doch hatten die Täter Heiderich an diesen Stellen achtlos vorbeigeschleift, rund fünfhundert Meter weiter, bis neben den großen Holzstapel.

Vermutlich waren die heimlichen Treffen von Heiderich und Johanna Tiedtmaier nicht ganz so heimlich gewesen, wie die beiden gedacht hatten. Aber wen hatte diese Beziehung so sehr gestört, dass sie zu einem Mord führte – oder dass sie zumindest mit ihren intimen Plätzen in den Mordablauf integriert wurde?

Wen außer Ronnie?

* * *

»Wer hat denn nun alles diese hässlichen Apfelmännle bekommen?«

Lindner sah die Unterlagen durch und versuchte, sich ein Bild von den bisherigen Ermittlungen zu machen. Maria

Treidler saß ihm seit der Mittagspause gegenüber. Roeder stand noch immer drüben an der Stellwand und diskutierte, zwischendurch sah er immer wieder einmal verstohlen zu Lindner herüber.

Treidler quittierte diese Blicke immer wieder mit einem spöttischen Grinsen und machte sich Lindner allein schon dadurch noch sympathischer. Sie war in der Soko als Kriminaloberkommissarin die Nummer zwei nach Roeder, und sie informierte Lindner sehr kenntnisreich und ohne großes Geschwafel über die wichtigsten Ermittlungsergebnisse.

»Ihre Mutter, Fritz Aichele und Hansgeorg Heiderich – das wissen Sie ja schon. Außerdem haben wir bisher noch eines im ›Hirschen‹ gefunden, und zufällig erwähnte auch noch Thomas Bruch, der Arzt, den wir zum toten Heiderich gerufen haben, dass er ein solches Ding bei sich stehen hat. Keiner weiß, woher die Apfelmännle kommen, aber sie scheinen alle aus derselben Quelle zu stammen. Machart, Holzmaterial, Apfelsorte – alles identisch.«

»Bruch kenne ich, wir waren zusammen in der Schule, und ich bin immer mal wieder bei ihm in der Praxis.«

»Haben Sie irgendeine chronische Krankheit?«, fragte Maria Treidler und sah ihn besorgt an.

»Ach, das ist eine lange Geschichte«, winkte Lindner ab. »Für wen war denn das Apfelmännle im ›Hirschen‹ gedacht?«

»Keine Ahnung, das stand da eines Tages im Gastraum. Warten Sie mal …«

Sie nahm sich den Stapel Unterlagen, der vor Lindner lag, und blätterte kurz darin.

»Hier.«

Sie schob ihm die entsprechende Notiz hin.

»Das Männle stand am Rand des Tresens«, fasste sie nebenbei für ihn zusammen, »zwischen Salzstangen und einem Stapel Bierdeckel. Irgendwann spät am Abend des Freitags hat es die Wirtin beim Aufräumen entdeckt.«

Lindner sah den Tresen in Gedanken vor sich, hinter dem Chiara Bier zapfte, Schorle und Saft einschenkte und die Gläser spülte. Über ihm verlief in derselben L-Form ein Regal, das an der Decke hing und Platz für Gläser und Spirituosen bot. Am linken Ende des Tresens hatte Chiara einige Speisekarten an die Wand gelehnt, daneben standen Salz- und Pfefferstreuer, Aschenbecher, Bierdeckel und zwei, drei leere Bierhumpen, in denen Salzstangen und ähnliches Knabberzeug standen.

Dort konnte jeder Gast jederzeit vorbeigehen, sei es auf dem Weg zur Toilette oder beim Bezahlen direkt am Tresen – auch die nervigen Rosenverkäufer, die sich in letzter Zeit erfreulich rarmachten, und jeder, der um Kleingeld bat, weil er Zigaretten kaufen wollte, kam dahin. Und einige der Lieferanten, vor allem wenn sie kleine Mengen vorbeibrachten, kamen zur Vordertür herein, lieferten ihre Ware am Tresen ab und setzten sich dann noch auf ein Viertele oder ein Bier an einen der Tische.

Kurz: Das Apfelmännle hätte dort jeder unbemerkt deponieren können – und das Ding hätte dort schon seit dem Vormittag stehen können, ohne dass es Chiara bemerkt hätte. Sie hatte ihr Gasthaus im Griff, und es war alles sauber – aber ein Hauch von mediterranem Chaos umgab Chiara trotzdem immer. Und Lindner und die anderen Stammgäste des »Hirschen« sahen das eher als Vor-, nicht als Nachteil.

Blieb die Frage: Für wen war das Apfelmännle gedacht? Als Erste kam Chiara selbst in Betracht, aber es konnte auch jemand anderes aus der Familie gemeint sein, oder eine Bedienung, der Koch, die Küchenhilfe ... Und was, wenn jemand das Apfelmännle dort nur kurz hingestellt und danach wieder mitzunehmen vergessen hätte – etwa nach dem Bezahlen?

Lindner dachte in Ruhe nach, und erst nach einer Weile bemerkte er, wie Maria Treidler ihn dabei dabei ansah.

»Entschuldigen Sie«, sagte er. »Ich war ganz in Gedanken.«

»Dafür müssen Sie sich nicht entschuldigen. Ich will ja keine Namen nennen, aber es gibt hier durchaus Kollegen, die ruhig etwas mehr nachdenken und weniger Energie auf ihre Hahnenkämpfe verwenden könnten.«

Sie lachte auf. Roeder sah sich kurz um; Lindner konnte sich das Grinsen zwar nicht mehr verkneifen, aber vermied es, zu Roeder hinzusehen. Es hatte keinen Sinn, noch zusätzlich Öl ins Feuer zu gießen – der Kollege hatte ihn ohnehin schon im Visier.

Maria Treidler war nicht besonders groß, vielleicht knapp über eins sechzig. Sie trug ihre gelockten Haare in einer wild auseinanderstrebenden Mähne, die ihr nach hinten bis auf die Schultern fiel, und sie musste sich immer wieder störende Strähnen aus der Stirn pusten. Sie war lässig gekleidet, trug Jeans und ein weich fallendes Oberteil, das ihre Figur nicht genau erkennen ließ, und an ihren kurzen Fingern steckten zwei etwas klobige Ringe an jeder Hand.

Ihr Alter konnte er schlecht schätzen. Vom Dienstgrad her und aufgrund ihrer Position tippte er auf Anfang, Mitte vierzig – ihre Lachfältchen und ein paar kleinere Hautflecken im Gesicht erweiterten den möglichen Bereich nach oben, ihre offene und manchmal fast mädchenhafte Art zu lachen ließen auch ein Alter in den Dreißigern möglich scheinen.

»Sind Sie denn auf eine Idee gekommen?«

»Bisher noch nicht«, gab Lindner zu. »Ich hab mir gerade den Tresen im ›Hirschen‹ vorgestellt – ich bin dort häufiger, zum Karteln und Essen. Aber da kommt im Lokal praktisch jeder mal vorbei, ohne deswegen groß aufzufallen.«

»Schade«, sagte sie. »Gibt es denn aus Ihrer Sicht eine Verbindung zwischen den Leuten, die ein solches Apfelmännle bekommen haben?«

»Hm …«

Lindner dachte nach, aber außer dem Offensichtlichen fiel ihm im Moment nichts ein.

»Alle stammen aus Bad Boll – bis auf den Toten.«

»Damit reicht diese Gemeinsamkeit nicht einmal für alle Apfelmännle.«

»Irgendwie passt das nicht, selbst wenn wir Heiderich mal weglassen. Schauen Sie: Fritz Aichele ist in den Fünfzigern, meine Mutter ist dieses Jahr einundsiebzig geworden, Chiara, wenn wir im ›Hirschen‹ mal davon ausgehen, dass sie gemeint ist, und Bruch und ich sind etwa im gleichen Alter – wo ist da die Verbindung? Oder andersrum: Chiara ist die Wirtin im ›Hirschen‹, Aichele und Bruch sind dort Stammgäste. Aber meine Mutter war dort in den vergangenen zehn, fünfzehn Jahren kein einziges Mal. Wenn sie was trinken will, haben wir Bier und Most im Keller. Und falls sie mal einen Schnaps will, den keiner ihrer alten Freunde selbst brennt, schickt sie mich in den ›Hirschen‹, um ihr eine Flasche mitzubringen.«

Maria Treidler grinste, und Lindner zuckte mit den Schultern.

»Sagen Sie es einfach, wenn es Ihnen zu privat wird.«

»Nein, nein, das ist prima so – ich hab's ganz gern, wenn es etwas menschelt, vor allem, wenn es lustige Details sind. Wir haben ja als Kripoleute nicht so wahnsinnig oft etwas zu lachen.«

»Ja, das stimmt leider. Aber irgendwie passt das alles nicht so wahnsinnig gut zusammen. Oder nehmen Sie die Berufe der Betroffenen: Bruch ist Arzt, Aichele leitet den hiesigen Polizeiposten, Chiara ist die Wirtin – alles das, was man früher als Honoratioren bezeichnete. Und dazu Heiderich als Beamter im Regierungspräsidium, da würde er mal in die Reihe passen. Was hat er denn gemacht in Stuttgart, wofür war er denn zuständig?«

»Sein Referat kümmert sich um Naturschutz und Landschaftspflege, und er hatte in seinem Teilbereich das Sagen.«

»Gut, also könnten wir ihn mit in die Reihe nehmen. Aber meine Mutter? Das ist eine einfache Bauersfrau – immer fleißig, viel unterwegs mit ihren Freundinnen oder den Landfrauen, aber eben nicht gerade ein Dreh- und Angelpunkt des Gemeindelebens.«

Maria Treidler sah ihn nachdenklich an.

»Und wenn das Apfelmännle gar nicht für Ihre Mutter bestimmt war?«

Er sah sie verblüfft an.

»Wenn es eigentlich ein Geschenk für Sie sein sollte, Herr Lindner?«

»Für mich? Aber meine Mutter …«

Er brach ab und dachte nach.

»Ihre Mutter dachte, es wäre ein Geschenk für sie gewesen – aber sie wusste nicht, von wem sie es bekommen haben könnte.«

»Stimmt, Sie haben recht. Im Grunde genommen könnte auch mir jemand das Apfelmännle geschenkt haben.«

Er ließ sich auf seinem Stuhl nach hinten sinken und starrte auf die Tischplatte. Bilder vom toten Kieber kamen in ihm auf – und erneut die mit dem Tod des Kollegen verbundene Erkenntnis, dass auch er als Ermittler jederzeit zum Opfer eines Verbrechens werden konnte. Alles drehte sich, im Reflex hielt er sich mit beiden Händen an der Tischplatte fest.

»Hier, nehmen Sie!«

Maria Treidler hatte eine Plastikflasche mit Mineralwasser unter dem Tisch hervorgeholt und hielt sie ihm hin. Lindner sah sie kurz verwirrt an, dann nickte er dankbar, nahm die Flasche und trank sie halb aus.

»Besser?«

Lindner nickte.

»Roeder hat erzählt, dass Sie ein … schlimmes Erlebnis hatten und deshalb derzeit nicht im Dienst sind. Er hat nichts Genaues erzählt, es ging ihm wohl nur darum, Sie anzuschwärzen. Hat denn irgendetwas von dem, was ich gerade gesagt habe, die Erinnerungen daran wieder geweckt?«

»Ist schon okay«, sagte Lindner und nahm noch einen Schluck.

»Nichts ist okay«, widersprach sie ihm und stand auf. »Wir gehen jetzt einen Kaffee trinken, und Sie erzählen mir, was immer Sie wollen – zumindest muss ich wissen, wo bei Ihnen die Fettnäpfchen stehen. Sonst wird das nichts mit unserer Zusammenarbeit, Herr Lindner.«

Er sah zu ihr hinauf. Sie schaute streng drein, aber dann schimmerte schon wieder ein Lächeln durch. Lindner gab sich einen Ruck, stand ebenfalls auf und ging mit ihr hinaus.

* * *

Johanna Tiedtmaier räumte den Tisch ab, schaltete die Spülmaschine ein und stand dann eine ganze Weile am Fenster. Ihr Blick ging hinaus zur Aichelberger Straße, über die Hansgeorg Heiderich nie wieder nach Eckwälden fahren würde.

Sie ließ die Tränen einfach laufen, schniefte zwischendurch und wischte sich schließlich das nass geweinte Gesicht mit dem Ärmel halbwegs trocken. Sie sah auf die Uhr: noch gut zwei Stunden, bis Ronnie wieder nach Hause kommen würde. Sie hatte Hackfleisch eingekauft und würde Spaghetti Bolognese für sie beide kochen – obwohl Ronnie schon ein warmes Essen bekam, war es für die Geschwister seit Vaters Tod noch wichtiger geworden, am Abend noch einmal miteinander zu essen.

Ronnie hatte trotz der großen Portionen, die er gewöhnlich vertilgte, keine Probleme mit dem Einschlafen. Und Johanna war dank ihrer Verabredungen mit Hans an mehreren Abenden die Woche noch hinausgekommen – der Spaziergang an den Waldrand hatte sie jedes Mal erfrischt, und auch was danach kam, hatte ihr gutgetan.

Damit war es vorbei. Immerhin konnte sie sich jetzt weiterhin wie versprochen um ihren kleinen Bruder kümmern.

Sie schluckte, putzte sich die Nase und ging in die Küche, um mit den Vorbereitungen für das Abendessen zu beginnen.

* * *

»Das ist ja gruselig«, sagte Maria Treidler und schob die Cappuccino-Tasse von sich. »Und in diesem Güterwaggon ... haben Sie ihn dann gefunden?«

Lindner nickte.

»Entdeckt wurde er von Bahnmitarbeitern, aber weil Kieber seine Papiere bei sich trug, wurde seine Dienststelle informiert – ich hatte LKA-Fortbildung, war aber für diesen Tag fertig und hatte noch im Kommissariat vorbeigeschaut. Also fuhr ich zusammen mit einem Kollegen hin.«

»Sah er schlimm aus?«

»Nein, das nicht. Er hockte in einer Ecke des Waggons und war vergiftet worden. Aber der Gedanke, dass er nur, weil ich weg war, so kurz vor der Pension noch einen Fall übernommen hatte, der ihn dann das Leben kostete ...«

Lindner schüttelte sich.

»Dass das Blödsinn ist, wissen Sie, oder?«

Maria Treidler musterte ihn, Lindner zuckte mit den Schultern.

»Sie haben doch erzählt, dass der Mörder sich an Ihrem Kollegen rächen wollte. Dann hätte er es halt ein anderes Mal versucht, er hätte ihm irgendwo auflauern können – dazu musste Ihr Kollege keinen Fall übernehmen, und dazu musste er auch nicht mehr im Polizeidienst sein.«

»Ja, das stimmt alles«, seufzte Lindner. »Aber wenn sich ein solcher Gedanke mal bei Ihnen eingenistet hat ... also: Ich bekomm das nicht so leicht wieder aus dem Kopf. Und dann ...«

»Noch etwas?«

»Ich bin ein ganz guter Ermittler, würde ich sagen – oder ich war es jedenfalls. Die Arbeit habe ich immer als Beobachter gesehen, persönlich unbeteiligt, sozusagen von oben, von einer höheren Warte. Menschen einschätzen, Situationen analysieren, Indizien verbinden, Theorien entwickeln – wenn man das Ganze von außen betrachtet, fällt das alles viel leichter, finde ich. Und Kiebers Tod ... Plötzlich liegt da ein Ermittler tot vor mir, wird vom Beobachter zum Betroffenen, zum Opfer ...«

Lindner trank seine Tasse leer.

»Ich brauche Distanz zu meinen Fällen, verstehen Sie?«

Maria Treidler nickte.

»Und diese Distanz war auf einmal weg. Es hat sich dann herausgestellt, dass mir das auch in den beiden Fällen nach Kiebers Tod passierte: Ich hatte regelrecht das Gefühl, dass ich in diese beiden Mordfälle hineingezogen wurde. Als wäre ich selbst in Gefahr, das nächste Opfer zu werden. Da war ich meinen Kollegen keine große Hilfe mehr, das können Sie mir glauben.«

»Deshalb sind Sie jetzt außer Dienst.«

»Ja.«

»Und ermitteln doch wieder.«

Lindner sah sie an, in ihre Miene mischte sich schon wieder der Hauch eines Lächelns. Nicht hämisch, nicht spöttisch, einfach nur freundlich. Er lächelte zurück, nickte und fühlte sich so wohl wie lange nicht mehr nach einem Gespräch.

* * *

Er hatte sich vor dem Café von Maria Treidler verabschiedet und ging zurück zu seinem Wagen. Erst überlegte er sich, auf ein Glas Bier im »Hirschen« vorbeizuschauen, aber unter der Woche öffnete Chiara nachmittags erst um fünf Uhr – da blieb ihm die Zeit, sich zu duschen und dann gleich zu Fuß ins Gasthaus zu gehen.

Daheim gab es heute eh nichts Warmes zu essen. Unter dem Artikel über die traditionelle Mostobsternte, auf den ihn seine Mutter morgens mit ihrem Zettel hingewiesen hatte, stand fett gedruckt, dass die »Boller Mädle«, eine Clique etwas reiferer Damen aus dem Dorf, von sechzehn Uhr an im Bürgertreff »tagen« würden. Es gab auf diesen Veranstaltungen eigentlich nur drei Tagesordnungspunkte, die alle gleichzeitig und ineinander verwoben behandelt wurden: Dorftratsch, Hefezopf und Viertele.

Ruth Lindner war eines der eifrigsten »Mädle«, schon seit der Gründung vor fünfzehn, zwanzig Jahren. Und es war nicht damit zu rechnen, dass sie vor elf Uhr wieder heimkam. Und falls er dann schon im Bett liegen sollte, hatte er trotzdem keine Angst, seine Mutter zu verpassen: Die Boller Mädle pflegten zwischen ihren Viertele laut und leidlich gut zu singen – und mit ausreichend Rotwein intus hörte seine Mutter auch nach der »Tagung« nicht damit auf. Manchmal ging das letzte Lied fast nahtlos in ihr Schnarchen über.

Kurz nach fünf traf Lindner in frischen Kleidern und nach Shampoo duftend im »Hirschen« ein. Sein Tisch war noch leer. Er ließ sich auf seinen angestammten Stuhl sinken und gab Chiara, die hinter dem Tresen Gläser abtrocknete, ein Zeichen. Wenig später stand ein Bier vor ihm auf dem Tisch, und Chiara ging in die Küche, um seine Bestellung fürs Abendessen weiterzugeben.

Als Bruch und Aichele nach sechs ins Lokal kamen, war er gerade mit Essen fertig und orderte das nächste Bier.

»Wollt ihr auch gleich was?«, fragte Chiara im Weggehen und brachte kurz darauf für Lindner und Bruch ein Bier und ein Rotweinschorle für Aichele.

»Du hast übrigens mit deiner Apfeltheorie richtig gelegen, Thomas – und falsch zugleich«, sagte Lindner, nachdem er das Glas wieder abgesetzt hatte.

»Hä?«

»Na, der Tote draußen am Waldrand. Du hattest doch vermutet, er sei mit Äpfeln gesteinigt worden oder totgeschossen oder was weiß ich, wie man das nennen soll.«

»Geäpfelt, vielleicht?«, fragte Aichele dazwischen.

»Und?«, machte Bruch, ohne auf Aicheles Einwurf zu achten.

»Äpfel wurden wohl nur auf ihn geworfen, bis er bewusstlos war. Dann hat jemand einen Stein genommen und es damit zu Ende gebracht.«

»Echt?« Bruch nahm noch einen Schluck und wirkte mit einem Mal mürrisch. »Das wurmt mich. Man hat ja schließlich auch eine Berufsehre …«

»Na, du bist ja kein Rechtsmediziner, und du hast Heiderich auch nur ganz kurz draußen auf der Wiese gesehen. Außerdem wurde er von dem Stein an der Schläfe getroffen, mit der er auf dem Gras lag.«

»Trotzdem …«, brummte Bruch. »Woher weißt du das eigentlich? Von Fritz?«

Aichele hob abwehrend die Hände.

»Ich bin seit heute so eine Art Gast in der Soko«, erklärte Lindner. »Der Staatsanwalt kennt meine Vorgeschichte, und er hat meinem alten Kollegen Roeder keine Wahl gelassen. Und heute hab ich erst einmal die Unterlagen durchgesehen und mir das eine oder andere erzählen lassen.«

»So, so«, machte Bruch.

Die Neuigkeit, dass Lindner wieder ermittelte, wenn auch gewissermaßen ehrenhalber, amüsierte ihn, und sein Ärger wegen des Steins war größtenteils schon wieder verraucht.

»Jetzt reicht's aber mal mit der Arbeit, Leute«, mischte sich Aichele wieder ein. Er sah aus dem Augenwinkel, wie Hannes Zumhofer hereinkam. »Jetzt wird gekartelt – und kein Wort mehr von diesem Mord, verstanden?«

Lindner und Bruch nickten, Zumhofer sah etwas irritiert zwischen den dreien hin und her. Dann kam Chiara mit dem Kartenpäckchen, einem kleinen Block und einem Stift an den Tisch, und Aichele begann zu mischen.

»Sag mal«, fragte Bruch währenddessen sein Gegenüber Lindner, »wo warst du denn heute früh?«

»Heute früh? Wieso?«

»Du hast mir gestern Abend auf den Anrufbeantworter gesprochen und gesagt, dass du heute Vormittag bei mir in der Praxis vorbeikommen würdest. Du warst etwas außer

Atem, hast besorgt geklungen wie immer, wenn es um deine Gesundheit geht, und es klang, als hättest du mich vom Handy aus angerufen.«

»Ach so.«

»Ja, und? Was war?«

»Hat sich erledigt.«

»Wie schön. Aber was war denn der Grund für deinen Anruf?«

»Ach … ich … Weißt du was? Vergiss es.«

»Sehr gerne, Stefan, sehr, sehr gerne.«

Er nahm seine Karten auf und grinste breit, obwohl er ein besonders mieses Blatt vor sich sah. Die Beschäftigung mit dem Mord draußen am Waldrand schien Lindner außerordentlich gutzutun.

Mittwoch, 28. September

»Morgen, Frau Treidler.«

Lindner war bester Dinge. Es war gestern Abend im »Hirschen« nicht allzu spät geworden, er hatte ein paar Mal gewonnen, und als er schließlich im Bett lag, tat ihm nichts weh, und er schlief sofort ein.

Maria Treidler saß an ihrem Schreibtisch, nippte an einer großen Bechertasse und las dabei in den Unterlagen.

»Haben Sie was Neues?«

Sie zuckte mit den Schultern.

»Ich hätte da eine Idee«, sagte Lindner und setzte sich lächelnd auf den Stuhl ihr gegenüber.

»Dann schießen Sie mal los, Herr Lindner.«

»Stefan, wenn Sie mögen.«

Er streckte die Hand über den Schreibtisch und die Kollegin ergriff sie nach kurzem Zögern.

»Maria.«

»Ich weiß – und ich hoffe, das ist Ihnen ... dir nicht unangenehm. Aber ich fand unser Gespräch im Café gestern so schön, das tat mir richtig gut. Und wenn ... du jetzt ohnehin mein heikelstes Geheimnis kennst, können wir uns ebenso gut duzen.«

»In Ordnung ... Stefan.«

Er beugte sich etwas vor und senkte die Stimme.

»Roeder ist so ein Idiot, und der nervt mich so sehr mit seiner aggressiven und ablehnenden Art mir gegenüber ...«

Er setzte sich wieder gerade und fuhr in normaler Lautstärke fort.

»... da brauche ich dich und Fritz als Ausgleich.«

Sie lachte.

»Vielen Dank. Und ich finde, dass du es nicht schlecht getroffen hast mit Fritz Aichele und mir.«

»Sehe ich auch so.«

»Was ist nun deine Idee?«

»Also ... Fritz hat mir erzählt, dass alle Apfelmännle, die bisher auftauchten, aus derselben Sorte Äpfel gebastelt sind – und dass es dieselbe Sorte ist, mit der Heiderich vor seinem Tod beworfen wurde.«

Maria Treidler nickte.

»Nun habe ich von Mostobst absolut keine Ahnung. Wir haben auf unseren Wiesen so blöde Sorten, die werden immer dann reif, wenn es draußen so richtig nass und kalt ist – ich hab es immer gehasst, das Glump mit klammen Fingern aufzulesen und hinterher mit ein paar Mark für den Doppelzentner abgespeist zu werden. Meine Mutter kennt sich aus mit dem Zeug, aber die treffe ich nie daheim an – sie ist in Rente, hat also nie Zeit und kruschtelt und werkelt ständig irgendwo herum.«

»Und?«

»In den Unterlagen habe ich nirgendwo den Namen dieser Apfelsorte gefunden.«

»Ja, leider – wir haben bisher nicht herausfinden können, um welche Sorte es sich handelt. Aber es scheint in allen Fällen ein und dieselbe zu sein.«

»Ich wüsste jemanden, der uns da weiterhelfen kann.«

»Aha. Und wer ist das?«

»Ich habe eine Bedingung: Ich will mit, wenn du ihn befragst.«

Sie seufzte, sah zu Roeder hinüber, der den Kopf schwer auf beide Hände stützte und offenbar angestrengt nachdachte.

»Meinetwegen«, sagte sie schließlich. »Aber falls Roeder dich fragt, sagst du, dass du nur den Kontakt vermittelt hast – ist das klar? Ich nehm dich also nur als Eingeborenen mit, der den Befragten gut kennt und ihn leichter dazu bringen kann, mit uns zusammenzuarbeiten.«

»Geht klar«, nickte Lindner und grinste. »Außerdem stimmt das auch: Wilfried war mit mir in der Schule.«

»So wie Bruch und der verstorbene Mann der ›Hirschen‹-Witwe?«

»Respekt, du machst deine Hausaufgaben.«

»Klar. War deine Klasse denn sehr groß?«

»Ach, es geht.«

»Und wer ist dieser Wilfried?«

Lindner stand auf und ging zur Tür.

»Das erzähl ich dir unterwegs. Komm.«

Die beiden gingen hinaus, Roeder sah auf und schaute ihnen nach.

* * *

In der Alten Mosterei an der Hauptstraße hatten sie Wilfried Busch nicht angetroffen, also fuhr Lindner mit seiner Kollegin vier Kilometer weiter in den Göppinger Stadtteil Jebenhausen, wo die neue Produktionsanlage der hiesigen Saftfabrik stand.

Als Lindner auf den Hof fuhr und den Wagen neben einer Reihe von schachtförmigen Vertiefungen im Boden abstellte, in denen sich Äpfel häuften, kam ihnen Lindners

Schulkamerad schon durch ein großes Tor im Gebäude entgegen.

»Na, Stefan, wieder im Land?«

Busch schüttelte Lindner die Hand, begrüßte auch dessen Kollegin.

»Ja, Willy, schon seit fast zehn Monaten. Ich wohn im Moment wieder bei meiner Mutter.«

»Fast zehn Monate? Mann … da siehst du mal: Ich schaff zu viel, komm einfach nicht raus – sonst hätte ich dich sicher mal im ›Hirschen‹ getroffen. Gehst du da noch hin?«

»Klar, und die anderen auch.«

»Das muss ich auch mal wieder machen. Ist Chiara noch immer so hübsch wie früher?«

»Och jo …«, druckste Lindner herum und wusste eigentlich gar nicht so recht, warum ihm das im Moment so unangenehm war.

Maria Treidler sah zwischen den beiden hin und her.

»Und wie kann ich euch jetzt helfen? Bei mir schwimmt jedenfalls kein Toter im Tank, ich kann euch beruhigen!«

Er lachte laut, bemerkte den fragenden Blick der Kommissarin und wurde wieder ernst.

»Das war früher unser Running Gag: Ein Toter schwimmt im Tank mit dem Apfelsaft, und der Begriff ›naturtrüb‹ bekommt eine ganz neue Bedeutung.«

Busch nickte noch einmal, als müsse er Maria Treidler für den Witz auf die Sprünge helfen.

»Ich hab das schon verstanden, Herr Busch, danke. Aber wir sind wirklich wegen eines Toten hier.«

»Oh, tut mir leid. Wen hat's denn getroffen?«

»Kennst du nicht, Willy. Der war nicht von hier.«

»Na hör mal, Stefan, als würde ich nur Leute aus dem Dorf kennen!«

»So hab ich das nicht gemeint. Aber wir haben eine Frage an dich als Experten.«

Maria Treidler zog eine durchsichtige Plastiktüte aus der Tasche, in der ein Apfel steckte. Die Kriminaltechnik hatte ein paar der eingesammelten Äpfel, an denen keine besonderen Spuren entdeckt worden waren, der Sonderkommission überlassen – als Anschauungsmaterial und vielleicht auch mit der Hoffnung, dass dort jemand die Sorte erkennen könnte.

Busch nahm den Apfel entgegen, wendete ihn ein paar Mal und gab ihn der Kommissarin zurück.

»Wo habt ihr den denn her?«

»Weißt du, was das für eine Sorte ist?«, fragte Lindner, ohne auf Buschs Frage einzugehen.

»Klar weiß ich das, gehört ja schließlich zu meinem Job.«

»Und? Ist das ein Bittenfelder oder ein Brettacher oder so was?«

Busch lachte.

»Du magst immer noch kein Obst, was?«

Lindner schüttelte den Kopf.

»Leider hast du zweimal falsch geraten. Kennst du noch weitere Sorten?«

Lindner überlegte.

»Luiken oder Gewürzluiken, ich weiß gar nicht genau, wie die nun heißen.«

»Stopp, stopp – das sind zwei ganz unterschiedliche Sorten, aber schon mal nicht schlecht, dass du immerhin die Namen kennst. Fallen dir noch mehr ein?«

»Nein, und ich habe auch keine Lust, hier Rätsel zu lösen – ich wollte die Antwort eher von dir hören, Willy.«

»Also«, dozierte Busch gemütlich drauflos, »wir haben hier in der Gegend noch den Rheinischen Bohnapfel und den Börtlinger Weinapfel, alles ganz prima für Most. Aber das hier …«

Er deutete auf den Apfel, den Maria Treidler inzwischen wieder in der Tüte verstaut hatte.

»… das hier ist ein ganz besonderer Geselle.«

»Und sein Name?«

»Röslers Rambour.«

»Aha … nie gehört.«

»Das glaub ich dir sofort«, lachte Busch. »Den gibt's auch fast nirgendwo – du hast mir in diesem Jahr den Ersten gezeigt. Wo habt ihr ihn denn her?«

»Lag mit einigen anderen bei Eckwälden am Waldrand auf einer Wiese.«

»Bei Eckwälden?«

Busch dachte kurz nach.

»Dann hat der dort auch eine Wiese? Hm … komisch, das müsste ich doch eigentlich mitbekommen haben …«

Busch wirkte irritiert.

»Wer hat dort eine Wiese?«

Busch schwieg und überlegte.

»Willy! Wen meinst du denn?«

»Na, den Rösler halt.«

»Den Rösler? Welchen Rösler?«

»Eugen Rösler, unseren Apfelfreak – nach dem wurde der Rambour benannt.«

»Ach, der alte Apfel-Eugen, den wir als Kinder immer geärgert haben? Draußen in Sehningen?«

»Ja, der – wobei: So alt ist der gar nicht, noch keine siebzig und sehr rüstig.«

»Und wieso ist dieser Apfel nach ihm benannt?«

»1885 …«, begann Busch, aber Lindner schnitt ihm gleich das Wort ab.

»Keine Lehrstunde, bitte!«

»Lass ihn doch einfach mal erzählen«, sagte Maria Treidler zu Lindner und legte ihm eine Hand auf den Unterarm.

Lindner verstummte, die Hand fühlte sich gut an. Busch sah die beiden an, grinste kurz, ließ es aber gleich wieder bleiben, als er Lindners warnenden Blick bemerkte.

»Also … 1885 entstand durch Zufall eine neue Apfelsorte, die Gehrers Rambour genannt wurde. Wir vermuten, dass sich der Apfel aus dem Roten Trierer Weinapfel entwickelt hat – aber das wollt ihr sicher nicht wissen. Die Sorte entstand übrigens hier in Jebenhausen, und sie ist ziemlich gut für Most zu gebrauchen: säuerlich, nicht sehr anfällig für Krankheiten – und groß, also gut zu ernten.«

»Vielleicht sollte ich meiner Mutter mal einen Tipp geben.«

»Es dauert aber ein paar Jahre, bis frisch gepflanzte Bäume auch Ertrag abwerfen.«

Lindner zuckte mit den Schultern.

»Auch Rösler hat Bäume mit Gehrers Rambour, aber es hat ihm keine Ruhe gelassen, dass die Sorte nur zufällig entstanden war – also hat er verschiedene Versuche unternommen, aus Gehrers Rambour eine neue Sorte zu züchten. Eugen Rösler hat es nämlich gestört, dass der Apfel für Blattläuse und Obstmaden anfällig ist, und dass er nicht lange gelagert werden kann, weil er zur Fruchtfäule neigt. Und er wollte die Sorte in Spindelanlagen anbauen.«

»Was sind denn, bitteschön, Spindelanlagen?«

»Sagt dir der Begriff Spalierbäume etwas?«

»Ja, klar, das sind Obstbäume, die in langen Reihen nebeneinander stehen und die nicht so hoch und leichter abzuernten sind als die verstreut stehenden und höheren Bäume auf den Streuobstwiesen.«

»Genau. Und das nennen wir in der Branche eine Spindelanlage.«

»Gut, und warum wollte Rösler die Apfelsorte darauf hintrimmen?«

»Weil sich eine Streuobstwiese wirtschaftlich nicht rechnet. Ihr habt doch selbst Wiesen. Und falls du vergessen hast, wie wenig da am Ende rausspringt, fragst du mal deine Mutter. So viel Rückenschmerzen für so wenig Euro pro Doppelzentner … Deshalb haben wir ja auch die ganzen Probleme mit den Streuobstwiesen, die verkommen und auf denen nach und nach die alten Bäume eingehen und keine neuen gepflanzt werden.«

»Aber ihr zahlt doch zwei- oder dreimal so viel, wenn eure Lieferanten Bioqualität liefern – zumindest hab ich das so in der Zeitung gelesen.«

»Das stimmt schon, und das läuft auch gut. Aber erstens ist das Doppelte von ›extrem wenig‹ immer noch nicht allzu viel. Und zweitens bringt dieser ganze Bioanbau auch viel Aufwand mit sich. Darauf hat nicht jeder Lust. Und davon leben kann ohnehin keiner, glaub mir. Das ist einfach nur ein Zugeld, für das man sich obendrein noch ganz schön abschaffen muss.«

»Okay, zurück zu Rösler. Der will also einen Mostapfel züchten, und den will er in solchen Spindelanlagen anbauen. Lohnt sich das denn?«

»Ach was«, winkte Busch ab. »Kein Mensch baut Äpfel extra für Most an, da kannst du den Most noch so sehr als Obstwein bezeichnen und ihn in schicke Flaschen abfüllen. Das ist ja auch alles schön und gut, und wir produzieren auch sehr erfolgreich unseren Bioapfelwein, aber Geld wird vor allem mit Tafelobst verdient, wenn überhaupt. Und vom Tafelobst bleiben so viele Äpfel übrig, die nicht für die schönen Obstkisten im Supermarkt taugen, weil sie eine Macke haben oder die Farbe nicht ganz stimmt – damit kommen wir für unsere normale Mostproduktion allemal hin.«

»Und warum hat es Rösler dann so machen wollen?«

»Weil er ein alter, halsstarriger Mann ist, deshalb!«

Busch war richtig sauer geworden.

»Wieso regt dich das denn so auf, Willy?«

»Ach … Der Rösler ist ein Genie auf seinem Gebiet, aber er ist halt auch verbohrt. Der hat sein ganzes Leben lang hart gearbeitet, und er tut es noch. Und wenn ich dann sehen muss, wie er an einer Schnapsidee festhält, die ihn am Ende noch ruinieren wird … da kriege ich halt einen Zorn!«

Busch schnaubte.

»Wissen Sie«, wandte er sich an die Kommissarin, »ich liebe diese Gegend hier. Ich bin hier aufgewachsen und möchte nirgendwo anders leben. Ich genieße es noch heute, einfach so über die Wiesen zu streifen. Und wenn ich im Herbst auf der Leiter stehe und meine paar Körbe Tafelobst vom Baum hole, bin ich selig, auch wenn mir hinterher das Kreuz wehtut.«

Er lächelte wehmütig.

»Ich bin auch total glücklich mit meinem Job hier, und auch damit, wie wir unser Geld mit unseren Säften und dem Most auf eine Art verdienen, dass wir zugleich auch einiges für die Leute tun können, die sich hier noch um die Streuobstwiesen kümmern. Aber wenn ich dann sehe, dass einer so richtig Ahnung hat von Obst, dass er sich krummlegt und dass er seine Äpfel geradezu liebt – und dann muss ich über Jahre hinweg miterleben, wie er getrieben von einer fixen Idee sehenden Auges in sein Unglück rennt ...«

Busch schüttelte den Kopf.

»Was ist denn so schlimm daran, wenn der Rösler unbedingt einen eigenen Rambour züchten und ihn speziell für Most ausbauen will? Vielleicht ist er ja ganz zufrieden damit, nicht ganz so viel zu verdienen, wie sonst möglich wäre. Und die Idee mit den Spalierbäumen kommt mir eigentlich ganz vernünftig vor.«

»Ach, Stefan«, seufzte Busch. »Rösler hat ja nicht nur jahrelang, sogar jahrzehntelang dran herumgetüftelt, seinen eigenen Rambour zu züchten – er hat natürlich auch geschaut, dass er Sortenschutz dafür bekommt.«

Busch bemerkte Lindners fragenden Blick.

»Das musst du dir in etwa wie ein Patent vorstellen. Rösler beantragt das, und wenn es genehmigt wird, müssten Baumschulen und andere Betriebe, die seine Sorte kultivieren, Lizenzgebühren an ihn bezahlen.«

»Das klingt ja ganz so, als würde Rösler mit seinem Apfel noch mehr Geld einnehmen können.«

»Ja, das schon – aber den Sortenschutz bekommst du natürlich nicht umsonst, das ist bei Patenten ja nicht anders. Ich hab Rösler ein paar Mal mit dem Papierkram geholfen, schon das war echt zu viel für ihn. Aber die Kosten ... Und nachdem der Apfel nicht so eingeschlagen hat, wie Rösler hoffte, musste er den Gürtel enger schnallen. Für Rösler haben zu seinen besten Zeiten vier Leute gearbeitet – nicht Saisonarbeiter wie jetzt, sondern Männer aus der Umgebung.

Aber feste Gehälter kann Rösler inzwischen nicht mehr bezahlen, und ich fürchte, wenn er selbst mal nicht mehr kann, geht der Rest vollends vor die Hunde. Er hat noch ein paar Anträge gestellt im vergangenen Jahr, er wollte seinen Obstanbau erweitern, wollte ein paar seiner Streuobstwiesen für Spalierbäume umwidmen lassen – das wurde abgelehnt. Und ich würde mal sagen, das hat ihm wirtschaftlich vollends das Genick gebrochen.«

Busch hatte die Stimme zuletzt gesenkt.

»Dann können Sie ihm seine Scheißäpfel aufs Grab streuen, dem verdammten Sturkopf, dem verdammten!«

»Du magst ihn, oder?«, fragte Lindner.

»Ja, leider.«

»Hat eigentlich mit dem neuen Rambour alles so geklappt, wie Rösler sich das vorstellte?«

»Du meinst mit der Züchtung?«

Lindner nickte.

»Klar hat's geklappt – Eugen ist ein Tüftele vor dem Herrn, und bei Äpfeln macht ihm so schnell keiner was vor. Nach langem Hin und Her wurde dann ›Röslers Rambour‹ offiziell als Apfelsorte eingetragen.«

»Und das ist unser Apfel hier?«

»Genau, das ist er. Die Eigenschaften, die Eugen wollte, hat er ihm aber nicht ganz beibringen können – nach der Ernte fault auch Röslers Rambour noch recht schnell. Aber das ist eigentlich egal: Rösler bringt mir seine Ernte vorbei, ich presse ihn sortenrein für ihn, und dann holt er sich den Most im Stahlfass wieder ab. Er schenkt ihn an seine Freunde aus, macht in der Adventszeit manchmal Mostproben – und sonst trinkt er das meiste selbst.«

Busch machte mit einer Hand vor seinem Gesicht eine Geste, die wohl eine sehr dicke Nase beschreiben sollte.

»Und warum hast du dich gewundert, dass dieser … dieser Rambour bei Eckwälden am Waldrand lag?«

»Soweit ich weiß, hat Rösler Rambour-Bäume nur in der Nähe seines Aussiedlerhofs, und der liegt nördlich von Sehningen, das weißt du ja sicher noch, Stefan. Er hat auch andere Grundstücke, die aber als Streuobstwiesen eingetragen sind – vor allem östlich von Boll, Richtung Dürnau rüber. Da wollte er Spindelanlagen einrichten, das wurde nicht genehmigt, wie gesagt. Aber bei Eckwälden …? Dort könnte er Rambour-Bäume höchstens in den letzten ein, zwei Jahren gepflanzt haben, sonst hätte ich das sicher schon mitbekommen. Ich bin ja selbst immer draußen im Herbst, da trifft man die anderen und unterhält sich über alles Mögliche – wenn er Wiesen gekauft oder gepachtet hätte, hätte ich davon vermutlich erfahren. Und falls er zuletzt gepflanzt haben sollte, dann brauchen die Bäume noch, bis sie Ertrag bringen. Und außer Rösler selbst baut meines Wissens keiner diesen Apfel an. Ich kann dir also beim besten Willen nicht sagen, wie Röslers Äpfel rüber nach Eckwälden kommen, tut mir leid.«

»Macht nichts, Willy. Du hast uns auf jeden Fall sehr geholfen. Ich glaube, wir fahren mal bei Rösler vorbei.«

Damit verabschiedeten sich die beiden und ließen Willy Busch nachdenklich zurück.

* * *

Stefan Lindner und Maria Treidler fuhren auf der Landstraße von Jebenhausen zurück und bogen etwa in der Mitte zwischen Bezgenriet und Boll nach rechts auf einen schmalen Wirtschaftsweg ein. Nach fünfhundert Metern überquerten sie eine kleine Kreuzung inmitten der Felder, nach weiteren fünfhundert Metern führte eine Zufahrtsstraße nach rechts auf den Waldrand zu.

Der Weg war mit Apfelbäumen gesäumt, und am Ende der etwa fünfzig Meter langen Zufahrt knickte das Sträßchen nach links ab und öffnete sich auf einen gepflasterten Hof, auf dem wild verstreut Anhänger, Schubkarren, Leiterwagen und zwei Traktoren standen, ein ziemlich großer und ein älterer, der um einiges kleiner wirkte.

Unter dem kleineren Traktor ragten zwei dünne Beine in einem Blaumann hervor, und es war metallisches Hämmern und unterdrücktes Fluchen zu hören.

Lindner stellte den Motor ab und ging mit der Kollegin zu dem kleinen Traktor hin, wartete ein wenig und rief, als keine Reaktion kam: »Hallo? Herr Rösler?«

In die Beine kam Bewegung, und schließlich rumpelte ein altes Rollbrett unter dem Traktor hervor, und der ältere Mann richtete sich ächzend auf.

»Herr Rösler?«

Lindner erkannte den Apfelbauern kaum nach all den Jahren, zumal das ganze Gesicht gründlich mit Motoröl oder Schmierfett verdreckt war.

»Ja, das bin ich.«

»Meine Name ist Stefan Lindner, und das ist Frau Treidler von der Kripo Göppingen.«

»Ach was, Polizei? Schon wieder? Und warum diesmal?«

Lindner sah Maria Treidler fragend an, aber die zuckte nur mit den Schultern.

»Vorgestern waren schon zwei Kommissare da. Die Namen weiß ich nicht mehr.«

Rösler stand breitbeinig vor ihnen und war mit mäßigem Erfolg darum bemüht, nicht zu schwanken.

»Wir wollten Sie zu einer Ihrer Apfelsorten befragen«, sagte Lindner und musterte den Mann. War Rösler schon am Vormittag betrunken?

»Sie erkennen mich nicht mehr, oder?«, fragte er dann noch.

Rösler sah ihn an, kniff die Lippen zusammen und schüttelte den Kopf.

»Mein Name ist Lindner, wie gesagt. Ich bin aus Boll, wohne an der Gruibinger Straße.«

Röslers Miene hellte sich etwas auf.

»Der Kleine von der Ruth?«

»Na ja«, sagte Lindner und zeigte an sich herunter, »so klein bin ich inzwischen auch nicht mehr.«

»Deine Mutter ist ein tolles Mädle, Bub, das sag ich dir!«

Er wiegte seinen Kopf hin und her, schnalzte schmatzend mit der Zunge, und ein seliges Lächeln breitete sich auf seinem faltigen Gesicht aus. Ein paar dunkel verfärbte Zahnstumpen waren nun zwischen den leicht geöffneten Lippen zu sehen. Treidler grinste Lindner an, und der wollte lieber gar nicht so genau wissen, woran sich Rösler im Moment gerade erinnerte.

»Das freut mich, ich richte es ihr gerne aus.«

»Musst du nicht, Bub, wir sehen uns immer wieder mal.«

»Aha«, machte Lindner und sah den Alten fragend an, aber der hatte wohl keine Lust, noch mehr zu sagen.

»Wir sind ja eigentlich wegen Ihrer Äpfel da«, sagte Maria Treidler, als ihr die Pause zu lang wurde.

»So, so«, brummte Rösler und sein Lächeln erlosch. »Welche denn?«

»Ihr selbst gezüchteter Rambour würde uns interessieren.«

»Tut er das? So, so.«

»Wir haben ein paar offene Fragen, und wir hoffen, dass Sie uns helfen können.«

»Moment«, sagte Rösler, und schon ging er weg und verschwand ohne ein weiteres Wort durch die offen stehende Holztür eines Schuppens. Nach einigen Minuten kam er wieder hervor. Er hielt den Rand seines Arbeitsschurzes mit der rechten Hand so nach oben, dass sich eine Mulde bildete – und diese Mulde war gefüllt mit Äpfeln. In der anderen Hand hielt er einen Steingutkrug.

»So, jetzt schauen wir uns meinen Rambour mal genau an. Weil, wissen Sie, Mädle: Allein vom Reden begreift das keiner.«

Er nickte Maria Treidler zu und ermunterte sie, sich einen der Äpfel aus dem Schurz zu nehmen. Sie griff zu, rieb den Apfel an ihrer Hose ab und biss kräftig hinein. Sofort verzog sie das Gesicht, erst kaute sie tapfer weiter, dann hielt sie es nicht mehr länger aus und spuckte den Bissen neben sich auf den Boden.

»So, Mädle – daraus lernen wir: Mein Rambour ist erst in drei, vier Wochen reif. Und wenn es Ihnen ein Trost ist: Sauer ist er auch dann noch.«

Damit hob er den Krug und hielt ihn der Kommissarin hin.

»Jetzt probieren Sie mal, Mädle, was aus dem Apfel werden kann, wenn er reif ist.«

Maria Treidler sah hilfesuchend zu Lindner hin, aber der schüttelte nur den Kopf. Also ließ sie den angebissenen Apfel fallen, nahm den Krug in beide Hände, roch erst prüfend hinein und nahm dann einen großen Schluck.

»Besser, Mädle, oder?«

»Viel besser«, sagte Maria und strahlte. »Magst du auch mal probieren, Stefan?«

»Nein, danke, ich mag keinen Most. Mochte ich noch nie.«

»Aber deine Mutter mag ihn, Bub, und wie. Wir sitzen ab und zu in meiner Wohnstube und trinken ein paar Gläschen. Und dann ...«

Er lachte heiser, und Lindner lief es kalt den Rücken hinunter.

»Herr Rösler, wir haben einige Ihrer Rambour-Äpfel drüben am Waldrand bei Eckwälden gefunden.«

Rösler stutzte.

»Wo?«

»Am unteren Teufelslochweg. Dort, wo es in den Wald geht, steht ein großer Holzstapel, und dort lagen ein paar Häufchen Ihrer Äpfel.«

»Ach ...«

Rösler schien ehrlich verblüfft.

»Aber ich habe dort keine Bäume, und schon gar keine mit meinem Rambour.«

»Und wie könnten die Äpfel dort hingekommen sein?«

»Keine Ahnung. Laufen können sie ja nicht – vielleicht sollte ich das mal einer Sorte anzüchten, was? Dann können sie, wenn sie reif sind, zum Willy Busch rüberlaufen und sich in die Presse werfen. Das wär mal was ...«

Er grinste, wurde aber schnell wieder ernst.

»Nein, ehrlich: Da drüben hab ich keine Bäume, und ich habe keine Ahnung, wie mein Rambour da rüber kommt. Den baut außer mir eh keiner an – Bub, ich sag dir: Die haben alle keine Ahnung.«

»Warum?«

»Die halten mich alle für einen Spinner, aber … na, egal.«

Lindner sah ihn weiterhin an. Rösler merkte, dass er nicht lockerlassen würde, bis er die Geschichte gehört hatte – also erzählte der alte Mann seine Version des ganzen Hin und Her mit dem Antrag, dem Widerspruch, dem letzten Versuch im Regierungspräsidium, den Ablehnungen und dem Gutachten, das seiner Meinung nach dem ganzen Rambour-Obstwiesen-Projekt den Todesstoß versetzt hatte.

»Und dabei hatte ich sogar schon einen Brenner an der Hand: Günter Drescher wollte drüben in Neidlingen einen edlen Rambourschnaps machen, vielleicht auch den Most zu einer Art Obstweinbrand veredeln – ich hab mir die Brennerei mal angesehen: Alles tipptopp und ziemlich neu, der Drescher muss ein Heidengeld investiert haben. Und trotzdem ist er herumstolziert mit seinen feinen Kleidern und seinen stinkenden Zigarillos.«

Rösler lachte, dann wurde er wieder ernst.

»Das alles hat dieser Beamtenarsch zerstört mit seinem beknackten Gutachten, dieser Idiot«, polterte Rösler. »Was weiß so ein Städter schon vom Wert eines Apfels? Nichts, sag ich dir, Bub.«

Er hatte sich in Wut geschimpft, sein Unterkiefer zitterte, und aus seinen Mundwinkeln lief Speichel in einem dünnen Rinnsal. Rösler nahm Maria den Krug aus der Hand, setzte ihn an und trank in gierigen Schlucken.

Lindner versuchte einen Schuss ins Blaue.

»Der Beamte, der Städter, der Ihnen alles abgelehnt hat … war das zufällig ein gewisser Heiderich?«

Rösler trank den Krug vollends leer, dann setzte er ihn ab und ließ ihn sinken, bis er in seiner linken Hand in Kniehöhe hin und her baumelte. Mit der rechten Hand führte er den Schurzzipfel zur Nase und wischte sich mit dem Stoff ab. Dass dabei die unreifen Äpfel auf den Boden kullerten und um Rösler, Lindner und Maria verteilt auf dem Asphalt liegen blieben, schien ihn nicht zu interessieren.

»Heiderich, ja, so hieß dieser Depp.«

»Er ist tot.«

»Ich weiß.«

»Und woher?«

»Na, das hat mir vorgestern euer Kollege erzählt. Der, der mich befragt hat. War mit noch einem von der Kripo da und hat von meinem Most getrunken – aber der ist ihm nicht bekommen, wahrscheinlich hatte er was mit dem Magen.«

»Wahrscheinlich«, sagte Lindner. Aber wenn er sich noch richtig an sein letztes Glas Most erinnerte – da konnte durchaus auch ein gesunder Magen in die Knie gehen.

»Ist gut, dass der Heiderich tot ist«, brummte Rösler. »Hätte ruhig früher passieren können, der hat mich viel Geld gekostet mit seinem blöden Naturschutz.«

Lindner sagte nichts.

»Woran ist er denn gestorben, dieser Heiderich?«

»Wurde erschlagen.«

»Aha. Und wer war's?«

Lindner zuckte mit den Schultern.

»Er lag drüben bei Eckwälden auf einer Wiese am Waldrand. Und um ihn herum lauter Rösler-Rambour-Äpfel. Damit ist er beworfen worden, bis er bewusstlos war. Danach hat ihn jemand mit einem Stein totgeschlagen.«

Rösler sah Lindner aus trüben Augen an.

»Ach, deshalb seid ihr hier. Ich dachte schon, es geht wieder um dieses …«

»Um dieses …?«

»Nichts. Fragen Sie Ihren Kollegen, die haben mich schon genug gelöchert.«

Rösler verstummte, sein Blick ging ins Leere.

»Waren Sie das?«, fragte Lindner nach einer Pause. »Haben Sie Heiderich erschlagen?«

»Ich?«

Er lachte rau und sah Lindner mitleidig an.

»Ich bin bald siebzig, ich krieg kaum mehr meinen alten Schlepper repariert, und ich brauche Saisonarbeiter, um mein Mostobst zur Annahme zu bringen. Und feste Arbeiter fürs ganze Jahr kann ich mir nicht mehr leisten. Ich trinke schon morgens Most, damit ich entspannt durch den Tag komme – und meine Muskeln machen nicht mehr viel her. Wie soll ich diesen jungen Städter denn erschlagen haben?«

Lindner zuckte mit den Schultern.

»Ich war das nicht«, beteuerte der Alte. »Hab auch gar keine Zeit für so was, ich muss hier den Laden am Laufen halten.«

»Allein?«

»Ja, ganz allein – die Saisonarbeiter kommen erst nächste Woche wieder. Bis dahin muss hier alles in Schuss sein.«

»Sie leben hier auch allein?«, fragte Maria.

»Ja, zum Glück, Mädle. Ich schaff allein, ich schlaf allein, und dafür kann ich trinken und essen, wann ich will.«

»Und warum trinken Sie schon am frühen Morgen Most? Und das offenbar in ziemlich ordentlichen Portionen?«

Lindner ließ den Alten deutlich spüren, dass er seinen leichten Rausch durchaus bemerkt hatte.

»Ich brauch Platz.«

»Platz? Wofür?«

»Die neuen Äpfel sind bald reif, dann wird gemostet. Vor allem den Rambour kriegt keiner außer mir und meinen Freunden – und ich muss eines der Fässer noch leer bekommen, bevor es so weit ist. Der Rambour ist astrein als Mostapfel, aber man muss ihn schnell verarbeiten. Und deshalb muss ich mich ranhalten mit dem Most.«

»Wo waren Sie denn am vergangenen Donnerstag so gegen achtzehn, neunzehn Uhr?«

Maria Treidler sah Lindner fragend an. Ihr war sein aggressiver Ton aufgefallen, und es war ihr außerdem nicht ganz klar, warum ihr Kollege diesen alten Apfelbauern für so sehr verdächtig hielt, Hansgeorg Heiderich ermordet zu haben.

»Ich war hier, Bub. Hab doch gesagt, dass ich mich im Moment ranhalten muss mit dem alten Most. Ich saß in meiner Stube und hab getrunken. Das reicht mir für einen schönen Abend. Solltest du vielleicht mal probieren.«

»Waren Sie allein, Herr Rösler?«

Lindner hatte einen ziemlich pampigen Ton angeschlagen, und es tat ihm noch im selben Moment leid – vor allem hoffte er, dass Rösler seine Eifersucht nicht heraushören konnte. Dass dieser alte Kerl so anzüglich von seiner Mutter gesprochen hatte, passte ihm gar nicht in den Kram.

»Mein Gott«, ging es Lindner durch den Kopf, »meine Mutter ist einundsiebzig. Und außerdem ist sie meine Mutter!«

Rösler runzelte kurz die Stirn, dann breitete sich ein Grinsen auf seinem Gesicht aus.

»Ja, Bub, ich war allein am vergangenen Donnerstag. Den ganzen Abend und die ganze Nacht. Deine Mutter war schon am Mittwoch hier.«

Kurz beobachtete Rösler noch, wie Lindner das Blut aus dem Gesicht wich, dann grinste er zufrieden, murmelte ein »War nur Spaß, Bub« und ging leicht schwankend zurück in den Schuppen.

* * *

»Was war das denn?«, fragte Maria, als Lindner den Wagen vor dem Gebäude abstellte, in dem der Soko-Raum eingerichtet war.

»Was meinst du?«

»Na, dein … Angriff auf diesen alten Apfelbauern.«

»Ach …«

»Bist du eifersüchtig oder so was?«

»Warum sollte ich?«

»Na, Rösler hat dich auf jeden Fall ganz schön damit aufgezogen, dass er deine Mutter gut kennt.«

»Das ist doch eklig. Ich meine: Die ist einundsiebzig – und Rösler auch fast!«

Er schüttelte angewidert den Kopf.

»Na und?«

»Wie: na und?«

»Ja glaubst du denn, das Leben hört mit fünfzig oder sechzig einfach auf? Sollen ältere Leute denn gar keinen Spaß mehr haben? Sollen sie nur noch abends beisammensitzen und sich Most oder Wein in den Kopf schütten?«

Lindner sagte nichts, aber so ungefähr hatte er sich das vorgestellt, so viel musste er sich eingestehen.

»Wie alt bist du denn?«

Er blies die Backen auf. Das war keine Frage, die er mochte.

»Ich bin einundvierzig, und ich habe noch ziemlich viel Spaß am Leben«, sagte sie und boxte Lindner leicht in die Seite. »Und du?«

»Neunundreißig«, murmelte er nach einer kleinen Pause. »Und wenig Spaß.«

Sie schwieg, und als er zu ihr hinsah, bemerkte er, dass sie ihn mit einem spöttischen Lächeln musterte.

»Ach so …«, machte sie dann und grinste breit.

»Was soll das nun wieder heißen?«

»Du wirst bald vierzig, stimmt's?«

Lindner nickte.

»Und du freust dich nicht besonders drauf.«

»Stimmt.«

»Wann ist es denn so weit?«

»Am zehnten Oktober.«

»Oh, also schon in knapp zwei Wochen. Und wie willst du feiern?«

»Gar nicht, außerdem muss ich jetzt weiter, Maria.«

»Na, da bin ich aber schon netter aus dem Auto geworfen worden«, sagte sie und stieg schnell aus. »Aber glaub mir: Auch der Herbst hat noch sonnige Tage.«

Lachend ging sie ins Haus, und Lindner fuhr zügig davon.

* * *

Knirschend kam der Wagen im Innenhof zum Stehen. Lindner sah sich um: Der Traktor stand im offenen Schuppen, die Schubkarre lehnte daneben an der Wand, und ein paar Weidenkörbe waren hinter dem Traktor ineinandergestapelt, als würden sie gleich auf die hölzerne Ladeplattform am Heck des Schleppers gehievt.

Es sah ganz so aus, als hätte Lindner heute Glück und träfe seine Mutter tatsächlich mal tagsüber daheim an.

»Mama?«, rief er in den Hausflur und ging die Treppe hinauf.

In der Küche roch es nach gekochten Kartoffeln, nach Fleischbrühe – und ein bisschen nach Most. Auf dem Tisch stand eine Schüssel mit Kartoffelsalat, daneben ein leeres Glas, darunter steckte wieder einmal ein Zettel.

»Maultascha: Auflaufform im Kühlschrank > Backofa, halbe Schtund, 80 Grad.«

Lindner stutzte kurz, dann hörte er das Geräusch aus dem Hof und rannte zum Fenster. Doch als er es aufriss, sah er nur noch die hölzerne Ladefläche mit den Weidenkörben hinter dem Hauseck verschwinden.

»Mist!«, schimpfte er und schloss das Fenster wieder. Er stellte die Maultaschen in den Backofen, schaltete ihn auf die vorgegebene Temperatur und nahm sie nach einer knappen halben Stunde wieder heraus. Sie schmeckten wie immer, seine Mutter hatte sie mit Schinkenstreifen und geriebenem Käse bestreut, genau so, wie er es gerne mochte – aber irgendwie fehlte ihm heute der Appetit.

Dieser Rösler und seine Mutter ... Und dann zog ihn auch die Kollegin noch damit auf! Lindner schüttelte den Kopf und stellte die Auflaufform mit den übrig gebliebenen Maultaschen auf die kalte Herdplatte.

Höchste Zeit, sich hinzulegen. Er spürte ein Drücken in der Magengegend. Das konnte Völlegefühl sein, vielleicht aber auch etwas ganz anderes, viel Schlimmeres. Nach dem Aufwachen würde er wohl besser doch mal wieder bei Thomas Bruch in der Praxis vorbeischauen.

* * *

Sie waren zu viert in der Scheune, und draußen wurde es langsam duster. Ab und zu strich ein kühler Wind durch die Bretterwand, aber insgesamt war es hier drin recht gemütlich. Zwei Petroleumlampen tauchten die Mitte des großen Raumes in flackerndes, warmes Licht, und rundum saßen die vier auf Strohballen, die sie von der Rückwand herangetragen hatten.

Der Mann mit dem Hut schenkte Most aus, und zunächst tranken sie stumm aus ihren Steingutbechern. Nach einer Weile ergriff der Mann mit dem Schnauzbart das Wort.

»Lindner war heute bei uns in Jebenhausen«, brummte er, und die anderen horchten auf.

»Hast du uns deshalb hergerufen?«, fragte ein schlanker, teuer angezogener Mann und zog an seinem Zigarillo.

»Ja«, sagte der Schnauzer. »Ganz offensichtlich ermittelt er jetzt mit.«

»Scheiße!«, entfuhr es dem Mann mit dem Hut, die anderen sahen besorgt vor sich auf den Boden.

»Aber du hast gesagt, dass Lindner von Mordfällen und Ermittlungen nichts mehr wissen will«, sagte der Zigarillo vorwurfsvoll.

»Ja, da war ich mir sicher«, beharrte der Schnauzer. »Absolut sicher. Lindner geht es nicht besonders gut, seitdem sein Kollege in Stuttgart getötet wurde. Und das Apfelmännle hätte ihm eigentlich genug Angst einjagen sollen, dass er die Finger von dem Fall lässt. Schaut: Der ist völlig fertig mit den Nerven, weil er Angst hat, in einem Mordfall auch selbst mal der Bedrohte oder Betroffene zu sein – das hat er mir selbst erzählt, und nicht nur einmal. Und dann bekommt er dasselbe Apfelmännle geschenkt wie der tote Heiderich ... Da muss er doch eigentlich starr vor Schreck werden und sich in seinem Bett verkriechen.«

»Das klang logisch, als du uns das so vorgeschlagen hast«, nickte der Hut. »Und ich weiß ja auch, wie Lindner seit Monaten leidet.«

»Trotzdem hat es nicht geklappt!«, schimpfte der Zigarillo. »Das ist unprofessionell.«

»Ach, Gott, ›unprofessionell‹, wenn ich das schon höre«, höhnte der Schnauzer. »Als wären wir Profikiller. Mostobst, Baumschnitt, Edelbrände – davon haben wir Ahnung. Aber vom Töten? Pah!«

»Und vom Töten war ohnehin keine Rede«, warf der Hut ein. »Heiderich sollte einen Denkzettel bekommen, eine ordentliche Abreibung, damit er endlich aufhört, rechtschaffenen Leuten in die Suppe zu spucken.«

»Und jetzt haben wir einen Toten ...«, sagte der Schnauzer, und er klang, als sei er mit den Nerven ziemlich am Ende.

»Jetzt kriegt euch mal wieder ein«, rief der Zigarillo die anderen zur Ordnung. »Es ist, wie es ist, und wenn Lindner nun doch mitermittelt, müssen wir uns halt etwas für ihn überlegen. Vielleicht hat er die Warnung mit dem Apfelmännle nur nicht richtig verstanden.«

»Und was stellst du dir vor?«, fragte der Schnauzer.

»Na ... Lindner sollte Grund bekommen, die Warnung ernst zu nehmen.«

»Und wie stellen wir das an?«

»Ich habe da ein paar Ideen ...«

Drei der Männer rückten etwas näher zusammen und unterhielten sich gedämpft im Schein der Petroleumlampen.

Der vierte war auf seinem Strohballen zusammengesunken, schlief vornübergebeugt und schnarchte leise.

* * *

Lindner hatte gerade einen triumphalen Sieg gelandet und bestellte bei Chiara im momentanen Überschwang eine Runde Obstler, als die Tür aufschwang und Wilfried Busch hereintrat.

»Na, Männer, habt ihr noch Platz für einen ganz Fremden?«, sagte Busch und trat an den Tisch.

»Ja, klar«, rief Lindner und gab Chiara ein Zeichen, dass sie vier Schnäpse brauchten. »Setz dich, Willy. Mensch, das ging ja schnell!«

Busch ließ sich auf einen freien Stuhl sinken und legte seinen Hut neben sich auf den Tisch.

»Was heißt hier ›Das ging ja schnell‹?«, fragte Aichele und begann die Karten zu mischen.

»Ach, erst heute früh war ich bei Willy in der Saftfabrik«, erklärte Lindner. »Ich hab ihn ausgefragt wegen der Äpfel, du weißt schon, Fritz.«

»Hast du von ihm die Info, dass es Röslers Spezialzüchtung ist?«

Lindner nickte.

»Hätt ich mir denken können. Du kannst ja keinen Boskoop von einer Gewürzluike unterscheiden.«

Aichele lachte dröhnend und teilte die Karten aus.

»Wieso beschäftigt ihr beiden euch eigentlich so sehr mit Röslers Äpfeln?«, fragte Busch.

Lindner sah zu Aichele hin, und der zuckte nur mit den Schultern.

»Du hast sicher gehört, dass hinten bei Eckwälden ein Toter am Waldrand gefunden wurde«, begann Lindner schließlich.

Busch sah ihn irritiert an.

»Na ja, der Mann wurde vor seinem Tod mit Äpfeln beworfen. Mit Röslers Rambour.«

»Mit Äpfeln beworfen – aha. Und darum kümmert sich neuerdings die Polizei? Das haben wir als Kinder doch auch gemacht, da ist uns höchstens der Bauer hinterhergerannt.«

»Sagen wir mal so: Der Mann, der dort auf der Wiese starb, wurde nicht einfach so beworfen – er wurde sozusagen mit Äpfeln gesteinigt.«

Busch schluckte.

Chiara kam an den Tisch und stellte vier volle Schnapsgläser ab.

»Hallo, Willy, schön, dass du dich auch mal wieder blicken lässt. Ein Bier, wie früher?«

Busch nickte.

»Einen Aschenbecher kann ich dir leider nicht anbieten, die Vorschriften …«

»Den brauch ich auch nicht mehr. Ich hab das Rauchen aufgegeben, so ziemlich jedenfalls.«

»Gott sei Dank«, stöhnte Bruch. »Diese Zigarillos waren ja nicht zum Aushalten, ein fürchterliches Kraut!«

»Manchmal steck ich mir dann doch wieder einen an, zum Beispiel, wenn mir etwas sehr an die Nieren geht«, sagte Busch. »Wie eure Geschichte mit dem Toten und den Äpfeln …«

»Lass bloß deine Dinger stecken«, beschwor ihn Bruch. »Da zahl ich dir lieber noch einen zweiten Schnaps.«

»Das ist ein Wort«, sagte Busch, nahm seine Karten auf und sah aufmerksam von einem zum anderen.

Donnerstag, 29. September

Die morgendliche Besprechung der Soko brachte nichts Außergewöhnliches – bis auf einen Rüffel, den sich Roeder von seiner Kollegin Maria Treidler einfing. Sie hatte vermutet, dass er es war, der mit Obstbauer Rösler gesprochen hatte. Er bestätigte das, und sie tadelte ihn dafür, dass dazu nichts in den Unterlagen zu finden war.

»Das wollte ich gleich nachher machen«, behauptete Roeder, dem es gegen den Strich ging, von einer Untergebenen kritisiert zu werden. »Mir ging es am Montag Nachmittag nicht besonders gut, und es kam auch nichts wahnsinnig Wichtiges dabei heraus. Miller schreibt den Bericht noch heute, dann sehen Sie es ja selbst.«

Dabei fiel ihm wieder ein, dass er doch etwas Wichtiges erfahren hatte: dass Rösler schon im vergangenen Jahr dem Beamten Heiderich ein Apfelmännle zugesteckt hatte. Aber das würde sie dann ja im Bericht nachlesen können – er hatte keine Lust, vor versammelter Mannschaft gleich noch ein Versäumnis einzugestehen.

Nach der Besprechung fuhr Maria mit Lindner, und sie beobachtete ihn aufmerksam. Sie hatte ein wenig Bauchschmerzen gehabt, weil das Gespräch gestern so abrupt geendet hatte – und sie befürchtete, er habe ihr die Bemerkungen über das Alter womöglich übel genommen. Aber weder in der Soko-Besprechung noch jetzt auf der Fahrt zur Badstraße in Boll war ihm anzumerken, dass er ihr irgendwie böse war. Ein bisschen müde wirkte er, aber ganz gut gelaunt.

»Du wirst sehen, dieser Laden wird dir gefallen«, sagte er nun in munterem Plauderton. »Und dort gibt es auch immer wieder mal Apfelmännle, das hat mir Chiara erzählt, die Wirtin vom ›Hirschen‹.«

»Gut, ich bin gespannt.«

Gleich nach der »Krone« bog Lindner auf einen kleinen Parkplatz ein. Direkt neben der Einfahrt standen vor einem hübschen Häuschen im Grünen die unterschiedlichsten Kunst- und Einrichtungsgegenstände – das Ganze wirkte wie eine große Terrasse, eingerahmt von großen Bäumen und vollgestellt mit einer sympathisch wirkenden Mischung aus Schönem und Kuriosem, aus nützlichen Dingen und anderen, die eher nur hübsch anzusehen waren.

Lindner ging voraus und führte Maria zwischen den Gegenständen zu der Eingangstür des Ladens, darüber hing ein Schild, auf dem in geschwungenen Buchstaben stand: »Lorenz Literatur & Lebensart«. Allerdings sah Maria es erst, als sie schon beinahe die Tür erreicht hatte, weil es halb mit Kletterpflanzen zugerankt war.

Der Laden entpuppte sich im Inneren im Wesentlichen als Buchhandlung. Lindner sah sich kurz um, dann ging er auf die Verkaufstheke zu, an der eine großgewachsene Frau gerade sehr freundlich eine Kundin verabschiedete.

»Hallo, Julia«, sagte Lindner.

Die beiden begrüßten sich wie alte Bekannte, und Lindner stellte die beiden Frauen einander vor.

»Julia, du hast doch hier in deinem Laden auch mal Apfelmännle angeboten. Hat mir jedenfalls Chiara erzählt.«

»Ja, aber wenn du eins kaufen willst, musst du noch ein bisschen warten. Die Äpfel sind noch nicht so weit.«

»Ich will keines kaufen. Ich will nur fragen, ob das hier ...«

Er zog eine Tüte aus der Tasche, in der das Apfelmännle steckte, das für seine Mutter oder ihn bestimmt war. Die Kriminaltechnik hatte bereits alle untersucht, aber nicht viel Brauchbares gefunden.

»... ob das hier aus deinem Laden stammt.«

Die Besitzerin sah sich das Männle kurz an, nahm die Tüte mit spitzen Fingern in die Hand und besah das Gebilde skeptisch von allen Seiten.

»Willst du mich beleidigen, Stefan?«

»Nein, wieso?«

»Schau dir das Ding doch mal an! Ich wette, das steht nicht mal richtig – wenn du das leicht antippst, kippt dir das Bürschle um.«

»Stimmt, Julia.«

»Na, bitte. Und dann sind die Hölzchen einfach nur abgebrochen worden, das gehört sauber zugeschnitten. Die Äpfel wurden auch nicht besonders passend ausgesucht, und dann sind sie ja nicht mal lasiert. Wenn du dieses ... Kunstwerk noch eine Woche ins Wohnzimmer stellst, fault dir das zusammen. Schau hier …«

Sie deutete auf die Stelle, wo das rechte Beinchen im Apfelleib steckte, und Lindner beugte sich ein wenig vor, um Interesse zu zeigen.

»Siehst du das? Da hat der Apfel schon ein Stich, der fault dir schon in den nächsten zwei Tagen.«

Sie musterte das Apfelmännle noch einmal genau, dann gab sie ihm die Tüte zurück.

»Nein, Stefan, so was würde ich nicht mal meiner Tochter durchgehen lassen, und die ist neun. Solchen Pfusch kann ich mir hier im Laden nicht leisten.«

»Es war ein Versuch, Julia. Wir haben nämlich keine Ahnung, woher das Männle stammt. Und Chiara hat gemeint, ich könnte dich mal fragen.«

»Das sieht nach einer privaten Bastelarbeit aus, mit wenig Talent – aber mit interessanten Äpfeln. Die Sorte kenn ich nicht, vielleicht hilft es euch weiter, wenn ihr die mal in Erfahrung bringt.«

»Haben wir schon – das ist eine Eigenzüchtung von Eugen Rösler.«

»Ach? Von unserem Apfelpapst?«

Sie lachte.

»Ja, dem würde ich auch die Bastelei zutrauen, so ungeschickt, wie der mit seinen Fingern ist. Der ist eher von der groben Sorte. Vielleicht steckt er sich abends solche Männle zusammen, wenn er seinen grausigen Spezialmost trinkt.«

»Hast du schon mal einen getrunken?«

»Ja, einmal und nie wieder. Meine Clique hat mich mal zu einer Obstweinverkostung mitgeschleppt, irgendwann im Advent vor ein paar Jahren. Mannomann!«

Sie machte eine Grimasse, als zöge es ihr die Wangen nach innen.

»Sauer ist gar kein Ausdruck, sag ich dir. Ich habe an dem Abend noch drei Teller Spritzgebäck essen müssen, bis ich endlich wieder diesen Geschmack weghatte. Brrr!«

Sie schüttelte sich.

»Danke für die Warnung«, sagte Lindner und wandte sich zum Gehen.

»Brauchst du nichts zu lesen?«, fragte Julia Lorenz noch. »Es gibt neuerdings sogar einen Krimi, der hier in Boll spielt.«

»Ach nein, lass mal«, wehrte Lindner ab. »Krimis sind im Moment nicht so mein Fall.«

Damit ging er hinaus und merkte erst am Wagen, dass Maria Treidler nicht bei ihm war. Aber da kam sie schon heran, lächelnd, und winkte mit einem Taschenbuch in Schwarz und Silber, auf dessen Cover ein roter Schriftzug prangte, und darüber war unter anderem eine Frontansicht des Historischen Kurhauses zu sehen.

»Julia ist sehr geschäftstüchtig«, grinste er und stieg ein. »Ich hätte dich warnen sollen.«

»Nein, nein, ist schon in Ordnung. Mich interessiert das – vor allem, wenn es hier spielt. Vielleicht kommst du ja auch drin vor?«

Sie lachte.

»Lieber nicht«, sagte er, lachte dann aber mit.

* * *

Lindner kam mit drei großen Tüten zum Wagen. Sie trugen die Schriftzüge einer Metzgerei und zweier Bäckereien.

»Um Himmels willen«, sagte Maria, als sie kurz von ihren Unterlagen aufsah. »Wer soll das denn alles essen?«

»Wir beide. Und zwar …« Er fuhr den Wagen aus der Parklücke. »… an einem richtig schönen Platz.«

Sie sah ihn kurz an, lächelte und vertiefte sich wieder in ihre Papiere. Als sie wieder aufschaute, bog er gerade außerhalb des Ortes von der Straße ab und stellte den Wagen an den Rand eines kleinen Wegs.

»So, rauskommen, bitte«, kommandierte er, holte das Vesperpaket vom Rücksitz und stapfte über die Wiese voran.

Maria klappte die Mappe mit den Unterlagen zu und beeilte sich, Lindner zu folgen. Nach einem kurzem Fußmarsch erreichten sie einen großen Baum, unter dem zwei Holzbänke auf steinernen Füßen standen. Lindner ging zu der rechten Bank voran, setzte sich und tätschelte mit der linken Hand den freien Platz neben sich.

»Wow!«, sagte Maria, als sie sich gegen die Rückenlehne fallen ließ und das Panorama vor sich überblickte. »Das ist ja der Hammer!«

»Tja, und das Beste kommt jetzt erst.« Er packte die Tüten aus. »Hier hast du Boller Salami, sehr lecker. Dazu Rauchfleisch, Saitenwürstle und Meterwurst, die isst der Metzger selbst am liebsten – die Metzgerei ist übrigens in so einem Bioverband, und alles hausgemacht. Dann haben wir frisches Bauernbrot, fast so gut wie von meiner Mutter selbst gebacken. Hier« – er deutete auf die zweite der Bäckertüten – »musst du ein bisschen aufpassen: Diese Brötchen haben es in sich, vor allem das hier: ziemlich scharf. So, und für den Nachtisch hab ich noch einen würzigen Käse und ein Gläschen Hägenmark gekauft – das passt prima zusammen.«

»Hägenmark? Das ist aus Hagebutte, oder?«

»Ja, und die Marmelade daraus ist ziemlich speziell. Kannst du auch bei der Gemeinde bekommen: Es gibt 50-Gramm-Gläschen, mit denen Boll, Ditzenbach und Überkingen gemeinsam für ihre Mineralbäder werben.«

»Witzige Idee …«

»Riech mal.«

Lindner schraubte das Gläschen auf und hielt es Maria unter die Nase.

»Oh … Tomatenmark?«, stutzte sie.

Er grinste.

»Und jetzt steck mal den Finger rein und probier.«

»Hm – irgendwas zwischen Aprikose und – keine Ahnung.«

»Aber lecker, oder? Und eben speziell.«

Sie nickte, beide lachten, dann machten sie sich über das üppige Vesper her. Sie aßen eine Weile, genossen die Aussicht und lächelten sich ab und zu an. Lindner fühlte sich wohl wie selten, und für Maria schien dasselbe zu gelten.

Dann steckte sie sich noch ein letztes Stückchen Käse, verziert mit einem ordentlichen Klecks Hägenmark, in den Mund und lehnte sich beim Kauen zurück.

»Du erinnerst dich noch an unsere Soko-Besprechung heute früh?«, fragte Maria schließlich, als sie beide pappsatt auf der Bank lümmelten und sich den Wind um die Nase wehen ließen. Maria nahm ein Blatt aus ihrer Mappe.

»Klar erinnere ich mich daran. Vor allem an die Kommissarin, die ihrem Chef die Ohren langgezogen hat.«

Lindner grinste breit.

»Roeder kann froh sein, dass ich da noch nicht wusste, was er durch das Gespräch noch so erfahren hat.«

Lindner sah so interessiert zu ihr hinüber, wie es ihm nach dem üppigen Vesper möglich war.

»Was denn?«

»Hier, lies selbst.«

Sie deutete auf die betreffende Stelle. Lindner las, dann richtete er sich ruckartig auf.

»Was? Im vergangenen Jahr auch schon?«

»Ja, Rösler hat dem lieben Kollegen Roeder frank und frei erzählt, dass er Heiderich ein Apfelmännle geschenkt hatte – und das hat Roeder in dessen Schreibtisch in Stuttgart gefunden. Völlig vergammelt zwar, aber er hatte es aufbewahrt.«

»Wenn wir das schon gewusst hätten, als wir zu Rösler sind …«

»Das ist ein Ding, was?«

»Und ob!«

Lindner dachte nach.

»Was mich aber stutzig macht: Warum schenkt Rösler ausgerechnet Heiderich ein solches Apfelmännle? Wir können wohl annehmen, dass das nicht nett gemeint war – vermutlich eher so etwas wie eine Warnung. Aber ist denn Heiderich da direkt und als Einziger zuständig? Ich meine: Der sitzt in Stuttgart im Regierungspräsidium – da wird ja wohl hier vor Ort auch jemand zuständig sein. Und warum bekamen die kein Apfelmännle, sondern nur Heiderich?«

»Wer sagt das?«

»Was?«

»Na ja: dass im vergangenen Jahr nur Heiderich ein Apfelmännle bekommen hat?«

Lindner stand auf und packte die Reste zusammen.

»Da sollten wir …«, begann er.

»… mal nachfragen«, vollendete Maria seinen Satz, klappte die Mappe mit den Unterlagen wieder zusammen und eilte mit Lindner zum Wagen.

* * *

Die Kollegen von der Kriminaltechnik waren mit Heiderichs angefaultem Apfelmännle gerade fertig geworden – es schien wirklich vom Vorjahr zu sein. Als Treidler mit Lindner im Schlepptau in den Räumen der Techniker ankam, um das Männle abzuholen, standen alle Fenster offen, und trotzdem hing ein leichter Hauch von vergorenem Obst in der Luft.

»Nehmt das Ding bloß mit«, schimpfte Roland Schopf, der Chef der Spurensicherung, und reichte die neue Tüte mit spitzen Fingern an die Kollegin weiter. »Mir steht das zu Hause auch noch bevor.«

Lindner und Maria sahen ihn fragend an.

»Die Biologielehrerin meiner Zwillinge hatte die glorreiche Idee, die Schüler könnten ihre Heimat und deren Früchte besser kennen lernen, wenn sie aus Most- und Tafelobst etwas Schönes für die Eltern basteln würden. Ich habe meiner Frau abends mal von unseren Apfelmännle erzählt – das war ein Fehler: Sie hat die Kinder auf die Idee gebracht, auch solche Figürchen zu bauen. Und wenn das die lieben Kleinen gebastelt haben, darf man es ja auch nicht so schnell wieder wegschmeißen, nicht wahr?«

Der Weg zum Landwirtschaftsamt war fast zu kurz, um dafür ins Auto zu steigen, und schon nach vier Minuten standen sie vor dem Gebäude am nördlichen Stadtrand zur Bundesstraße hin. Susanne Römer, bei der sie durch ihre telefonischen Nachfragen vor der Fahrt nach Göppingen gelandet waren, holte sie an der Pforte ab und ging mit ihnen in ein kleines Besprechungszimmer.

»So«, begann sie, »wie kann ich Ihnen denn helfen?«

»Wir ermitteln in einem Mordfall droben in Bad Boll, ein Mann wurde am Waldrand bei Eckwälden erschlagen.«

»Ja, davon habe ich gehört«, sagte die junge Frau und erklärte, als sie die überraschten Blicke ihrer beiden Gäste bemerkte: »Meine Großtante wohnt in Eckwälden, an ihrem Haus muss das Opfer direkt vor seinem Tod vorbeigefahren sein. Das hat mich ganz schön geschockt, das kann ich Ihnen sagen.«

»Wer ist denn Ihre Großtante?«, fragte Lindner, und er hatte schon einen Verdacht.

»Herta Römer«, sagte sie. »Sie lebt in Eckwälden an der Dorfstraße – gegenüber der alten Straße von Aichelberg her. Sie ist ziemlich vergesslich geworden in letzter Zeit. Aus dem, was sie mir erzählte, bin ich nicht ganz schlau geworden. Ich hab dann mal eine Nachbarin gefragt. Die wusste wohl recht gut Bescheid, war aber nah am Wasser gebaut – da wollte ich nicht noch mehr nachfassen.«

»Johanna Tiedtmaier?«, tippte Lindner.

»Ja, kennen Sie sie?«

»Ich bin aus Boll, da bleibt das nicht aus.« Lindner lächelte, um die Stimmung ein wenig aufzuhellen. »Unsere Fragen haben auch nur ganz am Rand mit dem Fall zu tun – wir müssen halt auch Spuren nachgehen, die vermutlich zu nichts führen.«

Lindner sah die junge Frau aufmerksam an, sie schien sich wieder etwas zu entspannen.

»Kennen Sie Eugen Rösler aus Bad Boll?«

Ihre Mundwinkel gingen schlagartig nach unten.

»Ja, leider. Was hat der denn mit dem Mord zu tun?«

»Nichts, nehme ich an – das hatte ich ja gerade schon angedeutet. Aber wieso sagen Sie ›leider‹?«

»Weil der alte Herr Rösler ein ziemlich Sturkopf ist. Da ist er natürlich nicht der Einzige, aber er ist derjenige, der uns in den vergangenen ein, zwei Jahren am meisten Arbeit gemacht hat. Und weil ich ihn über meine Großtante ein wenig kenne, blieb alles, was wir mit ihm ausfechten mussten, an mir hängen.«

Sie seufzte.

»Was mussten Sie denn ausfechten?«, fragte Maria.

»Er hat eine neue Apfelsorte gezüchtet, extra für Most.«

Sie tippte sich vielsagend an die Stirn.

»Damit ist nichts verdient, wissen Sie? Ach, eigentlich weiß das jeder – außer Rösler. Und der sollte es als erfahrener Apfelbauer am besten wissen …«

Sie war richtig wütend geworden, die Sache schien ihr sehr an die Nieren gegangen zu sein.

»Was hat er denn mit Ihnen angestellt, dass Sie noch heute so schlecht auf ihn zu sprechen sind?«

Maria hatte Lindners Gedanken geschickt in ihre Frage mit eingebaut.

»Diese Apfelsorte heißt ›Röslers Rambour‹, ist ziemlich sauer und ergibt einen Most, den man meiner Meinung nach nicht mögen muss.«

»Sehr herb, aber … na ja … durchaus interessant«, merkte Maria an.

»Haben Sie ihn probiert? Respekt! Na, dann haben Sie Herrn Rösler ja auch schon kennengelernt. Er ist ganz wie sein Most: herb und sehr speziell … Verstehen Sie mich nicht falsch: Rösler ist kein übler Bursche, halt ein Obstbauer vom ganz alten Schlag – aber damals gab es eben auch weniger Vorschriften, und heute kann man nicht mehr so geschirren wie früher. Das hat Rösler noch nicht begriffen. Und das macht den Umgang mit ihm so schwer.«

»Was war denn nun mit diesen Äpfeln?«

»Er hatte es sich in den Kopf gesetzt, aus ›Röslers Rambour‹ sortenreinen Apfelmost zu machen. Wenn man das gut verpackt, wenn man das Obstwein nennt und das Marketing wertig aufzieht, ist dafür durchaus ein Markt da – aber die Idee, dafür extra eine Apfelsorte anzubauen …«

Sie schüttelte den Kopf.

»Rösler hat seinen Rambour als Sorte angemeldet, aber keiner außer ihm wollte diesen Apfel kultivieren. Er hat wohl ein paar Baumschulen und andere Obstbauern abgeklappert, aber die haben nur abgewinkt – was für ihn blöd war, weil ihm Lizenzgebühren winken, wenn andere seine Züchtung einsetzen. Wobei er inzwischen längst von einem geradezu missionarischen Eifer besessen war, und wie früher schon wollte er mit dem Kopf durch die Wand. Er hat viel in seine neue Sorte investiert, gleichzeitig ging es mit seinen sonstigen Einnahmen bergab – in seiner besten Zeit hatte er einige feste Mitarbeiter, die sind alle weg. Jemand muss ihm dann beim Rechnen geholfen haben – und dabei, Anträge an uns rauszuschicken. Nun wollte er seinen Rambour selbst anbauen, in Spindelanlagen, das sind Wiesen voller Spalierbäume.«

Lindner und Maria nickten.

»Ah, Sie wissen schon Bescheid, gut. Dann wissen Sie auch, dass in unserer Gegend die Streuobstwiesen einen besonderen Schutz genießen. Nun: Rösler war all die Jahre eher ein kleiner Obstbauer, mehr Tüftele als Vermarkter. Er besitzt keine Flächen, auf denen solche Spindelanlagen zulässig wären – aber er hat viele Streuobstwiesen, unter anderem zwischen Boll und Dürnau. Dort wollte er seinen Mostapfel im großen Stil anbauen – was er auch bei uns im Landwirtschaftsamt beantragt hat. Wir haben natürlich abgelehnt.«

»Warum natürlich?«

»Streuobstwiesen sind ein hohes Gut – sie sind typisch für unsere Landschaft, bieten einen hohen Erholungswert, und nicht zuletzt dienen sie als Lebensraum für eine ganze

Reihe von Tierarten. Dazu kommt noch, dass alte Apfelsorten dort gut erhalten werden können und so weiter. Dagegen steht das wirtschaftliche Interesse der Eigentümer: Mit Spalierbäumen ist leichter zu arbeiten, ganz ohne Bäume sogar noch leichter – so ein Maisfeld, dessen Pflanzen Sie hinterher einfach in die Biogasanlage stopfen, ist viel einfacher zu handhaben. Aber für die Artenvielfalt ist das natürlich nicht so gut, um es mal vorsichtig auszudrücken. Auf der anderen Seite arbeiten Sie sich mit Ihrem Obststückle den Rücken krumm, sind oft im blödesten Herbstwetter draußen und werden für Ihre Ernte an den Annahmestellen nicht gerade üppig bezahlt.«

Sie zuckte die Schultern.

»Und deshalb geben wir Streuobstwiesen nicht gerne frei. Inzwischen gibt es Programme, die wie das 2009 gestartete LIFE+ den Erhalt von Streuobstwiesen fördern, worüber ich persönlich sehr froh bin. Wenn wir dann solche Wiesen umwidmen würden, wäre das ja ein Widerspruch in sich, oder?«

»Das verstehen wir«, warf Lindner ein. »Aber wir haben eine ganz bestimmte Frage an Sie.«

»Oh, bin ich etwas allgemein geworden?«

Susanne Römer lachte.

»Tut mir leid, das passiert mir schon mal. Mir liegt das Thema halt am Herzen.«

»Kein Problem. Unsere Frage: Sie haben also den Antrag von Herrn Rösler auf diese Umwidmung, oder wie das heißt, abgelehnt?«

»Abgelehnt hat es das Landwirtschaftsamt als Behörde, aber ich hab's bearbeitet, ja.«

»Und was ist dann passiert?«

»Er hat Widerspruch gegen die Ablehnung eingelegt, aber auch damit kam er nicht durch: Wir haben die Ablehnung bestätigt.«

»Und dann?«

»Dann hat er sich ans Regierungspräsidium gewandt.«

»Ist das üblich?«

»Ja, natürlich. Ich hab das Herrn Rösler auch so mitgeteilt, das ist Teil der Rechtsbelehrung, die jedem Bescheid angehängt werden muss. Es gibt ja keinen Grund, ihm die gängigen Schritte zu verwehren, mit denen er versuchen kann, seinen Willen durchzusetzen.«

»Und dort wurde auch abgelehnt?«

»Ja. Das war nicht anders zu erwarten, aber es gab auch noch eine Stellungnahme vom Referat für Naturschutz und Landschaftspflege, in dem noch einmal auf die Ziele von Programmen wie LIFE+ und dem offensichtlichen Widerspruch von Röslers Plänen mit diesen Zielen eingegangen worden war. Die Stellungnahme lag der Ablehnung aus dem Regierungspräsidium bei, das hat Herr Rösler bekommen – und dann noch wir für unsere Unterlagen.«

»Wissen Sie noch, wer diese Stellungnahme geschrieben hat?«

»Das war Herr Heiderich vom Referat 56. Ein feiner Mensch, sehr engagiert für den Naturschutz, aber irgendwie … ich weiß nicht … Ich hab ihn 2008 ein paar Mal getroffen, es ging um Vorarbeiten für LIFE+, und er hat alle betroffenen Landwirtschaftsämter abgeklappert, hat uns alle geradezu eingeschworen auf das Thema – er konnte sehr überzeugend sein. Aber mir kam er damals irgendwie traurig vor. Vielleicht hatte er gerade eine Beziehung hinter sich oder so etwas – ich tippe auf etwas Privates, beruflich schien er ganz in seinen Aufgaben aufzugehen.«

»Vielen Dank, Frau Römer«, sagte Lindner. »Eins noch: Haben Sie damals ein Apfelmännle geschenkt bekommen? So eine Figur, zusammengesteckt aus Holzstäbchen und Mostäpfeln.«

Sie sah ihn fragend an.

»So etwas in der Art?«

Er deutete auf die Tüte mit dem verfaulten Apfelmännle, die Maria aus der Jacke gezogen hatte und nun hochhielt. Susanne Römer erschrak kurz, fasste sich aber schnell.

»Wer hat das da bekommen?«, fragte sie. »Herr Heiderich?«

»Ja, woher wissen Sie das?«

»Ich habe geraten, aber das ist ja auch einfach. Ich hab tatsächlich so ein Ding bekommen, Rösler hat es unten an der Pforte für mich abgegeben, ohne seinen Namen zu hinterlassen. Aber der Pförtner konnte ihn ganz gut beschreiben und hatte sich einen Teil des Autokennzeichens gemerkt. Außerdem war das Männle aus diesen Rambour-Äpfeln zusammengesteckt, die nur Rösler anbaut – die hab ich gleich erkannt, er hat mich ja oft genug mit den Dingern genervt. Ich hab Rösler noch am selben Abend von daheim aus angerufen und ihn ordentlich zusammengefaltet. Es war für mich klar, dass das eine Retourkutsche sein sollte wegen der Ablehnung – womöglich sogar eine Art Drohung, was weiß ich. Und weil außer meinem Namen auch der von Herrn Heiderich in den Unterlagen stand, könnte ich mir vorstellen, dass dieser Sturkopf von Rösler auch ihm ein solches Ding zugesteckt hat.«

Sie sah Lindner an, er nickte – und sie schüttelte den Kopf und schnaubte.

»Alter Esel«, entfuhr es ihr. »Wissen Sie jetzt, was ich mit ›herb und sehr speziell‹ meinte?«

»Ja, das weiß ich«, sagte Maria Treidler. »Haben Sie das Männle im vergangenen Jahr bekommen?«

»Ja, nachdem die Ablehnung fix war.«

»Und in diesem Jahr: Haben Sie wieder eins bekommen?«

»Jetzt? Nein!«

Sie lachte bitter.

»Das würde sich Rösler wohl nicht trauen, nachdem ich ihm am Telefon so den Kopf gewaschen habe.«

Sie sah zwischen Maria und Lindner hin und her.

»Warum fragen Sie?«

»Nur so«, log Lindner.

Susanne Römer musterte ihn, dann kniff sie die Augen zu Schlitzen zusammen.

»Hat Herr Heiderich noch einmal so ein Apfelmännle bekommen? In diesem Jahr?«

Lindner sah zu Maria hin, dann nickte er schweren Herzens.

»Hm ... und er ist auch der Tote bei Eckwälden, stimmt's?«

Lindner nickte noch einmal.

»Aber Sie haben keins bekommen in diesem Jahr«, sagte er dann noch, um sicherzugehen, dass sie den Unterschied zum Vorjahr begriffen hatte – und vor allem den Umstand, dass sie sich genau deshalb nun nicht bedroht fühlen musste.

»Stimmt, in diesem Jahr nicht«, sagte sie und versuchte, möglichst überzeugend zu überspielen, dass sie trotz allem einen gehörigen Schrecken bekommen hatte.

* * *

Lindner stellte den Wagen wieder an der Haltebucht ab und stieg aus. Als er gerade losgehen wollte, hörte er einige Meter hinter sich eine Fahrradklingel läuten. Er wandte sich um und sah einen Jogger näher kommen, der sich an einem seiner Handgelenke eine Klingel umgeschnallt hatte und sie mit der anderen Hand bediente.

Kurz stutzte Lindner, dann fiel ihm auf, dass es der Jogger war, der ihm am vergangenen Samstag in die Autotür gerannt war.

»Gute Idee!«, rief er dem Mann zu und deutete auf die Klingel, aber der hastete nur mit biestigem Gesichtsausdruck an ihm vorbei.

Lindner hatte noch nie verstanden, warum Leute Sport trieben, wenn sie doch offensichtlich keinen Spaß daran hatten. Grinsend und kopfschüttelnd machte er sich auf den Weg, und der Abstand zwischen dem anderen und ihm wurde größer, wenn auch nur sehr langsam. Lindner marschierte stramm die Steigung hinauf, und der Jogger begnügte sich mit einem eher gemäßigten Trippeltempo.

Als Lindner die Weggabelung erreichte, an der es links den Höhenweg entlang und rechts zum Fundort der Leiche ging, fiel ihm etwas ein: Könnte nicht zufällig ein Jogger oder ein Mountain-Biker etwas vom Mord an Heiderich mitbekommen haben? Oder gesehen haben, wie jemand Mostäpfel aufgehäuft hatte oder noch einmal zum Holzstapel und dem dort benommen liegenden Mann zurückgegangen war?

Und womöglich konnte sogar der Jogger nützliche Informationen haben, dem er am Samstag hier und auch heute wieder begegnet war und der im Moment so gemächlich vor ihm hertrottete – genau auf den Tatort zu.

Lindner sah auf die Uhr: 18.40 Uhr – das würde auch zeitlich passen. Falls der Mann hier regelmäßig joggte, könnte er vor genau einer Woche etwas beobachtet haben, das der Polizei weiterhelfen würde. Leider kannte er den Namen des Mannes nicht, er konnte sein Gesicht nicht zuordnen und ein Autokennzeichen hatte er ebenfalls nicht. Lindner seufzte – er musste wohl …

Schnaubend fiel er in einen leichten Trab, wurde allmählich schneller, und schon nach kurzer Zeit begann sich der Abstand zu dem Jogger merklich zu verringern. Lindner holte immer weiter auf, und das ungewohnte Traben fiel ihm erfreulich leicht. Nur seine Halbschuhe stampften laut und hart auf den Kies des Weges.

Als er noch dreißig, vierzig Meter hinter dem Jogger war, wandte sich der kurz um und sah Lindner näher kommen. Was auch immer er von Lindner befürchtete – es machte ihm ordentlich Beine. Er wurde schneller und hielt den hinter ihm immer heftiger schnaufenden Verfolger auf Distanz. Nun legte auch Lindner an Tempo zu, kam wieder ein paar Meter näher – und stachelte den anderen damit zu noch schnellerem Rennen an.

So ging es am Holzstapel vorbei und in den Wald hinein. Lindner kam dem Jogger immer ein bisschen näher, aber er musste dafür ständig noch einen schnelleren Schritt anschlagen. Schließlich waren sie hintereinander ein paar hundert Meter in den Wald hineingerannt, und Lindner hatte die Entfernung zu dem Jogger auf zehn, zwölf Meter verringert. Ein Stechen in der Seite, schwer werdende Beine und jagender Puls stoppten ihn, er blieb breitbeinig mitten auf dem Weg stehen, stützte sich mit beiden Händen auf seinen Oberschenkeln ab und versuchte, vornübergebeugt wieder einigermaßen zu Atem zu kommen.

»Jetzt«, wollte er rufen, aber es war nur ein ersticktes Krächzen zu hören. »Jetzt warten Sie doch mal!«, brachte er dann doch noch in vernehmbarer Lautstärke zustande. »Stopp!«

Der Jogger wurde langsamer und drehte sich zu seinem Verfolger um, tänzelte dabei aber weiter auf der Stelle und musterte Lindner misstrauisch. Der richtete sich schwer atmend wieder auf und hob beschwichtigend beide Hände.

»Ich tu Ihnen nichts!«

»Na ja …«, rief der andere skeptisch zurück.

»Tut mir leid mit der Tür.«

»Davon hab ich am Samstag aber nichts bemerkt.«

»Entschuldigen Sie bitte.«

»Gleich danach sind Sie ja fast noch in mich reingerannt, dort hinten beim Holzstapel am Waldrand.«

Lindner nickte und machte ein paar Schritte auf den Jogger. Der andere wich tänzelnd einige Schritte zurück.

»Lassen Sie das doch bitte!«, rief Lindner ihm zu. »Es ist doch Blödsinn, dass wir hier im Wald stehen und uns wegen der Entfernung anschreien müssen. Ich tu Ihnen nichts, wirklich nicht!«

»Was wollen Sie eigentlich von mir?«

»Ich bin von der Polizei und …«

»Ja, ja, schon klar, sehr witzig. Bin ich zu schnell gejoggt, und jetzt krieg ich ein Knöllchen, oder was?«

»Nein«, rief Lindner.

Allmählich war er genervt von der seltsamen Situation, und seine mangelnde Kondition, das Seitenstechen und das unangenehme Gefühl von verschwitzter Unterwäsche auf der Haut machten seine Laune auch nicht besser.

»Hier, nicht weit von dieser Stelle, ist am vergangenen Donnerstag, also genau vor einer Woche, ein Mann ermordet worden. Und ich …«

Lindner ging wieder ein paar Schritte voran, und der Jogger sah ihm mit erschrecktem Blick entgegen, tänzelte wieder zurück, drehte sich dann um und rannte schneller als zuvor in den Wald hinein.

»Jetzt bleiben Sie endlich stehen, Sie Idiot!«

Der Jogger rannte weiter wie vom Teufel gejagt, Lindner schnaubte.

»Ach, leck mich doch am Arsch!«

Damit wandte er sich ab und stapfte aus dem Wald hinaus auf die Wiese und ging neben dem Holzstapel so in die Hocke, dass er sich halbwegs bequem mit dem Rücken gegen das Holz lehnen konnte. Er sah über die Wiese hinweg, schaute hinauf zum Waldrand, musterte Baum für Baum und Busch für Busch, dachte nach und wendete eine Theorie nach der anderen hin und her.

Als es schon fast ganz dunkel geworden war und sich seine Beine allmählich taub anfühlten, hörte er Schritte aus dem Wald näher kommen. Mühsam zog er sich am Holz aufwärts, belastete vorsichtig seine kribbelnden Beine und umrundete den Holzstapel, so schnell er es im Moment auf unsicheren Beinen konnte. Dann stellte er sich lässig so neben den Stapel, dass ihn der herantrottende Jogger erst im letzten Moment entdecken würde.

»So, haben Sie Ihre Runde fertig?«, fragte er unvermittelt, als ihn der Läufer fast erreicht hatte – und genoss es sehr, dass der Mann völlig überrumpelt stehen blieb und vor Schreck nach Luft schnappte. Mit seiner blöden Rennerei hatte er ihn vorhin nicht weniger atemlos gemacht.

»Was wollen Sie denn ständig von mir?«, schnappte der Jogger schließlich, als er sich vom ersten Schreck erholt hatte.

»Ich will Sie was fragen. Ich habe Ihnen doch schon gesagt, dass ich von der Polizei bin.«

»Dann zeigen Sie mir erst mal Ihren Ausweis!«

»Den hab ich nicht bei mir.«

»Na, wunderbar. Jetzt soll ich Ihnen einfach glauben, oder was?«

»Ja, das wäre mir recht.«

»Nachdem Sie mich mit Ihrer blöden Tür verletzt haben, danach fast in mich hineingelaufen – und vorhin wie verrückt hinter mir hergerannt sind?«

»Ja.«

Der Jogger schüttelte den Kopf, aber er blieb stehen.

»Waren Sie am vergangenen Donnerstag auch etwa um diese Zeit unterwegs?«

Der Jogger sah auf die Uhr, drückte ein paar Mal auf den kleinen Tasten herum, bis statt der Pulsfrequenz und der Laufleistung endlich die normale Uhrzeit zu sehen war.

»Ja, so ungefähr.«

»Ich hatte Ihnen vorhin zugerufen, dass hier am vergangenen Donnerstag ein Mann ermordet wurde.«

Der Jogger nickte und sah sich um. Er schien sich nicht sehr wohl zu fühlen.

»Das war genau dort hinten«, sagte Lindner und deutete auf die Stelle, wo Heiderich auf der Wiese gelegen hatte.

»Mein Gott!«

»Der Mann kam vermutlich zwischen 18.30 Uhr und 18.45 Uhr hier an, wahrscheinlich wurde er von mehreren Leuten begleitet, vielleicht sogar geschleift oder getragen.«

»Oh, mein Gott!«

»Sie müssten in etwa zu dieser Zeit hier vorbeigekommen sein. Deshalb wollte ich Sie fragen …«

»Oh … mein …«

»… Gott, ich weiß – aber jetzt reißen Sie sich bitte mal zusammen und denken nach. Haben Sie am vergangenen Donnerstag irgendetwas oder irgendjemanden hier oder in der Nähe gesehen, der Ihnen verdächtig vorkam?«

»Wieso sollte mir jemand verdächtig vorkommen? Ich wusste doch vergangenen Donnerstag gar nichts von einem Mord.«

»Natürlich nicht!«

Lindner war genervt, Haarspaltereien konnte er nicht ausstehen.

»Ich meine ja auch: aus heutiger Sicht verdächtig, im Nachhinein, wenn Sie Ihre Erinnerung bemühen – jetzt, wo Sie wissen, dass hier ein Mord geschehen ist.«

Der Jogger schwieg und sah hinüber zur Wiese.

»Also haben Sie nichts gesehen?«, hakte Lindner nach, und er klang ziemlich enttäuscht.

»Doch, aber …«

»Doch?«

»Aber ich weiß nicht, ob es von Bedeutung ist.«

»Erzählen Sie einfach alles, was Sie wissen.«

»Und Sie sind wirklich von der Polizei?«

»Ja, bin ich.«

»Ich weiß nicht recht …«

Lindner seufzte und kramte sein Handy hervor. Er wählte eine Nummer und hielt das Gerät dem Jogger hin.

»Was soll ich damit?«

»Meine Kollegin fragen, ob ich wirklich von der Polizei bin. Ich habe für Sie die Nummer einer Kommissarin gewählt, die den Mordfall bearbeitet.«

Aus dem Handy war die Stimme einer Frau zu hören, die mehrmals »Hallo?« sagte, weil sich niemand meldete.

»Möhrle hier, grüß Gott«, sagte der Jogger schließlich. »Kann ich Sie kurz etwas fragen?«

»Ja, worum geht es denn?«, antwortete die Frauenstimme.

»Bin ich mit der Kriminalpolizei verbunden?«

»Ja, sind Sie. Mein Name ist Treidler, Kriminaloberkommissarin Treidler von der Kripo Göppingen. Wie kann ich Ihnen denn helfen? Und vor allem: Wie sind Sie denn auf diesem Anschluss gelandet?«

»Ein Mann hat die Nummer für mich gewählt. Er behauptet, ebenfalls von der Kripo zu sein, und ich wollte Sie fragen, ob das stimmt.«

»Wie heißt der Mann denn?«

Der Jogger nahm das Handy herunter, hielt das Mikrofon zu und fragte Lindner nach seinem Namen.

»Lindner heißt er, Stefan Lindner«, sagte er ins Telefon, hörte kurz zu und sagte dann: »Tja ... normal groß, eher schlank, kurze, dunkelbraune Haare ... und er ist nicht besonders fit.«

Den letzten Satz sagte er mit einem breiten Grinsen, und Lindner verzog genervt den Mund.

»Ja«, sagte Möhrle nach einer kurzen Pause und hörte wieder zu. Er nickte ein paar Mal, sagte zwischendurch »Na ja, Geschmackssache«, dann verabschiedete er sich, brach die Verbindung ab und gab Lindner das Handy zurück.

Er grinste schon wieder.

»Ist das Ihre Freundin?«, fragte er schließlich.

»Nein, wie kommen Sie drauf?«

»Ach ... Sie hat Sie ziemlich vorteilhaft beschrieben. Und ich soll nett zu Ihnen sein, Sie seien ganz okay.«

»Danke für die Blumen«, brummte Lindner. »Und: Haben Sie nun was gesehen oder nicht, Herr Möhrle?«

»Wie gesagt: keine Ahnung, ob es von Bedeutung ist. Aber am Ortsrand, da, wo Sie auch heute wieder Ihr Auto abgestellt haben, stand am vergangenen Donnerstag ebenfalls ein Wagen. Und es saß ein Mann drin, der so aussah, als wartete er auf jemanden.«

Das war nun keine so neue Information, wie Lindner sich erhofft hatte, aber vielleicht kam ja noch was nach.

»Können Sie den Mann beschreiben?«, fragte er deshalb, um Möhrle weiterreden zu lassen, und versuchte, möglichst wenig frustriert zu klingen.

»Nein, der saß ja im Auto, und ich bin flott vorbeigelaufen. Ich hab nur kurz durchs Fenster reingeschaut, und dann hat er mich angesehen – er wirkte nervös, irgendwie.«

»War er dick oder dünn, alt oder jung? Was hatte er an?«

Möhrle dachte nach.

»Na ja, ich habe eigentlich vor allem sein Gesicht gesehen, und auch das nur ganz kurz. Ich würde sagen: eher schlank, vielleicht so um die vierzig, und ich fand, dass er etwas spießig aussah.«

»Das haben Sie am Gesicht erkannt?«

»Nein, aber er trug ein kariertes Hemd, wie sie eigentlich noch nie richtig in Mode waren, und er hatte die Knöpfe bis ganz oben geschlossen. Besonders locker kam mir das nicht vor.«

»Haben Sie sich am Auto etwas gemerkt? Die Nummer zum Beispiel?«

»Ja, der war nicht von hier. Die Nummer begann, glaube ich, mit ›ES‹ ... ›ES-HH‹ – mehr weiß ich leider nicht mehr, tut mir leid.«

»Das ist doch schon eine ganze Menge, Herr Möhrle, danke.«

»Bitte.«

»Und sonst?«

»Wie: sonst? Die Farbe des Autos? Oder was meinen Sie?«

»Nein: Ist Ihnen an diesem Abend noch etwas anderes aufgefallen?«

Möhrle dachte nach.

»Zum Beispiel, als Sie hier vorbeikamen. Da könnte der Mann, den Sie im Auto warten sahen, schon tot hier gelegen haben.«

Möhrle erschrak und sah wieder mit mulmigen Gefühl zur Wiese hinüber, die inzwischen im Dunkeln lag.

»Nein, tut mir leid«, sagte er dann und schüttelte langsam den Kopf. »Da ist mir nichts aufgefallen. Als ich hier wieder vorbeikam, war es schon ziemlich dunkel, so wie jetzt auch. Und ich hatte ja keinen Grund, da hinüberzusehen.«

»Hm«, machte Lindner und dachte nach, was er Möhrle noch fragen konnte.

»Als ich wieder zum Dorfrand kam, stand der Wagen dort noch immer in der Haltebucht. Aber es saß niemand mehr drin, glaube ich.«

»Ja, da vermuten Sie wohl richtig«, murmelte Lindner. »Und hier draußen haben Sie sonst nichts mehr bemerkt? Haben Sie vielleicht etwas gehört?«

»Nein, tut mir leid. Hier war alles still. Meine Schritte auf dem Kiesweg habe ich gehört, mehr nicht.«

»Hm.«

»War's das jetzt?«, fragte Möhrle. »Ich würde gern etwas essen, ich bin verabredet.«

»Ja, natürlich. Können Sie mir vielleicht eine Nummer geben, unter der ich Sie erreichen kann?«

»Klar«, sagte Möhrle und nannte ihm eine recht lange Nummer.

»Und die Vorwahl?«, fragte Lindner, nachdem er sie im Handy abgespeichert hatte.

»Keine Vorwahl. Das ist hier in Boll.«

»Echt?«

Lindner sah ihn noch einmal genauer an, aber er konnte sich nicht erinnern, Möhrles Gesicht früher schon einmal im Ort gesehen zu haben.

»Boll wird tatsächlich immer größer«, dachte er.

»Ich bin für eine Weile in der Akademie zu Gast«, erzählte Möhrle. »Ich bin Pfarrer in Backnang, und mit den Kollegen vom Fachbereich Gesellschaftliche Jugendbildung entwickeln wir derzeit Ideen, wie wir Jugendliche auch mit Hilfe kirchlicher Projekte zu mehr gesellschaftlichem Engagement bewegen können.«

»Aha«, machte Lindner.

»Die Kollegen hier in Boll sind wunderbar, die anderen Gäste bringen aus ihrer Jugendarbeit tolle Anregungen mit, wir sind alle sehr gut untergebracht, werden bestens verpflegt – und einen guten Cappuccino gibt es auch.«

Möhrle schien gern Kaffee zu trinken, aber das brachte Lindner nicht weiter.

»Gut, das freut mich für Sie. Kann sein, dass ich Sie noch einmal anrufe, wenn ich noch eine Frage habe.«

»Sehr gern, Herr Lindner. Nun weiß ich ja, dass ich vor Ihnen keine Angst haben muss.« Er lächelte, wandte sich zum Gehen und drehte sich noch einmal um. »Und für Ihre Autotür habe ich ja jetzt das hier.« Er deutete auf die Klingel am Handgelenk und lachte.

»Warten Sie – eines muss ich Sie doch noch kurz fragen.«

»Aber wirklich nur kurz, ich habe echt großen Hunger, und duschen muss ich ja auch noch.«

»Wie verläuft denn Ihre übliche Joggingstrecke?«

»Na, von der Akademie hier herüber, ein Stück in den Wald hinein, und dann das Ganze wieder retour. Ich würde lieber einen Rundkurs laufen, aber auf der Karte sah es so aus, als müsse ich dann auf dem Rückweg ein ganzes Stück an der Straße von Gruibingen nach Boll entlanglaufen – das fand ich nicht so reizvoll.«

»Und wie laufen Sie von der Akademie bis zu dieser Haltebucht, in der Sie den Wagen stehen sahen?«

»Der Weg führt in der Nähe dieser großen Heilmittelfirma vorbei, dann auf der Dorfstraße durch Eckwälden und nach einem längeren Stück links rein, raus aus dem Dorf, über die Bachbrücke und dann hier heraus.«

»Okay …«

Lindner stellte sich die Strecke vor.

»Haben Sie jemanden gesehen, bevor Sie das Auto in der Haltebucht erreicht hatten?«

»Ja, klar, Eckwälden ist ja nicht menschenleer, und so gegen halb sieben ist es ja noch früh am Abend.«

»Trotzdem: Können Sie sich noch an einzelne Leute erinnern, die Sie auf der Straße angetroffen haben?«

Möhrle dachte nach.

»Eine ältere Frau stand am Fenster – so wie in dem alten schwäbischen Klischee: ein Kissen auf dem Fensterbrett, und da draufgelehnt sah sie hinaus auf die Straße.«

»Wissen Sie noch, aus welchem Haus sie rausschaute?«

»Nein, nicht mehr genau. Links von mir war das Haus, und kurz danach bin ich dann nach links abgebogen, zum Ortsrand und zur Haltebucht hin.«

»Hm ...«

Lindner hatte ungefähr eine Vorstellung davon, welche Häuser in Frage kamen.

»Und sonst? War jemand auf der Straße? Stand irgendwo ein Gruppe Menschen beisammen? Kam ein auffälliges Auto oder ein Traktor vorbei?«

Möhrle schüttelte mehrmals den Kopf, dann fiel ihm doch was ein.

»Warten Sie ... Aus einem Haus ungefähr gegenüber jenem, aus dem die alte Frau spazierengesehen hat, kam ein junger Mann. Vielleicht zwanzig, einundzwanzig Jahre alt – der kam mir schlecht gelaunt vor, fast, als suchte er Streit. Hat so vor sich hingestarrt, und als er mich gesehen hat, ist er ein wenig erschrocken. Dann ist er weitergegangen.«

»Konnte das Ronnie sein?«, dachte Lindner.

»Und wohin ist er gegangen?«, fragte er.

»Ins Dorf rein, die Dorfstraße vor. Ich habe ihm aber nicht nachgeschaut – keine Ahnung, wo er hin ist.«

»Und der Junge war der Einzige auf der Straße?«

»Nein, da waren noch drei Männer, die habe ich überholt, als ich schon nach links abgebogen war.«

»Die waren also auf dem Weg zur Haltebucht?«

»Zumindest sind sie in diese Richtung gegangen, ja.«

»Und wer war das?«

Möhrle zuckte mit den Schultern.

»Keine Ahnung, ich kenne hier ja niemanden.«

»Stimmt, entschuldigen Sie. Können Sie die Männer beschreiben?«

»Nein. Ich hab sie nur von hinten gesehen, hab sie dann überholt und mich nicht weiter um sie gekümmert. Die hatten Gummistiefel an und Arbeitskleidung, einer hatte einen Hut auf, glaube ich, die anderen beiden nicht.«

»Graue Haare? Besonders dünn oder dick?«

Möhrle zuckte mit den Schultern.

»Tut mir leid, daran kann ich mich nicht erinnern. Ich weiß nur, dass sie aussahen wie Bauern auf dem Weg zur Arbeit – wenn ich heute so daran zurückdenke: eigentlich komisch, dass die drei so spät noch aufs Feld oder auf die Wiese wollten.«

»Ja«, nickte Lindner. »Eigentlich komisch.«

Und er wurde schier verrückt bei dem Gedanken daran, dass er einen Zeugen gefunden hatte, der drei der Täter gesehen, aber als Ortsfremder natürlich nicht erkannt hatte.

* * *

Lindner konnte sich gut vorstellen, welche alte Frau aus ihrem Fenster geschaut hatte, als Pfarrer Möhrle unten auf der Straße an drei Männern vorbeigejoggt war. Und Herta Römer, von der auch Johanna schon erzählt hatte und die ungefähr gegenüber ihrem Elternhaus lebte, war nicht nur neugierig, sondern sie hatte früher auch ein gutes Gedächtnis. Jedenfalls erinnerte sich Lindner noch gut daran, wie sie ihn vor vielen Jahren einmal dabei beobachtet hatte, wie er mit ein paar Kumpels um das Haus der Tiedtmaiers schlich und einen Streich gegen Ronnie ausheckte – und wie sie ihn Wochen später wiedersah und ihm seine Niedertracht zeternd unter die Nase rieb. Susanne Römer hatte ihm im Landwirtschaftsamt zwar erzählt, dass ihre Großtante vergesslich geworden war, aber vielleicht hatte Lindner Glück, und sie wusste noch etwas über den Abend von Heiderichs Tod.

Er drückte den Klingelknopf und eine dumpfe Glockenmelodie dröhnte durchs Haus. Die Glocke war bis auf die Straße heraus gut zu hören, aber Herta Römer reagierte nicht. Hinter einem Fenster flackerte bläuliches Licht, vermutlich sah sie fern. Der Ton war so laut eingestellt, dass er den Nachrichtensprecher vor dem Haus beinahe verstehen konnte.

Er klingelte erneut, und wieder kam niemand an die Tür oder ans Fenster. Lindner seufzte. Er würde morgen wiederkommen müssen.

Diesen Tag, da war sich Lindner sicher, konnte nur noch ein geselliger Abend im »Hirschen« retten, und tatsächlich war mit Bruch, Brodbeck und Busch eine ansehnliche Runde versammelt.

»Hallo miteinander«, grüßte Lindner, und schon fiel der Ärger wegen des geplatzten Gesprächs mit der alten Frau Römer von ihm ab. Er orderte ein Bier, ließ sich Karten geben und genoss es, während der nächsten drei Stunden nur ab und zu sein Meldbild anzusagen, die Trumpffarbe und, wenn es besonders gut lief, ein herzhaftes »Hab ich euch!«

Busch verabschiedete sich als Erster und versprach, am morgigen Abend wiederzukommen, danach hatten die anderen eine halbe Stunde Gesprächsstoff. Es ging darum, dass Willy Busch nach langer Abwesenheit von der Runde im »Hirschen« wohl wieder auf den Geschmack gekommen war, und darum, dass sich darüber alle freuten. Vor allem Brodbeck konnte dazu etwas beisteuern: Er arbeitete in der Saftfabrik, Busch war sein Vorgesetzter – und so aufgeräumt wie am heutigen Tag hatte er seinen Chef lange nicht erlebt.

Als es auch für die letzten drei ans Bezahlen ging, beugte sich Chiara Aichele zu Lindner und fragte ihn halblaut: »Was ist denn jetzt mit diesem Apfelmännle, das ich auf dem Tresen gefunden habe? Muss ich mir Sorgen machen?«

Lindner wollte sie zur Seite nehmen, um ungestört mit ihr reden zu können, doch Brodbeck hatte Chiaras Frage gehört und hakte nach.

»Was für ein Apfelmännle, Chiara?«

Sie sah Lindner an, der zuckte mit den Schultern.

»Sag's ihm halt.«

»Vor einer Woche stand dort drüben auf dem Tresen plötzlich ein Apfelmännle, und Fritz Aichele, dem ich danach zufällig davon erzählt habe, hat mich gebeten, das Ding mal mitnehmen zu dürfen. Später hat er mir gesagt, dass auch andere ein solches Männle bekommen hätten – darunter auch dieser Tote, der bei Eckwälden am Waldrand gefunden wurde.«

Brodbeck runzelte die Stirn.

»Ich hab auch eins bekommen«, ergänzte Bruch. »Fritz Aichele und Stefan auch.«

»Oder meine Mutter«, merkte Lindner an.

»Und jetzt habt ihr Angst, dass das … eine Drohung sein könnte? Weil dieser Tote auch eins hatte?«

»Nein, das glaube ich nicht«, sagte Lindner. »Es gibt keine richtige Verbindung zwischen allen, die ein Männle bekommen haben – das wirkt auf mich bisher noch eher zufällig. Und bisher ist ja auch den anderen noch nichts passiert.«

»Da bin ich froh«, sagte Brodbeck und sah erleichtert aus.

»Danke, dass du dir um uns Sorgen machst«, nickte Lindner ihm zu.

»Das weniger – aber ich hab auch so ein Apfelmännle daheim, und ich hab auch keine Ahnung, woher es stammt.«

Lindner stutzte.

»Du auch?«

»Ja.«

»Und warum sagst du das erst jetzt?«

»Moment mal«, protestierte Brodbeck. »Woher sollte ich denn wissen, dass ihr im Zusammenhang mit eurem Mordfall nach Apfelmännle fahndet? Chiara hat doch selbst gesagt, dass sie es Fritz nur zufällig erzählt hat. Und von mir hast du es ebenfalls nur zufällig erfahren – und zufällig halt erst heute.«

»Stimmt, entschuldige bitte. Dieser blöde Fall treibt mich ziemlich um. Ich sollte wirklich die Finger davon lassen, das tut mir nicht gut.«

»Ja, das solltest du«, pflichtete ihm Brodbeck bei. »Nach dem, was du in Stuttgart mit deinem Kollegen erlebt hast.«

Lindner schluckte, Heiner hatte einen wunden Punkt berührt.

»Nichts solltest du lassen«, widersprach Bruch. »Häng dich nur voll rein in diesen Fall und arbeite daran, ganz so wie früher. Und du hast auf keinen Fall recht, ganz im Gegenteil: Dass du in dieser Soko mitermittelst, tut dir auf jeden Fall gut!«

»Nein, Thomas, das setzt mir zu, ehrlich. Grad heute, bevor ich hier in den ›Hirschen‹ kam …«

»Jetzt hör doch endlich auf zu jammern, Stefan! Natürlich tut dir das gut – ich seh's doch. Du warst seit Tagen nicht mehr mit irgendeinem deiner Symptome bei mir. Und vorgestern hast du sogar vergessen, dass du dich am Montag per Handy in der Praxis angemeldet hast – wenn das keine Besserung ist, dann weiß ich auch nicht mehr.«

Brodbeck sah fragend zwischen Lindner und Bruch hin und her. Er verstand kein Wort von dem, worüber die beiden diskutierten, und sie schienen es ihm auch nicht erklären zu wollen.

»Heiner«, sagte Lindner stattdessen, »hast du dieses Apfelmännle noch?«

»Ja, klar.«

»Könntest du das morgen zu Fritz in den Polizeiposten bringen? Oder noch besser: gleich zur Soko?«

Er sagte ihm, wo sich die Ermittlungsgruppe eingerichtet hatte.

»Okay, ich red mal mit Willy, der wird mich zwischendurch schon mal eine halbe Stunde weglassen, wenn ich ihm erzähle, worum es geht.«

»Das lass lieber bleiben«, sagte Lindner. »Von den Apfelmännle wissen im Dorf schon viel zu viele – nicht, dass uns da noch Unruhe reinkommt. Lass dir lieber irgendeinen Vorwand einfallen. Kannst du nicht etwas aus der Apotheke holen müssen?«

»Warum das denn? Ich bin doch gesund! Was hast du eigentlich immer mit Krankheiten? Erst quatscht ihr von Arztterminen und Besserung, jetzt denkst du sofort an die Apotheke – stimmt was nicht mit dir?«

Bruch grinste, Lindner funkelte ihn sofort warnend an.

»Nein, alles in Ordnung. Lass dir was einfallen, und bring uns dein Apfelmännle morgen vorbei, okay? Am besten gleich vormittags.«

»Ich kann es euch auch morgens bringen, wenn ich zur Arbeit fahre«, schlug Brodbeck vor. »Das liegt fast auf meinem Weg.«

»Wann wäre das?«

Brodbeck nannte eine Uhrzeit, und Lindner lachte.

»Nein, nein, das sollte etwas später sein, damit du auch jemanden antriffst.«

»Ach so?«, grinste Brodbeck. »Habt ihr nicht noch einen Platz frei in eurer Soko? Vielleicht könnte ich euch helfen?«

»Genau – mit der Erfahrung aus der Saftfabrik könntest du uns helfen, Verdächtige auszuquetschen.«

Lindner lachte, Bruch fiel mit ein, Brodbeck dagegen grinste nur etwas gequält.

»Ja, Heiner, ist recht«, gab Lindner zu, »der war nicht so besonders.«

»Jungs, ihr müsst jetzt!«, rief Chiara. »Ich möchte langsam Feierabend machen.«

Sie schaltete den CD-Spieler ein und ließ AC/DC durch den Gastraum hallen – das war schon früher immer das Zeichen gewesen, dass Chiara sie gleich rauswerfen würde. Der nächste Schritt war, dass sie die Stühle umgekehrt auf die Tische stellte.

»Hast ja recht, Chiara«, sagte Brodbeck. »Ich muss morgen früh raus.«

Er bezahlte und ging hinaus, Bruch und Lindner unterhielten sich noch kurz, und schließlich wartete Bruch neben dem Stammtisch, bis Lindner mit Chiara gesprochen hatte – so gut das eben ging, während Gitarrenrock den Raum füllte. Leidlich beruhigt machte sich die junge Wirtin nach ein paar Minuten ans Aufräumen, und Lindner und Bruch wandten sich zum Gehen.

In diesem Moment kam Brodbeck hereingestürzt, atemlos und offenbar wütend.

»Was ist denn dir passiert, Heiner?«

»Mir hat einer die Reifen zerstochen!«

Freitag, 30. September

Wieder dröhnte die Glockenmelodie durchs Haus, aber diesmal konnte Lindner von oben keinen Fernsehton hören. Und tatsächlich schlurfte schon bald jemand im ersten Stock heran, und über der Haustür schwang ein Fenster auf.

»Frau Römer?«

»Ha, wer denn sonst? Hier im Haus wohn bloß ich.«

Ihre Stimme war dünner geworden mit den Jahren, ihre Schärfe hatte sie aber nicht verloren. Sofort waren ihm wieder ein paar böse Sätze präsent, die sie vor vielen Jahren hinter ihm hergebäfft hatte.

»Lindner ist mein Name, Stefan Lindner. Kennen Sie mich noch?«

Sie sah auf ihn herab, schüttelte dann aber den Kopf.

»Nein, muss ich Sie kennen?«

»Lieber nicht«, dachte Lindner.

»Ich bin aus Boll«, sagte er laut. »Inzwischen bin ich bei der Polizei, und ich wollte Sie etwas fragen.«

»Polizei? Da schau her.«

Sie verschwand vom Fenster, und Lindner hoffte schon, sie würde zur Haustür herunterkommen oder ihn zu sich ins Haus lassen – aber da tauchte sie schon wieder am Fenster auf, legte ein Kissen auf die Fensterbank und lehnte sich bequem darauf.

Lindner trat ein paar Schritte zurück an den Rand des Gehwegs, um den Kopf für das weitere Gespräch nicht so angestrengt in den Nacken legen zu müssen.

»So, jetzt können Sie fragen«, sagte sie und sah ihn aufmerksam an.

»Haben Sie schon davon gehört, was draußen am Waldrand passiert ist?«, begann Lindner, weil er nicht recht wusste, wie er das Gespräch am besten in Gang bringen konnte.

»Der tote Mann, draußen auf der Wiese?«

»Ja.«

»Freilich, das geht rum im Dorf.«

»Das war gestern vor einer Woche, also am Donnerstag.«

»Ja, hab ich gehört.«

»Da sollen Sie auch hier am Fenster gestanden haben.«

»Kann gut sein, ich steh häufig hier.«

»Sie haben vielleicht sogar drei Männer gesehen, die den Toten auf dem Gewissen haben?«

»Awa? Spannend. Wer war's denn?«

»Das versuchen wir noch herauszufinden. Ich hoffe, Sie können uns dabei helfen.«

»Wie denn?«

»An dem Donnerstag, an dem der Mann getötet wurde, standen Sie gegen 18.30 Uhr hier an Ihrem Fenster und schauten spazieren.«

»Na, hören Sie mal, junger Mann – wie das schon klingt: spazierenschauen! Ich interessiere mich halt für meine Nachbarschaft, man muss doch wissen, was so vor sich geht, oder?«

»Natürlich«, log Lindner. »Und deshalb frage ich ja auch gerade Sie, Frau Römer. Als Sie rausgesehen haben, sind drei Männer mit Arbeitskleidung und Gummistiefeln in Richtung Unterer Teufelslochweg gegangen. Können Sie mir sagen, wer die drei waren?«

»Nein, warum?«

»Weil diese drei den Mann, der später getötet wurde, überfallen und verletzt haben – und weil vielleicht einer von ihnen ihn auch umgebracht hat.«

»Awa! Spannend.«

»Und warum können Sie mir nicht sagen, wer die drei Männer waren?«

»Welche drei Männer?«

»Na, die drei ...«

»Die hatten Arbeitskleidung an? Gummistiefel? Gingen zum Teufelsklingenbach hin? Drei Männer?«

Lindner nickte jedes Mal und sagte schließlich: »Ja, genau!«

»Nein, das kann ich Ihnen nicht sagen. Ich kann mich nicht an drei solche Männer erinnern.«

»Aber Sie haben sie doch gerade beschrieben!«

»Ich habe nur wiederholt, was Sie mir gesagt haben. Aber ich kann mich an diese drei Männer nicht erinnern. So ungewöhnlich ist es ja nun auch wieder nicht, dass hier Männer mit Gummistiefeln durchs Dorf laufen, oder?«

»Aber es war abends um 18.30 Uhr, das ist doch ein wenig spät, um in der beginnenden Dämmerung noch zum Schaffen raus auf die Obstwiese oder in den Wald zu gehen.«

»Tut mir leid, ich kann mich wirklich nicht erinnern. Das ist ja schon ein Weilchen her, nicht wahr?«

Lindner dachte nach, dann fiel ihm Möhrle ein.

»Ein Jogger kam etwa zur selben Zeit hier vorbei, und er überholte die drei Männer.«

»Dann müssen Sie ihn fragen, der kann Ihnen sicher helfen.«

»Hab ich schon, aber das ist niemand von hier, er erkannte keinen der Männer.«

»Und ich kann mich nicht erinnern.«

»Aber wenn Sie noch einmal genau nachdenken? Der Jogger, und dann überholt er drei Männer in Arbeitskleidung?«

Sie schien nachzudenken, schüttelte aber dann doch wieder den Kopf. Dann hellte sich ihre Miene plötzlich auf.

»Ein Jogger, sagten Sie?«

»Ja, ein Mann, hat reflektierende Streifen an seinem Trainingsanzug.«

»An den erinnere ich mich.«

»Gut. Und jetzt denken Sie noch einmal an den Abend, an dem Sie ihn gesehen haben – vielleicht fallen Ihnen die drei Männer dann wieder ein.«

»Nein, tut mir leid. Der Jogger kommt hier fast jeden Tag vorbei, und meine Tage sind nicht mehr so spannend, dass ich sie noch groß voneinander unterscheiden könnte. Wirklich nicht.«

»Und wenn Sie sich noch einmal zu erinnern versuchen?«

Sie sah ihn an, als müsse sie sich über irgendetwas klar werden.

»Haben Sie mir eigentlich schon gesagt, wie Sie heißen?«, fragte sie dann. »Sie kommen mir irgendwie bekannt vor. Sind Sie von hier?«

Lindner starrte sie entgeistert an, dann ließ er die Schultern sinken, und er ging zurück zu seinem Wagen. Im Rückspiegel sah er noch, wie ihm die alte Frau neugierig hinterherschaute.

* * *

»Das ist wirklich frustrierend«, schloss Lindner am späten Vormittag in der Soko-Besprechung seinen Bericht über die misslungene Befragung von Herta Römer ab.

»Ich nehme an, Stefan, du hast die alte Frau nur ganz zufällig am Fenster oben stehen sehen«, schnappte Roeder. »Denn als Gast unserer Ermittlungsgruppe darfst du natürlich keine offiziellen Befragungen durchführen, und schon gar nicht allein. Oder hat der Herr Staatsanwalt vergessen, mich über eine Veränderung in deinem Status zu informieren?«

Staatsanwalt Hagenbeck war nicht anwesend, und Roeders Frage war auch nur rhetorischer Natur gewesen. Er wollte einfach mal wieder stänkern, auch wenn inzwischen die meisten im Raum wegen seiner anhaltenden Abneigung gegen Lindner die Augen verdrehten.

»Nun, Herr Roeder«, warf Maria Treidler seelenruhig ein, »immerhin erstattet uns Herr Lindner umgehend und vollständig Bericht, nicht wahr?«

Roeder presste die Lippen zusammen, Fritz Aichele und sein Kollege Marc Weiser mussten angestrengt auf die Tischplatte starren, um nur ja nicht loszuprusten.

»Haben wir sonst noch was?«, fragte Roeder nach einer kurzen Pause in die Runde. Es hatten sich keine weiteren Anhaltspunkte ergeben, die Ermittlungen stockten – eine Phase, die jeder hier kannte und die keiner leiden konnte.

»Ich hätte eine Frage«, meldete sich Lindner zu Wort. »Vor einem Jahr haben Hansgeorg Heiderich im Regierungspräsidium und Susanne Römer im Landwirtschaftsamt je ein Apfelmännle bekommen – und Frau Römer hat Rösler danach zur Rede gestellt. Diese Männle scheinen von Rösler zu stammen. In diesem Jahr haben ganz andere Leute solche Apfelmännle geschenkt bekommen, nur Heiderich war zum zweiten Mal dabei.«

»Das wissen wir doch, Stefan«, brummte Roeder. »Und?«

»Sonst ist alles gleich wie im vorigen Jahr – nur sind es neben Heiderich ganz andere Adressaten.«

»Jaa-haa!«

Roeder war genervt.

»Im vergangenen Jahr hat Rösler damit zwei Leute geärgert, die ihm eine berufliche Chance vermasselt haben – die aus seiner Sicht vielleicht sogar für seinen bevorstehenden Ruin verantwortlich waren. Es scheint Rösler inzwischen finanziell nicht mehr so besonders gut zu gehen. Er hat keine festen Mitarbeiter mehr, und ich könnte mir vorstellen, dass ihm inzwischen das Wasser bis zum Hals steht. Er muss viel Geld ausgegeben haben für seine Pläne mit diesem speziellen Mostapfel – und zum Schluss hat er darauf verzichtet, dagegen zu klagen, dass er seine Streuobstwiesen nicht für Spalierbäume nutzen darf.«

»Er wird eingesehen haben, dass er damit eh nicht durchkommt.«

»Einen besonders einsichtigen Eindruck hat Rösler auf mich nicht gemacht. Auch Frau Römer hält ihn für extrem stur – ich glaube, dass er sich nach wie vor im Recht sieht, aber dass er nicht mehr das Geld hatte, sich einen Anwalt zu nehmen und vor Gericht zu ziehen.«

»Oder vielleicht hat ihm ja jemand klar gemacht, dass er es bleiben lassen soll. Vielleicht ja deine Mutter, Stefan – in eurem Bericht steht, dass die beiden sich gut kennen.«

Roeder grinste und genoss seine kleine Gemeinheit. Lindner sah ihn kurz an und formte lautlos mit den Lippen ein Wort, dass Roeder auch ohne Ton verstehen musste.

»Ich habe nur euren Bericht zitiert«, hob Roeder abwehrend die Hände.

Maria Treidler schüttelte missbilligend den Kopf, und Lindner räusperte sich.

»Also noch einmal: Im vergangenen Jahr bekommen zwei Leute von Rösler ein Apfelmännle, die ihm seiner Überzeugung nach sehr geschadet haben. In diesem Jahr bekommt Heiderich noch einmal ein Männle – aber auch einige andere Leute. Und da frage ich mich: Wie sollen Chiara Aichele, Thomas Bruch, Fritz Aichele oder ich dem alten Rösler geschadet haben? Mehr als Frau Römer im Landwirtschaftsamt, die er diesmal ausgelassen hat – und Heiderich hatte von Amts wegen in der Zwischenzeit nichts Neues mehr mit Rösler zu schaffen, das geht aus den Unterlagen hervor.«

»Und wenn euer Männle nicht für dich, sondern für deine Mutter gedacht war?«, feixte Roeder.

»Dann würde es ja noch weniger passen. Vor allem du scheinst ja völlig davon überzeugt zu sein, dass meine Mutter alles tun würde – nur nichts, was ihrem alten Freund Rösler schaden könnte.«

Roeders Grinsen erstarb, und Maria Treidler nickte Lindner anerkennend zu.

»Wir wissen, dass die Apfelmännle im vergangenen Jahr von Rösler stammten – aber wir sollten vielleicht nicht davon ausgehen, dass es auch in diesem Jahr so war.«

»Aber sie sehen genauso aus und sind aus denselben Materialien gemacht«, sagte Aichele.

»Wenn wir davon ausgehen, dass im vergangenen Jahr nur die beiden Apfelmännle verteilt wurden, von denen wir wissen … dann muss es jemand gewesen sein, der die damals gesehen hat.«

»Das wären dann Heiderich und diese Frau Römer«, warf Roeder ein.

»Es gibt noch mehr. Der Pförtner im Landwirtschaftsamt hat das Apfelmännle für Frau Römer entgegengenommen – keine Ahnung, ob der in der kurzen Zeit zum Beispiel diese spezielle Apfelsorte erkannt hat. Dann könnten die Apfelmännle auch auf Röslers Hof herumgestanden haben – vielleicht hat das ein Gast während einer Mostprobe gesehen.«

»Mostproben veranstaltet Rösler nur im Advent«, sagte Aichele.

»Stimmt, dann passt das nicht.«

»Deine Mutter käme in Frage, wenn sie den Rösler ab und zu besucht hat.«

Roeder konnte es nicht lassen, aber Lindner fasste die Bemerkung gar nicht erst als Provokation auf – er war viel zu sehr auf die Frage konzentriert, wer dem alten Rösler das Basteln der Apfelmännle so genau abgeschaut haben konnte, dass er die Figuren im Jahr darauf einfach wiederholte. Warum auch immer.

»Sag mal, Fritz, der alte Rösler hatte früher doch feste Mitarbeiter. Kannst du für mich rausbekommen, wer das alles war?«

»Zwei kann ich dir gleich sagen, die kennst du: Hannes Zumhofer und Heiner Brodbeck.«

»Ach?«

»Heiner hat bei Rösler alles gelernt, was er heute für seinen Job in der Saftfabrik braucht. Was ich so höre, scheint Willy Busch mit seinem Mitarbeiter ganz zufrieden zu sein. Und Hannes … na ja, der hat nach seiner Entlassung bei

Rösler eine Zeitlang gesucht, dann ist er im Boller Bauhof untergekommen.«

»Das wusste ich gar nicht … komisch.«

»Eigentlich nicht. Das ist ein paar Jahre her, und es fiel ziemlich genau in die Zeit, als du in Göppingen auf dem Sprung zur Stuttgarter Kripo warst. Du hast dich damals so sehr in deiner Arbeit vergraben, dass du nicht mal mehr in den ›Hirschen‹ gekommen bist. Na ja, und als du dann in Stuttgart Karriere gemacht hast, bist du auch nur noch alle paar Wochenenden nach Boll gekommen und in den ›Hirschen‹ – da hat man andere Dinge zu bereden als die Frage, wo dieser oder jener Kumpel arbeitet.«

»Hm«, machte Lindner. Aicheles Schilderung gab ihm einen Stich, obwohl er ja wusste, wie recht der Kollege damit hatte.

»Und die beiden … waren das Röslers einzige Mitarbeiter?«

»Da muss ich nachfragen, aber ich glaube, die beiden waren die letzten, die er entlassen musste.«

* * *

Er war gerade fertig mit seinem mittäglichen Vesper, als das Telefon klingelte. Zum Glück klingelte es ziemlich lange, denn er brauchte einige Zeit, bis er das Mobilteil im Küchenschrank neben dem Brotkasten fand.

»Lindner?«

»Hallo, Stefan. Ich bin's, Johanna.«

Ihre Stimme klang weich und warm, und Lindner war überrascht, wie wohltuend er sie fand.

»Was gibt's denn, Johanna?«

Er fragte sich, ob sie überhaupt schon einmal miteinander telefoniert hatten. Falls überhaupt, musste es einige Jahre her sein.

»Ich hab dich vorhin bei mir vor dem Haus gesehen. Also, eher gegenüber: Du hast mit Frau Römer gesprochen.«

»Ja, hat aber nichts gebracht. Ihr Gedächtnis scheint nicht mehr das beste zu sein.«

»Das ist wohl wahr. Aber ihre Neugier hat trotzdem kein bisschen nachgelassen.«

Sie lachte, und Lindner wurde ganz wohlig zumute.

»Kümmerst du dich jetzt um den Tod von Hans?«, fragte sie nach einer kurzen Pause.

»Na ja, ganz so kann man es nicht ausdrücken. Ich bin derzeit nicht im Dienst, aber ich helfe den Kollegen ein bisschen. Ehrenhalber, sozusagen. Ich kenn ja im Ort viele, da kann ich ab und zu ganz nützlich sein.«

»Und was wolltest du von Frau Römer?«

Johannas angenehme Stimme ging ihm bis ins Mark, aber die direkte Frage machte ihn dennoch stutzig.

»Warum fragst du?«

Lindner klang nun etwas reservierter, und das war auch Johanna aufgefallen.

»Ach, weißt du: Der Tod von Hans lässt mir halt keine Ruhe. Und ich wüsste einfach gern, wie eure Ermittlungen vorangehen. Aber ich trau mich nicht, einfach zu fragen – wahrscheinlich darfst du solche internen Infos ohnehin nicht rausgeben. Jetzt hab ich dich sozusagen vor meiner Haustür gesehen, da dachte ich, ich ruf dich mal an. Wir kennen uns ja schon ewig, und … na ja.«

»Tut mir leid, aber ich darf dir wirklich nichts sagen. Und Frau Römer wusste ja auch nichts. Die schaut zwar immer raus und bekommt alles mit – aber sie scheint gleich danach alles auch wieder zu vergessen. Da hab ich Pech gehabt.«

»Was hätte sie denn sehen können?«

Lindner dachte kurz nach, was er sagen konnte, ohne ihr zu viel zu verraten. Sie tat ihm leid, und er wollte sie nicht unnötig vor den Kopf stoßen. Kummer hatte sie schon genug.

»Dein Freund ist doch immer von Aichelberg her mit dem Wagen gekommen, richtig?«

»Ja.«

»Dann hat er auf der Straße auf dein Zeichen gewartet, und dann ist er zu der Haltebucht am Ortsrand gefahren.«

»Ja.«

»Und kurz darauf bist du dann aus dem Haus und zu Heiderichs Auto gelaufen.«

»Ja, so war's sonst immer.«

»Na, das wird Frau Römer ja wohl irgendwann auch mal mitbekommen haben, oder?«

»Oh ...«

»Ja, eben. Und wenn sie nun am Tag von Heiderichs Tod sein Auto ebenfalls gesehen hätte? Und vielleicht noch ein paar Leute, die ihm hinterhergegangen sind?«

»O Gott ... du meinst ...?«

»Ja, Johanna, sie könnte einen oder mehrere der Täter gesehen haben.«

»Und hat sich nicht mehr daran erinnern können?«

»Ja, leider.«

Johanna wartete noch kurz, er hörte ihr Atmen, dann legte sie ohne ein weiteres Wort auf.

* * *

»Sag mal, Heiner«, begann Lindner, als sie am Abend im »Hirschen« eine Pause einlegten und die Karten beiseiteschoben, »ich wusste gar nicht, dass du früher für den Rösler gearbeitet hast. Und du auch, Hannes.«

Hannes Zumhofer nahm einen großen Schluck aus seinem Glas und sagte nichts, Heiner Brodbeck zuckte mit den Schultern.

»Ist schon eine Weile her. Rösler kann sich heute keine festen Mitarbeiter mehr leisten, und wenn er so weiterwurstelt, wird es mit den Saisonarbeitern auch bald ein Ende haben. Ich schätze mal, dass Rösler finanziell inzwischen keine großen Sprünge mehr machen kann.«

»Fehlt dir die Arbeit beim Apfel-Eugen?«

»Ach, wie man's nimmt. Der hat schon Ahnung, und er kann dir viel beibringen – aber er ist halt auch ein Sturkopf. Und in einem so kleinen Betrieb rackerst du dich immer ab, da brauchst du mit Überstunden oder Urlaubsgeld gar nicht erst zu kommen. Erst muss die Arbeit getan sein, dann sieht man weiter. Oder auch nicht. Mir geht's in der Saftfabrik jedenfalls deutlich besser – auch finanziell. Aber für den alten Rösler tut's mir schon leid. Dass es vor ein paar Jahren so mit ihm bergab ging, hat ihm ziemlich zugesetzt.«

»Und wie sieht's bei dir aus, Hannes?«

»Na ja, ich habe beim Bauhof mein Auskommen. Die Arbeitszeiten sind viel besser als beim Rösler auf dem Hof, aber …«

»Aber?«

»Weißt du, die Arbeit draußen, die Äpfel, die Wiesen – da war ich viel freier als jetzt im Bauhof. Wenn der Rösler sich auf dich verlassen hat, warst du tagelang dein eigener Herr. Das fehlt mir schon. Aber ich habe ja noch meine eigenen Wiesen, und nach Feierabend werkle ich halt dort mit dem Obst herum.«

»Hat jemand von euch beiden mitbekommen, was Rösler in letzter Zeit vorhatte?«

»Ja, klar«, sagte Brodbeck. »Ich habe ihm die ganzen Anträge ausgefüllt – der Papierkram war nicht seine Welt. Er wollte auf einigen seiner Streuobstwiesen Spindelanlagen einrichten, aber das wurde abgelehnt. Erst in Göppingen im Landwirtschaftsamt, und dann auch noch im Regierungspräsidium in Stuttgart. Schöne Schweinerei, eigentlich – da darf der alte Rösler auf seinen eigenen Wiesen nicht machen, was er will.«

Brodbeck schnaubte, und Zumhofer nickte dazu.

»Weißt du, Stefan, dieses Projekt hätte Rösler in den nächsten Jahren wahrscheinlich wieder nach oben gebracht. Er wäre nicht reich geworden, aber er hätte keine roten Zahlen mehr geschrieben – und er hätte eine Perspektive gehabt. Mensch, der hat so viel Energie in diese Apfelsorte gesteckt …«

»Röslers Rambour«, sagte Lindner. »Ich weiß.«

»Na, also.«

»Wisst ihr, dass Rösler wegen dieser Ablehnung im vergangenen Jahr zwei Apfelmännle … nun ja: verschenkt hat?«

Zumhofer und Brodbeck sahen sich kurz an, dann zuckten sie die Schultern.

»Ihr habt es also gewusst.«

»Ja.«

»Und habt ihm diesen Blödsinn nicht ausgeredet?«

»Ich habe erst hinterher davon erfahren«, sagte Zumhofer.

»Ich auch«, fügte Brodbeck lahm hinzu.

»Das konnte stimmen«, dachte Lindner. »Oder auch nicht.«

»Und, was glaubt ihr«, fragte er dann. »Sind die neuen Apfelmännle auch von Rösler?«

Zumhofer zuckte mit den Schultern.

»Die Äpfel sind auf jeden Fall mal von ihm«, murmelte Brodbeck.

»Hätte er denn einen Grund, Heiner, dir eine solche Drohung zukommen zu lassen?«

Brodbeck sah Lindner direkt an, und in seinem Blick blitzte kurz etwas auf, das Lindner nicht zuordnen konnte.

»Stimmt«, sagte er dann, »er hat ja gar keinen Grund, mir böse zu sein – im Gegenteil, ich habe ihm ja immer geholfen …«

»Wer könnte es also diesmal gewesen sein?«

Brodbeck sah nachdenklich in sein Glas.

»Mit den Apfelmännle«, fuhr Lindner fort, »und draußen mit den Rambour-Äpfeln auf der Wiese?«

»Auf welcher Wiese?«, fragte Brodbeck nach einer kurzen Pause.

»Die, auf der dieser Tote lag, ihr wisst schon.«

»Ach die …«

Brodbeck winkte Chiara heran, um nachzubestellen, aber sie kam nicht bis zum Tisch.

»Chiara!«

Den Mann am Ecktisch kannte Lindner nur vom Sehen. Er saß immer allein und ging nach seinem Abendessen, einem Schnaps und einem Viertele gerne auf eine Zigarette vor das Lokal, bevor er wieder hereinkam und in aller Gemütsruhe noch zwei, drei Viertele zu sich nahm. Jetzt aber war er sauer.

Chiara Aichele huschte zu ihm hinüber, die beiden unterhielten sich halblaut, und immer wieder fuchtelte der Mann mit seiner linken Hand vor Chiaras Gesicht herum – er hatte Daumen und Zeigefinger zusammengeklemmt, als halte er darin ein Fundstück fest. Schließlich räumte Chiara seinen halb vollen Teller ab, brachte einen Schnaps und ein neues Viertele. Dann streckte sie die flache Hand aus, der Mann legte etwas hinein, und Chiara ging, kopfschüttelnd auf ihre Hand blickend, hinter den Tresen und verschwand in der Küche.

Nach einer Weile kam sie wieder an den Stammtisch und brachte ein paar Getränke.

»Was war denn los?«, fragte Lindner und nickte zu dem Mann am Ecktisch hinüber.

Er schien sich halbwegs beruhigt zu haben, aber vor jedem Schluck hob er prüfend sein Weinglas gegen das Licht, als befürchte er, es könne irgendetwas drin schwimmen.

»Stellt euch vor«, sagte Chiara, sie war noch ganz durcheinander, »er hat eine Glasscherbe in seinem Essen gefunden, so einen kleinen Splitter. Mein Gott, wenn er den verschluckt hätte ...«

»Um Himmels willen!«, entfuhr es Bruch. »Wie groß war der Splitter denn?«

»Zum Glück groß genug, dass er ihn gleich bemerkt hat. Aber der Appetit ist ihm natürlich vergangen. Und hinten in der Küche heult der Koch – der hat gerade keine leichte Zeit mit seiner Frau, da hat ihn das natürlich vollends umgehauen.«

»Dann sollten wir uns lieber mal mit Kartenspielen vom Hunger ablenken, was?«, sagte Lindner möglichst unbefangen, um das Thema zu wechseln. Er teilte die Karten aus, und Chiara machte sich wieder an die Arbeit. Sie ging immer wieder zu dem Mann am Ecktisch hin, um sich gestenreich zu entschuldigen. Natürlich ging an diesem Tag für ihn alles aufs Haus.

Bruch und Lindner tauschten ab und zu vielsagende Blicke, wenn sie sich unbeobachtet glaubten. Zumhofer und Brodbeck konzentrierten sich ganz aufs Kartenspielen. Als er später am Abend nach Hause ging, war Lindner vor allem froh, dass ihn niemand auf eine mögliche Verbindung von Glassplitter und Apfelmännle angesprochen hatte.

Denn allmählich wurde die Sache brenzlig.

Samstag, 1. Oktober

Herta Römer hatte alles gemacht wie jeden Abend. Sie hatte viel zu fett gevespert, danach brav ihre Tabletten gegen Bluthochdruck geschluckt, den Fernseher eingeschaltet und sich mit einem Krug Most an den Wohnzimmertisch gesetzt.

Es kam eine Liebesschnulze, die Protagonistin wurde von einer bayerischen Schauspielerin verkörpert, die seit einiger Zeit anscheinend alle weiblichen Hauptrollen in Fernsehfilmen spielte. Herta Römer störte das nicht. Sie sah die Frau gern, und sie sah sie nicht lange. Immer wieder döste sie trotz der dröhnenden Lautsprecher ein, und wenn sie kurz aufwachte, trank sie einen Schluck und schlief gleich weiter.

Irgendwann konnte sie in den kurzen wachen Momenten nicht mehr die populäre Schauspielerin sehen, sondern zwei Kommissare, die in Berlin ermittelten. Und als sie wieder hochschreckte und ein Nachrichtensprecher mit geschäftsmäßiger Miene von Anschlägen in einem Land berichtete, das Herta Römer nicht interessierte, rappelte sie sich hoch, schaltete das Fernsehgerät ab und tappte auf unsicheren Beinen hinüber ins Schlafzimmer.

Im Bett war sie wacher als zuvor auf der Couch, aber dann kam doch der Schlaf über sie. Als sie mitten in der Nacht wieder aufschreckte, bekam sie kaum Luft. Ihr Herz pochte wie verrückt, und sie hatte ein Gefühl, als wäre ihr kalt, und trotzdem brach ihr der Schweiß aus. Sie drehte sich mühsam zu ihrem Nachttisch hin: 2.30 Uhr zeigte der Radiowecker an.

Herta Römer setzte sich auf, atmete einige Male tief ein und aus, dann taumelte sie hinüber zur Küche, um sich ein Glas Wasser zu holen. Im Flur fiel ihr Blick kurz in den Spiegel, sie erschrak: Ihr Gesicht war knallrot, und Herta Römer bekam es mit der Angst zu tun. Sie nahm das Telefon, wählte die Notrufnummer und hörte noch eine Stimme am anderen Ende, da sackte sie schon zusammen und blieb leise ächzend auf dem Boden liegen.

* * *

Das Telefonklingeln störte Lindner beim Frühstücken. Er hatte sich frische Brezeln geholt und einen Laib Bauernbrot. Auf Croissants, die er sonst gerne mit Butter und Hägenmark aß, hatte er heute verzichtet. Der Grund dafür war der heutige Zettel seiner Mutter: »I back Bätscher, gibts zom Kaffee.« Wobei mit »zom Kaffee« nicht wirklich Kaffee gemeint war, sondern nur die passende Uhrzeit am Nachmittag. Zu trinken gab es da normalerweise Most, Wein oder Apfelsaft.

Ruth Lindner hatte mütterlicherseits Wurzeln in Schopfloch, und manchmal hielt sie die Backtradition ihrer Mutter hoch: mit der dortigen Spezialität, eben den Bätschern. Lindner liebte die Hefeteigfladen, auf die kräftig Rahm und Speck und Zwiebeln gepackt wurden. Das Ergebnis erinnerte ein wenig an Flammkuchen, war aber dicker und schmeckte noch besser und herzhafter. Ihm lief schon das Wasser im Mund zusammen.

Die Bätscher wollten sie noch gemeinsam essen, dann stand für Ruth Lindner schon die Vorbereitung auf ihren nächsten Ausflug auf dem Programm. Um 18.00 Uhr sollte der Bus am Kirchplatz losfahren, der Ruth und die anderen »Boller Mädle« für fünf Tage nach Wien bringen sollte: sehr komfortabel, im Reisebus mit Schlafkojen und mit Unterbringung in einer kleinen Pension nicht weit vom Prater. Sie hatte ihm Fotos gezeigt, alles sah sehr gut aus – und Lindner bewunderte sie insgeheim, dass sie sich das alles in ihrem Alter noch zutraute. Er kannte genug jüngere Leute, denen es im Traum nicht einfallen würde, sich in einem rollenden Bus zum Schlafen in eine Koje zu legen. Wobei: Wenn die »Boller Mädle« unterwegs waren, blieb für den Schlaf meist wenig Zeit.

Das wiederholte Telefonklingeln riss ihn aus seinen Tagträumen.

»Lindner?«, meldete er sich.

Am anderen Ende war Johanna Tiedtmaier.

»Hallo, Johanna. Was gibt's denn?«

Kurz hatte er Angst, er könne zu grob im Tonfall gewesen sein. Aber er wunderte sich halt, warum sie ihn schon wieder anrief. Natürlich nahm er an, dass sich Johanna von ihm auch diesmal Informationen zum Mord an ihrem Freund erhoffte.

»Stell dir vor, heute Nacht wurde die Frau Römer abgeholt! Im Notarztwagen!«

»Oh«, machte Lindner, und sein gestriges Gespräch mit der alten Frau ging ihm durch den Kopf. Hatte sie sich nach ihrer Unterhaltung womöglich zu sehr aufgeregt?

»Sie hatte Probleme mit dem Blutdruck, und sie nahm Tabletten deswegen. Ich habe ihr ab und zu einige ihrer Pillen in ihrem Schächtelchen vorsortiert, wenn ich bei ihr nach dem Rechten gesehen habe.«

»Und wann war das?«, fragte er, mehr aus Gewohnheit.

»Halb drei, drei. Der Notarztwagen machte einen Riesenradau, die ganze Nachbarschaft ist wach geworden. Ich habe vorhin im Krankenhaus angerufen, ich kenne eine Krankenschwester in der Notaufnahme. Es scheint ihr wieder einigermaßen gut zu gehen, hat wohl Glück gehabt.«

»Gott sei Dank«, sagte Lindner, und er meinte es auch so.

»Ich dachte, das sag ich dir lieber gleich – nachdem du doch gestern noch mit ihr gesprochen hast.«

»Ja, danke, das ist nett von dir. Wie geht's dir denn?«

»Na ja … geht so.«

»Wenn du mal jemanden zum Reden brauchst … melde dich einfach, okay?«

Er hörte leises Schniefen am anderen Ende.

»Mach ich, Stefan, danke.«

Damit legte sie auf, und Lindner war sich schon jetzt nicht mehr sicher, ob sein Angebot wirklich eine so gute Idee war.

* * *

Fast zwei Stunden lang hatte Lindner in Ruhe auf der Rundbank im Tempele gesessen, hatte über die vor ihm ausgebreitete Landschaft geblickt und über den Mordfall nachgedacht. Er hatte überlegt, was er bisher zum Mord an Heiderich erfahren hatte, und hatte versucht, die einzelnen Tatsachen und Hinweise in ein großes Gesamtbild einzufügen, aber es war ihm noch immer nicht gelungen.

Ab und zu hatte es im Gras vor ihm geraschelt, einmal war ein Habicht wie aus heiterem Himmel fast senkrecht auf die Wiese heruntergestoßen, hatte die Krallen in eine Maus gebohrt und war bald darauf wieder verschwunden. Und zuletzt war eine Katze vorbeigestromert, und Lindner hatte sich noch gewundert, wie weit entfernt vom Dorf das Tier unterwegs war.

Doch nun näherten sich Schritte, und Stimmen waren zu hören. Es musste eine Wandergruppe sein, die auf dem Höhenweg vom Schützenhaus her auf ihn zukam.

»Hier muss es sein«, sagte eine Männerstimme triumphierend, und die Schritte beschleunigten sich.

Kurz darauf traten die Wanderer in sein Blickfeld: eine acht, neun Leute starke Gruppe, Männer und Frauen von völlig unterschiedlichem Alter, manche wandertauglich gekleidet, andere eher wie frisch der Limousine entstiegen.

»Seht ihr?«, sagte der Mann von eben noch einmal, und er war offensichtlich sehr zufrieden mit sich. »Er wird uns den nächsten Hinweis geben.«

Der Mann hatte einen albernen Filzhut auf, an dem einige Wanderabzeichen befestigt waren, er trug eine knielange Lederhose und darunter knallrote, grobe Wollsocken. Mit seinem Wanderstab zeigte er genau auf Lindners Brust.

»Guter Mann«, begann er etwas gespreizt, »dürfen wir Sie etwas fragen?«

»Meinetwegen«, brummte Lindner. Er hatte keine Lust auf Konversation, er wollte in Ruhe nachdenken – und dass ihm das trotz des anstrengenden Fußmarsches nicht einmal hier oben vergönnt war, wurmte ihn.

»Wir ermitteln hier, sind Mitglieder der Soko, die drunten im Hotel einen Fall zu lösen hat.«

Lindner stutzte. Welche Soko? Welches Hotel? Die einzige Soko in Bad Boll, von der er wusste, untersuchte den Mord an Hansgeorg Heiderich. Was wollten diese Leute von ihm?

»Vielleicht haben Sie ja von dem Fall schon gehört.«

Er zwinkerte Lindner zu und drehte sich dann lächelnd und kopfnickend zu seinen Begleitern um.

»Haben Sie denn Informationen für uns? Für unsere Soko, meine ich?«

Lindner sah ihn immer noch verblüfft an, dann erhob er sich langsam und ging zu der Gruppe hin.

»Welche Soko?«, fragte er den Sprecher der Gruppe und gab sich Mühe, besonders streng dreinzuschauen.

»Na, die Soko unten im Hotel, Sie wissen doch.«

Lindner ließ erkennen, dass er nicht wusste.

»Oder nicht?«, fragte der Mann mit dem Filzhut, nun schon leicht verunsichert.

»Wie ist denn Ihr Name?«, setzte Lindner nach.

»Mein … mein Name?«

Der Mann mit dem Filzhut sah sich hilfesuchend um, aber die anderen zuckten nur mit den Schultern.

»Mein Name ist Sauer, Rolf Sauer – aber warum …?«

»Und wer leitet Ihre Soko?«

»Wer … sie leitet?«

Jetzt lachte er nervös.

»Leitet – das ist gut, Sie spielen ja prima mit. Da bin ich erleichtert.«

»Wieso mitspielen?«

»Na ja, wir sollen hier hoch zum Schützenhaus, da stehe ein runder Pavillon, und dort sei für uns die nächste Information zu finden. Und die haben ja wohl Sie für uns, oder nicht?«

Lindner dachte nach, hier lief etwas gründlich verkehrt.

»Erzählen Sie mir doch mal von Ihrem … Fall, Herr Sauer.«

»Ich … nun ja: Gestern Abend ging unten im Hotel eine Tagung zu Ende, und einer der Teilnehmer wurde tot aufgefunden. Der leitende Kommissar hat uns in seine Soko aufgenommen, und bis heute Nachmittag müssen wir den Fall gelöst haben. Es sieht ganz gut aus, wir sind prima im Zeitplan, und zum Abschluss gibt es noch ein schönes Essen, und jeder von uns darf eine DVD mit einigen Szenen vom Krimiwochenende mit nach Hause nehmen.«

»Vom … Krimiwochenende?«

»Ja, das gibt es unten im Hotel. Sie sind wohl nicht von hier?«

»Doch, ich schon. Und Sie?«

»Ach, wir kommen aus Stuttgart, Ulm, Göppingen, von überall her. Wir haben uns in drei Gruppen aufgeteilt, und nachher tragen wir unsere Indizien und Informationen zusammen.«

»Sie nehmen also an einem Spiel teil? Ein Spiel, das von einem erfundenen Mord ausgeht, den Sie dann aufklären müssen?«

»Genau. Aber wenn Sie das alles fragen: Gehören Sie denn nicht dazu?«

»Nein«, schnappte Lindner. »Ich bin nämlich wirklich von der Kripo. Und Sie werden es nicht glauben: Wir haben hier in einem echten Mordfall zu ermitteln. Und wenn Sie und die anderen Pappnasen nicht eins, zwei, drei hier wieder verschwunden sind, dann nehme ich Sie mit zur echten Soko – und da wird es für Sie nicht sehr gemütlich werden, und ein Essen bekommen Sie von uns auch nicht!«

Lindner war richtig laut geworden, und der Mann mit dem Filzhut sank mit jedem Satz ein wenig weiter in sich zusammen. Nun stand er klein und verängstigt da, und seine Begleiter hatten offensichtlich große Lust, einfach wegzurennen.

»Husch jetzt!«, rief Lindner, und die Gruppe machte sich im Eiltempo davon. Keine drei Minuten später waren ihre Schritte in Richtung Gruibinger Straße verhallt, und das Tempele lag wieder in völliger Ruhe.

Lindner sah noch einmal zu der Bank, dann machte er sich auf den Weg nach Hause. Als er am Hotel vorbeikam, sah er einige Menschen hinter einer der großen Fensterscheiben stehen, und einige von ihnen deuteten zu ihm herunter. Er sah kurz hinauf, zeigte ihnen den Vogel, dann ging er kopfschüttelnd weiter seines Weges.

* * *

Als Lindner sein Elternhaus erreichte, stieg Maria Treidler aus dem Wagen, der vor der Tür am Straßenrand parkte.

»He, das ist ja eine Überraschung!«, rief er.

»Hoffentlich eine angenehme«, versetzte sie.

»Klar. Warum bist du nicht rein?«

»Es ist niemand da. Ich hab geklingelt, aber es hat niemand aufgemacht.«

»Oh, ist sie schon wieder über alle Berge?«

»Wer?«

»Meine Mutter, die hat Hummeln im Hintern. Ständig ist sie weg, wenn ich heimkomme oder wenn ich morgens aufstehe – und immer legt sie mir irgendwelche Zettel mit Notizen auf den Tisch.«

»Als ich zur Haustür ging, klang es, als würde ein Traktor wegfahren. Habt ihr so etwas wie einen Hinterausgang?«

»Ja, vom Hof führt ein kleiner Weg auf die angrenzenden Wiesen. Wann war das denn?«

»Vor zwanzig, dreißig Minuten. Ich hab nicht auf die Uhr gesehen.«

»Oh, so lange wartest du schon? Magst du etwas essen?«

»Nein, ich habe keinen Hunger.«

»Ich hab jetzt lieber auch keinen Hunger – wenn meine Mutter nicht da ist, gibt's nur Vesper.«

»So, so, der Herr ist sich zu fein für den Herd?«

»Nein, aber ich kann halt nicht kochen. Weißt du was?«

Er sah hinauf zum Himmel, die Sonne schien kräftig wie seit Tagen nicht.

»Wir setzen uns hinter dem Haus auf die Bank, und du erzählst mir, warum du mich besuchen kommst. Es ist immerhin Samstag, und du könntest dein Privatleben genießen.«

»Tu ich ja«, grinste Maria Treidler und zwinkerte ihm zu.

* * *

Fast eine Stunde lang ging Thomas Bruch in seinem Wohnzimmer auf und ab. Schon früh am Morgen hatte ihn Jürgen Schott, ein Studienfreund und inzwischen Internist an der Göppinger Klinik am Eichert, angerufen und darüber informiert, dass seine Patientin Herta Römer kurz vor drei Uhr in der Nacht mit dem Notarztwagen ins Krankenhaus gebracht worden war. Allem Anschein nach hatte sie nachts Herzrhythmusstörungen bekommen, konnte noch rechtzeitig die Notrufnummer wählen, brach dann aber zusammen, bevor sie etwas sagen konnte. Zum Glück war ihre Rufnummer nicht unterdrückt, der Notarzt traf noch rechtzeitig in Eckwälden ein und kam durch eine unverschlossene Hintertür ins Haus. Inzwischen war der Zustand der alten Frau wieder stabil, und Schott versprach seinem Kollegen, sich wieder zu melden, falls sich etwas Neues ergeben würde.

Dann kam der zweite Anruf, und Bruch fiel aus allen Wolken: Dass Herta Römer unter Bluthochdruck litt, wusste er, und er behandelte sie seit Jahren deswegen. Nach zwei Fehlversuchen hatte er ein Medikament gefunden, das sie gut vertrug – und darauf sprach sie so gut an, dass sich ihre Werte in einem Bereich eingependelt hatte, mit dem man zufrieden sein konnte.

Doch in Herta Römers Blut waren Spuren eines anderen Medikaments gefunden worden: eines, das bei extrem niedrigen Blutdruck verordnet wurde. Der Notarzt, der auf die Schnelle nur kurz alle Tablettenpäckchen in eine Tüte gepackt und mitgenommen hatte, hatte auch einige von diesem Mittel erwischt – die aber steckten nicht in der richtigen Schachtel, sondern in einer Packung ihres normalen Medikaments. Und auf dieser Packung waren keine Aufkleber einer Apotheke, geschweige denn die sonst üblichen handschriftlichen Einnahmehinweise zu finden.

»War das ein Musterpäckchen von dir?«, hatte Schott gefragt.

»Vermutlich«, hatte Bruch geantwortet. »Sie war ja bei mir in Behandlung.«

»Du weißt, dass wir das weitermelden müssen, Thomas.«

»Klar weiß ich das. Trotzdem danke, Jürgen, dass du mich vorher noch kurz angerufen hast.«

Das ging ihm nun seit einer Stunde unentwegt im Kopf herum. Nicht das Gespräch mit seinem Studienfreund, sondern die Tatsache, dass in dem Medikamentenmuster, das er Herta Römer mitgegeben hatte, jetzt die falschen Tabletten steckten.

Schließlich nahm er das Telefon und wählte Stefan Lindners Nummer. Er brauchte Hilfe.

* * *

»Musst du nicht rangehen?«, fragte Maria Treidler, als sie das Klingeln des Telefons hörte, das bis herunter in den Hof zu hören war.

»Hast du dein Handy dabei?«

»Natürlich.«

»Dann muss ich nicht rangehen. Bis ich oben bin, ist eh schon aufgelegt. Und falls es etwas mit unserem Fall zu tun hat, rufen sie eher dich übers Handy an als mich daheim.«

Und sie diskutierten weiter darüber, wie die bisherigen Informationen sich zu einem stimmigen Gesamtbild verbinden lassen könnten.

* * *

Lindner winkte Maria noch hinterher, dann ging er ins Haus und hörte die Nachricht des Anrufers von vorhin ab. Es war Thomas Bruch, und er klang verzweifelt. Lindner rief zurück und hörte kurz zu.

»Warte kurz, Thomas, ich komme vorbei. Und ich bringe eine Kollegin von der Soko mit, ja?«

Maria erreichte er auf ihrem Handy, sie war noch nicht weit gekommen und drehte sofort um. Lindner ging den kurzen Weg zu Bruchs Haus, wo er in der Etage über der Praxis auch wohnte, zu Fuß. Als er vor dem Haus ankam, stand sein Schulfreund schon vor der Haustür und hantierte mit einer Zigarre.

»Mist!«, schimpfte er. »Ich bringe das Ding einfach nicht zum Brennen!«

»Dann lass den Stumpen lieber gleich aus: Wir warten nur noch auf meine Kollegin, dann gehen wir rein und du zeigst uns alles, okay?«

Bruch ging den beiden in die Praxis voraus.

»So«, sagte Lindner, »und wo bewahrst du deine Muster normalerweise auf?«

»Im Schrank dort hinten im Nebenraum, und dann in den Vitrinen in beiden Behandlungszimmern und drüben im dritten Zimmer, das wir manchmal nutzen, wenn besonders viel los ist.«

Lindner ging in eines der Zimmer und zog an der Glastür der Vitrine. Die anderen folgten ihm.

»Die ist ja gar nicht abgeschlossen.«

»Nein, das war bisher nicht nötig. Na ja, dachte ich … Und hätte doch mal was gefehlt, wäre es mir oder Lisa wahrscheinlich schnell aufgefallen.«

»Lisa?«, fragte Maria Treidler.

»Seine Assistentin«, erklärte Lindner.

»Aber wenn jemand Tabletten aus der einen Schachtel in die andere packt und umgekehrt – das sieht man ja nicht von außen. Und ich hätte auch nie vermutet, dass jemand auf so eine blöde Idee kommt.«

»Und wie soll das auch gehen? Das braucht doch seine Zeit, und du bist mit den Patienten hier im Raum.«

»Nein, eben nicht immer. Wenn etwas mehr los ist, behandle ich im einen Raum, und Lisa bittet den nächsten Patienten schon in den anderen, wo er auf mich wartet. Je nachdem, wie lange ich mit dem ersten Patienten noch beschäftigt bin, kann das schon ein paar Minuten dauern. Oder auch mal länger. Und wenn's richtig brummt, sitzen immer in zwei Räumen wartende Patienten, und ich behandle im dritten.«

»War denn Frau Römer in letzter Zeit bei dir in der Praxis?«

»Nein. Ich habe gleich heute früh nachgeschaut: Das ist jetzt vier Wochen her, und der nächste Termin hat noch ein bisschen Zeit. Meistens messe ich nur ihre Werte nach, unterhalte mich ein bisschen mit ihr und stelle ihr ein neues Rezept aus. Es ist ja immer dasselbe Medikament. Ab und zu geb ich ihr außerdem ein Päckchen von den Mustern mit – dieselben Tabletten, aber dafür muss sie dann nicht extra zur Apotheke.«

»Und wie kommst du an die Muster?«

»Die lassen mir die Vertreter der Pharmafirmen da.«

»Hm«, machte Lindner und dachte nach. »Dann müsste also jemand die Tabletten irgendwann in der Zeit vor Frau Römers letztem Termin bei dir vertauscht haben. Liegen die Muster hier so lange in der Vitrine?«

»Das kommt vor, ja. Aber …«

»Ja?«

»Weißt du, Stefan, mir geht das mit dem Apfelmännle nicht aus dem Kopf. Stell dir vor, das wäre wirklich als Warnung gemeint. Inzwischen wurden Brodbeck die Autoreifen zerstochen, im ›Hirschen‹ hat ein Gast einen Glassplitter im Essen gefunden … Was, wenn das Vertauschen der Tabletten gar nicht auf Frau Römer zielte, sondern auf mich? Wenn wir nicht herausfinden, wer mir das eingebrockt hat, kann ich deswegen ganz schön Ärger bekommen. Und selbst wenn wir es herausfinden: Etwas bleibt immer hängen.«

»Das ist mir auch schon durch den Kopf gegangen. Aber du hast dein Apfelmännle erst vor eineinhalb Wochen bekommen, und Frau Römer war vor vier Wochen zum letzten Mal bei dir. Das passt irgendwie nicht.«

»Tja …«

Bruch sah ratlos aus, und Lindner hätte ihn am liebsten tröstend in den Arm genommen.

»Außer …«

Lindner war gerade noch etwas eingefallen.

»Ja?«

»… außer jemand hat in den vergangenen eineinhalb Wochen bei Frau Römer ein paar von den richtigen Tabletten mitgenommen, hat sie dann bei dir in der Praxis vertauscht und die falschen dann Frau Römer untergeschoben. Sind beide Medikamente ab Werk auf diesen Kärtchen portioniert, mit so Mulden, aus denen man sie dann durch die Silberfolie herausdrücken kann, und auf der Folie stehen die Wochentage, an denen man sie nehmen soll?«

Bruch nickte.

»Die Tablettentauscherei kommt mir etwas umständlich vor«, sagte Lindner, »aber auf diese Weise ließe sich zeitlich besser steuern, wann Frau Römer die falschen Tabletten nimmt.«

»Aber dafür müsste der- oder diejenige bei Frau Römer ein- und ausgehen können. Obwohl … der Notarzt kam heute Nacht auch durch die unverschlossene Hintertür rein.«

»Trotzdem wäre es in dem angenommenen Fall wahrscheinlicher, dass jemand die Tabletten vertauschte, der Kontakt zu Frau Römer hat. Und vor allem müsste er oder sie in den vergangenen eineinhalb Wochen oder meinetwegen auch kurz zuvor bei dir in der Praxis gewesen sein.«

»Na prima«, stöhnte Bruch. »Dann ist das halbe Dorf verdächtig. Der Kontakt der Nachbarn in Eckwälden ist recht gut, da besucht man sich schon mal. Und zuletzt hatten wir hier Großkampfzeit. Die vergangenen paar Tage waren ruhig, aber davor: Erst ging ein Magen-Darm-Virus um, und dann waren ziemlich heftige Erkältungen dran – ich bin an manchen Tagen zwischen meinen drei Räumen gependelt, bis mir selbst ganz schlecht war.«

»Und wer von den Patienten war in dem Raum, in dem die Muster der Blutdruckmittel in der Vitrine liegen?«

»Das schreibe ich mir nicht auf, ich komme so schon kaum durch mit dem ganzen Papierkram. Und es waren wirklich viele Patienten. Du natürlich …«

»Ja, ist gut.«

»… und sonst wirklich praktisch das halbe Dorf. Nimm nur mal unsere Kartenrunde: Willy, Heiner, Hannes – alle drei waren hier.«

Lindner fing Marias fragenden Blick auf und erklärte: »Willy Busch, Heiner Brodbeck, Hannes Zumhofer.«

»Fritz Aichele ist gekommen«, fuhr Bruch fort. »Chiara hat sich Rat geholt wegen ihrer Schwiegermutter … Da lässt sich nichts sinnvoll eingrenzen, glaub mir.«

»Sieht ganz danach aus.«

»Und jetzt?«

Lindner zuckte mit den Schultern.

»Wir saßen vorhin zusammen«, sagte Maria, »und brüteten über der Frage, wer Heiderich getötet haben und wer hinter der Geschichte mit den Apfelmännle stecken könnte. Wir sind vorhin schon auf keinen grünen Zweig gekommen, und Ihre Geschichte macht das alles noch weniger nachvollziehbar.«

* * *

Drei Cappuccino hatte Lindner im Eiscafé getrunken, während er wieder und wieder mit Maria alle möglichen und unmöglichen Theorien durchkaute. Aber nichts passte in diesem seltsamen Mordfall: nicht die Empfänger der Apfelmännle, nicht die Motive der möglichen Verdächtigen – und eigentlich nicht einmal die möglichen Verdächtigen selbst.

Johanna zum Beispiel hatte die Gelegenheit und vielleicht sogar ein Motiv, aber hatte sie wirklich einen Grund, die eigene Liebesgeschichte durch einen Mord zu beenden?

Ronnie hätte Grund und Motiv, aber wie sollte er als Außenseiter im Dorf mehrere andere dazu bringen können, mit ihm gemeinsam den verhassten Freund seiner Schwester mit Äpfeln abzustrafen? Und warum kamen dann diese seltenen Äpfel ins Spiel, die nur der alte Rösler anbaute?

Und Rösler: Er hatte schon einmal Apfelmännle als Drohung verschickt, und er hätte auch einen Grund, Heiderich zu hassen – aber warum war dann diesmal Susanne Römer vom Landwirtschaftsamt außen vor? Wirklich nur, weil Rösler nach ihrem Anruf im vergangenen Jahr Angst vor ihr hatte? Und was hätte Rösler von Heiderichs Tod gehabt? Sein Antrag blieb trotzdem abgelehnt.

Hatte Hannes Zumhofer seine Finger im Spiel? Er vermisste die Arbeit auf Röslers Hof, und wäre der Antrag von Rösler durchgekommen und hätte der Obstbauer dadurch wieder mehr Geld verdient, hätte sich Zumhofer Hoffnungen auf eine Wiedereinstellung machen dürfen. Aber warum hatte er Heiderich, der dieses Projekt maßgeblich verhinderte, nicht schon im vergangenen Jahr getötet, als die Enttäuschung noch frischer war?

Willy Busch kam neuerdings wieder zum Stammtisch in den »Hirschen«, wo er viele Jahre zuvor nicht mehr gewesen war – das erste Mal kam er nach dem Gespräch mit Lindner und Maria. Das sah nicht wie Zufall aus, aber welches Motiv hätte Busch haben können, den Beamten vom Regierungspräsidium zu töten – und eine Spur in Richtung des alten Rösler zu legen? Er schien den Apfelbauern zu bewundern, trotz seines Starrsinns.

Schließlich gingen Maria und Lindner frustriert auseinander. Maria hatte für den Abend eine Familienfeier, und am Sonntag war sie mit ihren Eltern verabredet.

»Sobald ich mich loseisen kann, melde ich mich bei dir«, sagte sie und stieg in ihren Wagen. »Ist dir das recht?«

»Klar, würde mich freuen. Und wir müssen ja auch nicht immer nur über den Fall reden – lass uns doch zum Italiener gehen, schick essen.«

»Klingt toll, Stefan.«

Sie winkte noch einmal, dann war sie mit ihrem Wagen um die nächste Kurve verschwunden, und Lindner ging beschwingt nach Hause. Gerade war ihm wieder eingefallen, dass es heute frische Bätscher geben sollte.

* * *

Lindner sah zum Fenster hinaus, bevor er sich gegen achtzehn Uhr auf den Weg zum »Hirschen« machte, und holte sich eine Regenjacke vom Haken. Der Himmel sah aus, als könnte es irgendwann heute nass und ungemütlich werden.

Er ging die Treppe hinunter, öffnete die Haustür – und stieß fast mit Johanna Tiedtmaier zusammen, die direkt davor stand und offensichtlich gerade im Begriff war, die Klingel zu drücken.

»Oh«, machte Lindner, und er sah sofort, dass Johanna vor kurzem geweint hatte.

»Mist!«, dachte er. »Muss sie mein Angebot denn ausgerechnet annehmen, wenn ich mich durstig auf den Weg ins Gasthaus mache?«

»Wolltest du gerade los?«, fragte sie, und ihr Ton klang ängstlich.

»Ja … nein … Ich wollte nur kurz ums Haus, ein bisschen frische Luft schnappen«, schwindelte er. »Ist mit dir alles in Ordnung?«

Sie zuckte mit den Schultern und schniefte ein wenig. Lindner sah sie an und bekam Mitleid.

»Weißt du was?«, sagte er. »Du kommst jetzt erst einmal rein – spazierengehen kann ich auch später noch.«

Er konnte kaum glauben, wie er hier vor sich hinlog, aber Johanna dankte es ihm mit einem so warmen Lächeln, dass es ihn ganz eigentümlich durchzuckte.

»Aber nur, wenn es dir nichts ausmacht, ja?«

»Nein, ist in Ordnung, komm mit rauf.«

»Deine Mutter stand eine Zeitlang mit ein paar Freundinnen beisammen und ist in Richtung Kirche gegangen. Wo ist sie denn hin um diese Zeit?«

»Nach Wien«, sagte Lindner, der sich wunderte, wer alles seine Mutter häufiger zu Gesicht bekam als er. »Ihre Boller Mädle machen einen mehrtägigen Ausflug, am Kirchplatz wollte der Reisebus losfahren, ich hab ihr vorher noch das

Gepäck hingefahren – als ich zurückkam, war sie schon nicht mehr da.«

Er grinste, schüttelte den Kopf und fügte hinzu: »Meine Mutter macht Sachen, die trauen sich viele Jüngere nicht.«

Johanna lachte, und sie setzten sich an den Küchentisch.

»Gut hier?«, fragte Lindner.

Johanna nickte.

»Magst du einen Most oder einen Kaffee?«

»Kaffee wäre mir lieber, wenn's keine Mühe macht.«

»Nein, kein Problem.«

Lindner ließ die Kaffeemaschine blubbern, und Johanna freute sich auf das warme Gefühl in ihrem Magen – als sie im geparkten Wagen fast eine Stunde darauf gewartet hatte, dass Mutter Lindner endlich das Feld räumte, war es ihr doch ein wenig kalt geworden.

Er stellte zwei Tassen und die Kaffeekanne auf den Tisch, rückte einen Teller mit Keksen und das Holzbrett mit den verbliebenen drei inzwischen längst kalt gewordenen Bätschern daneben.

»Was ist das denn?«, fragte Johanna. »Sieht lecker aus.«

»Ist es auch, probier ruhig mal – aber warm schmecken sie natürlich noch viel besser.«

Sie probierte, sie unterhielten sich über allerlei Belanglosigkeiten, und bald hatte Lindner in Johannas immer angenehmer werdender Gesellschaft fast vergessen, dass er eigentlich längst im »Hirschen« sitzen und karteln wollte. Lindner beobachtete sie beim Reden, und er konnte immer besser verstehen, dass Hansgeorg Heiderich sich eine gemeinsame Zukunft mit Johanna gut hatte vorstellen können.

Dann wurde sie plötzlich still. Er hatte kurz befürchtet, dass sie bemerkt haben könnte, wie er sie musterte – aber falls es so war, ließ sie es sich nicht anmerken.

»Stefan …«

Sie sprach seinen Namen auf eine Art aus, als sei schon lange eine große Vertrautheit zwischen ihnen. Lindner hielt kurz den Atem an.

»Stefan … das mit Hans … das macht mich fertig.«

Sie sackte mit jedem Wort ein klein wenig weiter in sich zusammen, und wie auf Kommando begann sie leise zu schluchzen. Lindner wollte schon aufstehen und ein Taschentuch holen, aber dann streckte er nur beide Arme über den Tisch, und Johanna, die seine Bewegung wohl aus den Augenwinkeln bemerkt hatte, griff nach seinen Händen und hielt sie warm und weich und fest zugleich umklammert.

So saßen sie zehn, fünfzehn Minuten lang, bis Johanna sich wieder ein wenig aufrichtete und ihn ansah. Die Augen schimmerten noch feucht, ihre Tränen hatten etwas Wimperntusche ausgewaschen und in Richtung ihrer Wangen verwischt. Lindner ertappte sich dabei, wie er mit den Augen den Spuren der Wimperntusche folgte, dann ihren Wangenknochen, vorbei an der Nase, hinunter zu den vollen, noch immer leicht bebenden Lippen.

Johannas Mund kam zur Ruhe, in ihren Mundwinkeln zuckte es ein wenig, und dann schimmerte ein leises, wehmütiges Lächeln auf und hüllte Lindner völlig ein. Sie nahm seine Hände hoch, drehte sie um und drückte ihre Lippen langsam auf ihre Innenflächen. Sie waren samtweich, etwas feucht und warm, und als er zwischen ihnen glaubte, Johannas Zungenspitze auf seiner Haut zu fühlen, durchfuhr es ihn wie ein Stromstoß.

Er saß starr auf seinem Stuhl und rührte sich auch nicht vom Fleck, als Johanna aufstand, um den Tisch herumging und sich hinter ihn stellte. Sie rieb mit ihrer Nase in seinem Haar, küsste ihn am Hinterkopf, ließ ihre Hände langsam und zärtlich über seine Schultern nach vorne gleiten.

Sein Atem ging schneller, und überdeutlich spürte er ihren Körper, der sich an seinen Rücken und an seine Schultern drückte. Er konnte sie riechen, er schloss die Augen und sah sie in Gedanken vor sich, in ihrer ganzen Jugend, in ihrer ganzen herben, üppigen Schönheit.

»Stefan«, hauchte sie ihm ins Haar. Ihre Hände wurden fordernder, und sie drückte sich noch etwas fester gegen ihn.

Lindner öffnete die Augen wieder, wandte den Kopf ein wenig und sah Johanna und sich undeutlich gespiegelt in der verglasten Tür eines der Küchenschränke.

Das undeutliche Spiegelbild von Johanna machte sich heftig an seinem zu schaffen, aber irgendwie wirkte sie dabei weniger aufgewühlt als ... Lindner fiel zuerst die Bezeichnung »zielstrebig« ein, und er erinnerte sich an seinen Verdacht, Johanna wolle sich mit ihm gut stellen, um inoffiziell an Informationen über den Tod ihres Freundes zu kommen. Aus welchem Grund auch immer.

Er versteifte sich ein wenig, und Johanna schien es zu bemerken. Ihre Bewegungen wurden langsamer, und Lindner glitt so behutsam, wie er konnte, vom Stuhl und stellte sich ihr gegenüber. Sie versuchte in seinem Gesichtsausdruck zu lesen, und was sie sah, gefiel ihr nicht.

Sie ließ die Hände sinken, begann wieder zu weinen und stand direkt vor ihm wie das Elend in Person. Lindner fühlte den starken Wunsch, sie zu umarmen, sie an sich zu drücken und sie zu küssen – trotzdem drängte er sie ein wenig von sich weg, dachte so fest er konnte an Maria Treidler und trat einen Schritt zur Seite.

»Nicht?«, fragte Johanna noch einmal und sah ihn dabei so hilflos an, wie sie nur konnte.

»Nein, besser nicht«, sagte Lindner. »Schau ... Ich verstehe ja, dass du möglichst viel über den Tod deines Freundes wissen willst. Und du wirst auch alles erfahren – aber nicht von mir, nicht auf diese Art.«

Er hatte mit seinem Verdacht wohl richtig gelegen, Johanna machte nicht einmal Anstalten, die Empörte zu spielen. Sie stand nur traurig da.

»Das hast du auch überhaupt nicht nötig«, sagte er dann noch.

»Was? Das hier?«

Sie machte eine Geste, die irgendwie die ganze Küche umfasste und alles, was sich darin gerade ereignet hatte. Lindner nickte.

»Unter anderen Umständen hätte ich mir nichts Schöneres vorstellen können, als mit dir … Du bist sehr sexy, das weißt du, oder?«

Sie lächelte und nickte.

»Ich will dir jetzt keinen Quatsch erzählen von der Zeit, die Wunden heilt, und davon, dass du dich bald wieder neu verlieben wirst, aber …«

Die Stimmung zwischen ihnen schien wie gelöst, und Lindner nahm ihre Hände zwischen seine.

»Wirf dich nicht weg! Gib dich nicht auf! Und vergiss nicht, dein eigenes Leben zu leben – nicht nur das deines Bruders.«

Sie wurde wieder ernst.

»Ronnie kommt mit etwas Hilfe ganz gut zurecht, schätze ich – und diese Hilfe muss nicht immer nur von dir kommen. Nur, weil du selbst Wünsche hast, heißt das noch nicht, dass du deinen Bruder verrätst. Oder dass du ein Versprechen brichst, das du deinem Vater gegeben hast.«

Sie schluckte.

»Johanna … Wenn du jetzt noch willst, dann kannst du mir gerne alles erzählen, was du dir gerne von der Seele reden möchtest. Aber spiel mir nichts vor, was dir hinterher leidtun würde.«

Sie kämpfte mit den Tränen.

»Und du musst kein schlechtes Gewissen haben, wenn du mir die ganze Geschichte auflädst – ich kann mich immer noch revanchieren und dir mein ganzes Elend erzählen.«

Sie sah ihn an, sah ihn grinsen und musste ein wenig lachen.

»Nein, Stefan«, sagte sie dann und wischte sich die Nase und die Augen trocken, »für heute würde ich's gerne gut sein lassen. Danke, dass du mir das …« – sie nickte zum Stuhl hin – »… nicht übel nimmst.«

»Ich bring dich raus«, sagte Lindner und ging mit ihr die Treppe hinunter.

Er hielt ihr die Tür auf. Johanna ging hinaus, drehte sich noch einmal um, hauchte ihm einen Kuss auf die Wange und huschte dann hinüber zu ihrem Auto. Er sah ihr noch nach, dann wich er vor dem allmählich zunehmenden Nieselregen ins Haus zurück und schloss die Tür.

Lindner war erst fünf oder sechs Stufen hinaufgegangen, als es an der Tür läutete und klopfte. Er erstarrte mitten in der Bewegung – und wusste nicht, ob er nun hoffen oder fürchten sollte, dass Johanna doch noch einmal zurückkommen würde und …

Er drehte sich um, lief die Stufen hinunter und riss die Tür auf.

Noch bevor er überhaupt realisierte, wer da vor ihm stand, krachte schon die Faust mitten in sein Gesicht und schleuderte ihn mit ihrer Wucht nach hinten auf die Treppenstufen.

* * *

Eigentlich hatte sich Maria Treidler darauf gefreut, ihre Cousinen wiederzusehen. Die Familienfeier sollte im Wohnhaus ihrer zweitjüngsten Cousine Anita stattfinden, die vor ein paar Jahren ein schmuckes Eigenheim in Donzdorf bezogen hatte. Doch seit dem Nachmittag spuckte die ältere Tochter Anitas ohne Unterlass, und der gemeinsame Abend wurde auf den übernächsten Samstag verschoben.

Als die Absage per Telefon kam, fand sie es gar nicht so schlimm. Sie wusste, dass Lindner an diesem Abend nichts vorhatte, außer im »Hirschen« seine Kumpels zu treffen – vielleicht hatte er ja auch Lust, die unverhoffte Gelegenheit für einen Abend zu zweit zu nutzen.

Maria wählte seine Nummer und hinterließ, als der Anrufbeantworter ansprang, eine Nachricht.

»Schade«, dachte sie, und hoffte insgeheim, dass er nur gerade unter der Dusche stand und gleich zurückrufen würde.

Natürlich konnte sie nun auch in den »Hirschen« gehen, aber sie wusste nicht, wie er das auffassen würde – ob ihm das zu aufdringlich wäre, ob er es vor seinen Stammtischbrüdern überhaupt wollte, dass sie ihn aufsuchte. Also vertröstete sie sich auf den morgigen Abend. Das Essen mit den Eltern war mittags geplant, gegen fünfzehn, sechzehn Uhr sollte sie dort eigentlich loskommen. Und für den Sonntagabend hatten sie sich ja fast schon verabredet.

Maria Treidler holte sich eine Flasche Rotwein aus dem Schrank und blätterte in ihrer Fernsehzeitschrift.

* * *

Der Faustschlag mitten ins Gesicht hatte ihn nicht das Bewusstsein verlieren lassen, aber er war so heftig mit dem Rücken auf die Kanten der Treppenstufen geknallt, dass er sich vor Schmerzen kaum regen mochte. Er fühlte sich etwas benommen, hielt sich mit einer Hand die blutende Nase und stieß sich mit der anderen immer wieder leicht von der Wand des Hausflurs ab.

Ronnie hatte ihn hochgewuchtet und trug ihn nun auf der Schulter die Treppe hinauf, es schien ihm keine große Mühe zu bereiten. Im Wohnzimmer ließ er ihn nicht gerade sanft auf die Couch rollen, dann beugte er sich über ihn und sah ihn mit hasserfüllten Augen an.

»Du bleibst hier liegen, verstanden?«

Lindner hatte auch nichts anderes vorgehabt. Es würde nichts bringen, auf wackligen Beinen und benommen durch die Wohnung zu eiern, wenn einen ein kräftiger und offensichtlich sportlicher junger Mann jederzeit verfolgen und für den Fluchtversuch bestrafen konnte.

Ronnie ging zum Wohnzimmerschrank und öffnete eine der Glastüren. Das Telefon klingelte, Ronnie zuckte kurz zusammen, kümmerte sich dann aber nicht weiter drum. Er blickte sich immer wieder mal zu Lindner um, dann öffnete er eine Flasche Cognac und nahm sich ein Glas aus dem Schrank.

»Wenn er sich betrinkt und ich komme wieder etwas mehr zu mir, habe ich vielleicht eine Chance«, ging es Lindner durch den Kopf, und er beobachtete den jungen Mann aufmerksam.

Ronnie wandte ihm den Rücken zu, und Lindner hörte, wie er etwas ins Glas einschenkte, konnte es aber nicht sehen. Der Anrufbeantworter sprang an und Maria hinterließ eine Nachricht für ihn. Er erkannte ihre Stimme, aber er konnte nicht verstehen, was sie sagte. Lindner schloss die Augen und wartete. Als er die Augen wieder aufmachte, stand Ronnie vor ihm und hielt ihm das randvolle Glas hin.

»Da, trink!«

»Ich will …«

Lindner lallte ein wenig, so benommen wie er war, und Ronnie verstand es falsch und grinste breit.

»Hast wohl schon was getrunken, alter Mann?«

Er hielt ihm das Cognacglas noch näher vors Gesicht.

»Jetzt setz dich endlich hin und trink das aus, sonst … sonst … schlag ich dich tot!«

Lindner schluckte und setzte sich umständlich auf. Er versuchte in Ronnies Gesicht zu lesen: Hass und Wut und Enttäuschung konnte er erkennen, vielleicht war auch eine Spur Angst mit dabei.

»Trink endlich!«

Lindner nahm das Glas mit der linken Hand, um die rechte nicht von seiner nach wie vor blutenden Nase nehmen zu müssen. Er setzte das Glas an, schnupperte kurz hinein, konnte aber von dem stechenden Geruch des Cognacs abgesehen nichts wahrnehmen.

Er nahm einen Schluck und setzte das Glas wieder ab.

»Leer trinken!«, kommandierte Ronnie und hielt ihm eine geballte Faust vors Gesicht.

Lindner setzte das Glas wieder an und trank es in großen Schlucken leer. Er war Cognac nicht gewohnt, und schon gar nicht so viel in so kurzer Zeit. Alles begann sich leicht um ihn zu drehen, und er ließ sich langsam nach hinten sinken, bis er auf der Couch halb lag, halb saß. Sein Magen rebellierte, und kurz meinte er, sich übergeben zu müssen – aber da begann sich schon eine tiefe Müdigkeit in ihm auszubreiten, und langsam sank er zur Seite.

»Gift!«, ging es ihm durch den Kopf. Und er sah wieder Kieber vor sich, vergiftet, wie er sterbend im Güterzug hockt, der von Stuttgart aus in die Nacht fährt. War nun er an der Reihe? War es doch nicht nur ein Trauma gewesen, das ihm nach dem Mord an seinem Kollegen zu schaffen gemacht hatte? War es eine Vorahnung gewesen?

Mit Mühe hob er die Augenlider halb an, und das Letzte, was er sah, bevor es um ihn dunkel wurde, war Ronnies Gesicht, der aufmerksam beobachtete, wie Lindner die Besinnung verlor.

Sonntag, 2. Oktober

Johanna Tiedtmaier schlief schlecht in dieser Nacht. Ronnie war nicht nach Hause gekommen, und als sie am Abend im Institut vorbeigeschaut hatte, war er auch dort nirgendwo gesehen worden.

Um drei Uhr gab sie schließlich auf. Sie machte Licht, kochte Kaffee, sah immer wieder zum Fenster hinaus und ging in ihrer Wohnung auf und ab. Von draußen war nur der mal stärker, mal schwächer fallende Regen zu horen. Die anderen Häuser lagen im Dunkeln, nur in der Wohnung von Heiner Brodbeck ging gegen halb vier für eine Weile das Licht an und nach zehn Minuten wieder aus.

Dass Brodbeck auch danach noch zu ihr herüberschaute, dass er im dunklen Zimmer am Fenster stand und versuchte, aus dem ruhelosen Herumlaufen von Johanna schlau zu werden, ahnte sie nicht.

* * *

Gegen halb acht war es trotz der tiefhängenden Wolken und des noch immer niederprasselnden Regens hell genug, um die Lichter in der Wohnung auszuschalten. Eine Zeitlang überlegte Johanna noch, wo sie jetzt am besten nach Ronnie suchen konnte – aber es fiel ihr nichts ein. Die Panik, die sie in den vergangenen Stunden mehr und mehr ergriffen hatte, blockierte ihre Gedanken.

Kurz vor acht rief sie Lindner an – ihn wollte sie um Hilfe bitten, es fiel ihr im Moment auch niemand sonst ein.

Das Telefon klingelte, am anderen Ende nahm niemand ab, und gerade wollte Johanna auflegen, da sprang der Anrufbeantworter an. Sie wartete die Ansage ab, hinterließ dann eine Bitte um Rückruf und legte enttäuscht wieder auf.

Sie ging hinüber in Ronnies Zimmer, setzte sich auf sein Bett – und spürte etwas Hartes unter dem Laken. Ihr Handy kam zum Vorschein. Sie schaltete es ein, rief den SMS-Speicher auf und las als letzte gesendete Nachricht: »Kannst du schon früher kommen? 18.30 Uhr? Vermisse dich, J«

Weinend sank sie in sich zusammen.

* * *

Maria Treidler hatte etwas Mühe, ihren Namen am Telefon aussprechen zu können. Es war für einen Sonntag definitiv noch nicht ihre Zeit, aber das hatte ihren Vater noch nie gekümmert.

»Maria«, sagte er preußisch knapp, wie es seine Art war. »Deiner Mutter geht es nicht gut, wir müssen das Essen verschieben.«

Sie räusperte sich, fragte nach und hatte, als ihr Vater schließlich mit einem etwas gereizt klingenden »Dann kannst du ja jetzt weiterschlafen!« auflegte, das Wichtigste in Erfahrung gebracht: Ihre Mutter hatte sich wohl dasselbe Virus eingefangen wie Anitas Tochter, und sie verbrachte den Sonntag seit den frühen Morgenstunden kniend auf der Toilette.

»Dieses Wochenende hat es in sich«, dachte Maria und ließ sich wieder auf ihr Kissen sinken.

Nach einer halben Stunde musste sie einsehen, dass an Schlaf trotz allem nicht mehr zu denken war. Sie kletterte aus dem Bett und startete die Espressomaschine. Nun konnte sie ebenso gut Lindner anrufen und mit ihm gleich mittags essen gehen. Vielleicht würden sie ja auch durch Boll schlendern – Lindner hatte in der vergangenen Woche mal erwähnt, dass Anfang Oktober der »Berta-Tag« stattfand, ein verkaufsoffener Feiertag, an dem es sicher auch ein paar Leckereien gab. Sie kramte die NWZ hervor, die hiesige Tageszeitung, und fand unter der Rubrik »Kurz notiert« den Hinweis, dass der »Berta-Tag« in Bad Boll wie jedes Jahr am 3. Oktober stattfand – also erst morgen.

Sie wählte Lindners Nummer, wieder ging nur der Anrufbeantworter dran, wieder hinterließ sie eine kurze Nachricht und bat ihn, sie doch möglichst bald zurückzurufen.

Maria trank ihren Espresso und sah durchs Fenster in den strömenden Regen hinaus. »Da hat der ›Berta-Tag‹ aber Glück gehabt«, dachte sie und sah immer wieder ungeduldig zum Telefon. Doch Lindner rief nicht zurück.

* * *

Lindner erwachte vom Telefonklingeln, dämmerte wieder weg und erwachte noch einmal, als es wieder klingelte. Kurz danach stand Ronnie vor ihm, riss ihn auf der Couch in eine sitzende Position und scheuerte ihm eine.

»Du betrügst meine Schwester, du Schwein!«

Damit ging er wieder hinaus und machte sich lautstark in der Küche zu schaffen.

Die Ohrfeige schmerzte, aber das war zumindest in einer Hinsicht auch eine gute Nachricht: Er lebte noch, Ronnie hatte ihm kein tödliches Gift verabreicht.

Allerdings brummte sein Schädel, und das schon vor der kräftigen Ohrfeige.

* * *

Johanna schreckte plötzlich hoch. Warum hatte sie daran bisher nicht gedacht? Sie eilte ins Badezimmer, nahm eine originalverpackte Nasendusche, eine Reservepackung Rheumasalbe und mehrere andere Schachteln aus dem obersten Fach des Badeschranks. Sie bildeten eine Art Sichtschutz für einige Medikamente, die Johanna für Notfälle von Ronnies Betreuern bekommen hatte: Beruhigungsmittel, einige stärker, andere weniger stark.

Sie hatte die Mittel bisher so gut wie nie benötigt, aber es gab ihr ein Gefühl der Sicherheit, die Medikamente für alle Fälle im Haus zu haben.

Doch hinter den Schachteln, die Johanna aus dem Schrank nahm, befand sich nichts. Die Beruhigungsmittel waren weg, alle.

Langsam sank Johanna auf den Boden und vergrub ihr Gesicht in ihren Händen. Sie weinte, sie machte sich Vorwürfe … und irgendwann kam ihr die Idee, wo sie Ronnie finden konnte. Droben am Waldrand hatte sie ihn mal gesehen. Sie hatte ihn darauf angesprochen, und Ronnie hatte seine Anwesenheit dort oben so bestimmt abgestritten, dass sie wusste: Dort oben musste er ein Versteck haben. Irgendwo dort oben.

Dann fiel ihr noch etwas ein: Je nachdem, wo dort oben am Waldrand Ronnie sein geheimes Lager, sein Versteck hatte – konnte er die Wiese neben dem Holzstapel besser oder schlechter beobachten.

Ihr wurde übel, sie zitterte, doch sie rappelte sich auf und ging noch einmal zum Telefon. Wieder sprang Lindners Anrufbeantworter an, doch diesmal hinterließ sie keine Nachricht. Sie rannte hinters Haus, stieg in ihren Wagen und fuhr mit heulendem Motor davon.

Heiner Brodbeck, der ihr Haus und ihre Tür die ganze Zeit nicht aus den Augen gelassen hatte, sah sie rennen, sah sie wegfahren – und beeilte sich, ihr mit seinem Auto zu folgen.

* * *

Maria Treidler parkte ihren Wagen direkt am Haus, und trotzdem war sie halb durchnässt, als sie die Haustür erreicht und geklingelt hatte. Es regte sich nichts im Haus, und Maria klingelte erneut – wahrscheinlich brauchte Lindner um diese Zeit noch etwas länger, um zur Haustür zu kommen.

Doch auch nach ein paar Minuten, als ihre Jacke schon schwer und dunkel war vom Regen, tat sich nichts im Haus.

»Komisch«, dachte Maria. Zumindest Mutter Lindner sollte um diese Zeit eigentlich wach sein – oder begann der Wien-Ausflug der alten Dame, von dem er erzählt hatte, schon an diesem Wochenende?

Sie sah noch kurz zu den Fenstern im ersten Stock hinauf, dann wandte sie sich zu ihrem Auto. Im selben Moment kam ein zweiter Wagen herangefahren, parkte in der Hofeinfahrt, und eine Endzwanzigerin mit markantem Gesicht sprang aus dem Fahrzeug.

Sie ging auf die Haustür zu, ohne Maria weiter zu beachten, klingelte und klopfte, klingelte wieder und trat dann ein paar Schritte zurück auf die Straße. Dass sie der Regen schon teilweise durchnässt hatte, schien sie nicht zu kümmern. Stattdessen streifte ihr Blick über die Fenster im ersten Stock. Dann formte sie ihre beiden Hände zu einer Art Sprechtüte und rief zu den Fenster hinauf.

»Stefan!«

Keine Reaktion, so wenig wie vorhin nach dem Klingeln und Klopfen.

»Stefan!«

Oben wackelte ein Vorhang, für kurze Zeit war ein junger Mann zu sehen, der sich gebückt wieder vom Fenster zurückzog.

Auch Johanna hatte ihn gesehen. Sie ließ die Hände sinken und stammelte: »Mein Gott!«

Maria ging zu ihr hin und führte sie auf der gegenüberliegenden Straßenseite unter das Dach eines Carports. Johanna ließ es ohne Gegenwehr geschehen.

»Mein Name ist Maria Treidler.«

Johanna reagierte nicht, sondern starrte weiterhin entsetzt zu den Fenstern hinüber.

»Und wer sind Sie?«

Maria hatte einen Kloß im Hals. Sie war um diese Uhrzeit hierhergefahren und hatte an Lindners Tür geklingelt – und dafür musste sie sich überwinden, weil sie sich nicht sicher war, ob Lindner und sie schon so vertraut miteinander waren, dass sie ihn einfach am frühen Sonntagmorgen daheim überfallen durfte. Aber diese vermutlich gut zehn Jahre jüngere Frau hatte wie selbstverständlich an Lindners Tür geläutet und geklopft und hatte nach ihm gerufen.

»Sind Sie … seine Freundin?«

Johanna stutzte, drehte sich ein wenig um und sah Maria lange an.

»Nein«, sagte sie schließlich. »Sie?«

Maria zuckte mit den Schultern.

»Ich glaube schon.«

Johanna starrte wieder zu den Fenstern hinauf.

»Haben Sie den jungen Mann dort oben auch gesehen?«, fragte Maria.

»Ja, das ist mein Bruder«, murmelte Johanna. Sie schluckte. »Der dreht durch, und ich glaube, ich bin schuld daran.«

Sie sah Maria an.

»Ronnie glaubt, dass ich mit Stefan zusammen bin. Vielleicht hat er mich gestern beobachtet und hat gesehen, wie ich aus dem Haus gekommen bin.«

Ihr Blick schweifte wieder ab.

»Und hat gesehen, wie ich Stefan geküsst habe ...«

Maria fühlte einen Stich. Johanna zwinkerte, wischte sich ein paar Regentropfen aus dem Gesicht, die von ihren Haaren herunterliefen. Dann schien ihr etwas einzufallen: »Ich hab ihn nur auf die Wange geküsst – er hat mir geholfen, da wollte ich mich auf diese Weise bedanken. Wenn mein Bruder das gesehen hat, dürfte er es aber vermutlich falsch verstanden haben.«

»Ist Stefan in Gefahr?«

»Wahrscheinlich schon, Ronnie hat sich nicht immer unter Kontrolle. Vor allem, wenn er unter Druck steht, kann alles passieren.«

»Dann kommen Sie!«, rief Maria und war schon auf dem Weg über die Straße. Sie machte Anstalten, die Haustür einzutreten.

»Warten Sie!«, rief Johanna. »Hier haben alle Häuser eine Hintertür, und die ist oft nicht abgeschlossen.«

* * *

Lindner fuhr sich mit der Zunge über die spröden Lippen. Sein Mund war trocken, die Kopfschmerzen pulsierten und er fühlte sich zerschlagen und todmüde.

Er hörte das Klingeln der Glocke und die heftigen Schläge, mit denen unten jemand an die Tür klopfte. Er hörte, wie eine Frauenstimme nach ihm rief. Doch Augen hatte er im Moment nur für Ronnie. Der junge Mann war mit einem Servierbrett ins Wohnzimmer gekommen und stellte es so ans Ende des Couchtisches, dass Lindner nichts darauf erreichen, aber alles einwandfrei sehen konnte.

Nebeneinander lagen verschieden große Messer, Ronnie hatte sie sehr ordentlich in eine Reihe gelegt und sah nun mit bösem Grinsen auf Lindner herab.

* * *

Heiner Brodbeck hatte Johanna erst wieder entdeckt, als sie schon in Boll mit hohem Tempo in die Gruibinger Straße einbog. Er holte ein wenig auf, und als er sah, dass sie mit viel Schwung in Lindners Hofeinfahrt fuhr und dort abrupt bremste, ließ er seinen Wagen gemächlich vorbeirollen und wendete erst ein Stück weiter oben auf dem Parkplatz des großen Tagungshotels.

Auf halbem Weg zurück zum Lindner-Hof bog er von der Straße ab und rumpelte mit dem Wagen über matschige Feldwege, bis er in einem Bogen die Hinterseite von Lindners Elternhaus erreicht hatte. Er ließ den Wagen im Schutz des alten Kuhstalls stehen und schlich sich zur Ecke des baufälligen Nebengebäudes, von wo aus er den Innenhof überblicken konnte.

Er sah Johanna von der Straße her in den Hof rennen, dicht gefolgt von einer zweiten Frau, deren gelockte Mähne dem strömenden Regen zum Trotz noch recht widerborstig nach allen Seiten vom Kopf wegstand. Die beiden Frauen gingen zur Hintertür und schlüpften ins Haus.

Brodbeck stand im Regen und dachte fieberhaft nach.

* * *

Maria hatte sich an Johanna vorbeigezwängt, gleich nachdem sie durch die Hintertür ins Haus gegangen waren. Sie stellte sich vor sie und legte den Zeigefinger auf den Mund. Dann deutete sie wortlos erst auf sich selbst und dann nach oben – zum Zeichen, dass sie allein in die Wohnung hinaufgehen wolle.

Johanna schüttelte nur den Kopf, drückte sich an ihr vorbei und ging leise voraus weiter ins Haus hinein. Als sie das Treppenhaus erreichten, schlichen die beiden Frauen hintereinander behände und lautlos so hinauf, dass sie immer zwei Stufen auf einmal nahmen und die Stufen immer nur direkt am seitlichen Rand betraten, in der Hoffnung, hier sei das Risiko eines verräterischen Knarrens am geringsten.

Schließlich standen sie oben im Flur. Vom Wohnzimmer her war Ronnies Stimme zu hören.

* * *

»So, alter Mann«, sagte Ronnie und wog ein großes Fleischmesser in seiner Hand. »Nun wirst du dafür bezahlen, dass du meine Schwester betrogen hast.«

Lindner rappelte sich mühsam hoch, Ronnie kam einen Schritt auf ihn zu.

»Was hast du mir gestern in den Cognac getan?«, fragte Lindner mit schwerer Zunge.

Draußen war es leidlich hell, also musste mindestens die Nacht von Samstag auf Sonntag vergangen sein.

»Beruhigungsmittel«, feixte Ronnie. »Die hat meine Schwester seit Jahren im Badezimmerschrank versteckt – für den Fall, dass ich ausraste. Ich bin nämlich nicht ganz richtig da oben, weißt du?«

Er klatschte die flache Seite der Messerklinge ein paar Mal gegen seine Schläfe.

»Zumindest muss ich mir das seit jeher immer wieder anhören. Du hast mir ja mit deinen Kumpels früher auch gerne mal einen Streich gespielt, wie ihr das genannt habt. Ihr blöden … Normalen!«

»Das tut mir leid«, sagte Lindner. »Das war dumm von mir, ich weiß – ich schäme mich auch dafür, das kannst du mir glauben.«

»Dir glaube ich gar nichts, alter Mann. Dir nicht und nicht den anderen. Immer schaut ihr bloß auf mich runter, immer bin ich der Blöde, der behinderte Ronnie, auf den man immer achtgeben muss, dass er nur ja nicht ausrastet!«

Er sah finster auf Lindner herab, seine Hand schloss sich fester um das Messer.

»Deine Schwester liebt dich. Die denkt nicht so von dir, Ronnie.«

»Das stimmt, aber die wollt ihr mir alle wegnehmen! Der Mann aus Stuttgart, du ... und auch der Brodbeck, ihr alle!«

»Brodbeck? Wieso Brodbeck?«

»Halt die Klappe, jetzt bin ich der, der sagt, was gemacht wird. Und ich sage: Halt die Klappe!«

Ronnie stand bebend im Zimmer, bebend vor Zorn – aber auch mit stolzgeschwellter Brust, weil er fühlte, wie er die Situation unter Kontrolle hatte. Wie er Macht ausüben konnte.

»Du willst meine Schwester f...«

Er brach mitten im Wort ab und stierte Lindner mit zunehmender Wut an.

»Ich habe mich gestern Abend nur mit deiner Schwester unterhalten.«

»Halt die Klappe, hab ich gesagt!«

»Nein, Ronnie, das musst du dir anhören. Johanna macht sich Sorgen wegen dir, und sie ist traurig wegen Heiderich, der draußen tot auf der Wiese lag.«

»Halt die Klappe!«

Ronnie bebte vor Zorn, aber er ging nicht weiter auf Lindner zu – fast schien es, als wolle er ein wenig zurückweichen.

»Und weil du gestern Nacht hier bei mir warst und nicht zu Hause, macht sich Johanna jetzt noch mehr Sorgen. Und wenn sie herausgefunden hat, dass du die Beruhigungsmittel aus dem Badezimmerschrank genommen hast, wird sie glauben, dass du dir etwas antun willst.«

»Mach ich auch noch, aber erst bist du dran!«

»Und wo willst du es machen? Hier bei mir?«

»Ich hab einen viel besseren Platz!«

Lindner war in den vergangenen Minuten etwas ruhiger geworden. Überraschenderweise empfand er es als weniger schlimm, bedroht zu werden, als er in seinen Albträumen seit Kiebers Tod gefürchtet hatte. Und allmählich breitete sich in ihm ein vertrautes Gefühl aus: Er beobachtete, analysierte, entwickelte Strategien, als würde ihn das alles nicht persönlich betreffen – ganz so wie vor Kiebers tragischem Ende.

»Und wo ist der?«

»Geht dich nichts an.«

»Da hast du Recht. Aber wenn du mich sowieso gleich umbringst, kannst du es mir ebenso gut auch sagen. Von mir wird's ja dann keiner erfahren.«

Ronnie sah Lindner abschätzig an.

»Droben am Waldrand. Da ist mein Versteck.«

»Am Waldrand?«

Lindner fiel ein, dass er auf einer seiner Wanderungen zum Tatort geglaubt hatte, er habe ein großes Tier aufgescheucht.

»Droben, oberhalb vom Holzstapel?«

Ronnie presste die Lippen zusammen und sagte nichts.

»Dort, wo Heiderich erschlagen wurde?«

Ronnie schwieg.

»Guter Platz, Ronnie. Von da oben hast du sicher viel gesehen.«

»Ja.«

»Den Mord an Heiderich auch?«

Ronnie schwieg.

»Oder warst du dabei, hast Äpfel geworfen und zum Schluss den Stein genommen?«

»Ich hab Johanna dort gesehen, mit diesem Heiderich. Immer wieder. Mal haben sie sich ausgezogen, mal nicht.«

Ronnie schluckte, die Erinnerung machte ihm zu schaffen.

»Das tut mir leid, Ronnie.«
»Das ist vorbei, der ist jetzt tot.«
»Musste er deshalb genau dort auf dieser Wiese sterben?«
Ronnie nickte.
»Warst du das?«
Ronnie schwieg.
»Warst du das? Jetzt red endlich, Ronnie!«
Die Stimme kam von der Wohnzimmertür her. Dort standen Johanna und Maria nebeneinander, tropfnass und mit durchweichten Kleidern. Ronnie hatte Johannas Stimme sofort erkannt, aber er drehte sich nur langsam um, das Messer noch immer in der Hand. Johanna wurde bleich.
»Ronnie, leg das weg«, sagte sie.
Ronnie schüttelte stumm den Kopf und stand zwischen ihnen wie ein trotziger Junge.
»Hast du Heiderich umgebracht?«, fragte Lindner erneut.
Ronnie sah gehetzt zwischen Johanna, Maria und ihm hin und her, dann ging er rückwärts ein paar Schritte vom Couchtisch weg, um alle drei im Blick zu haben und niemandem den Rücken zukehren zu müssen.
»Hast du, Ronnie?«
»Nein, hab ich nicht.«
Er sah aus, als würde er gleich losheulen.
»Ich durfte nicht mal Äpfel werfen, musste droben sitzen in meinem Versteck und alles mit ansehen.«
Er machte eine Pause.
»Und wenn sie das gewusst hätten, hätten sie mir das auch noch verboten!«
»Wer sind die?«
Ronnie schwieg.
»Brodbeck auch?«
Der junge Mann zögerte, dann nickte er langsam.
»Wer noch?«
Keine Antwort.
»Brodbeck?«, fragte Johanna nun mit schwacher Stimme. »Unser Nachbar Heiner?«

Sie musste sich an den Türrahmen lehnen, Maria stützte sie und führte sie zu einem der Sessel, die neben dem Couchtisch standen.

»Brodbeck hat gesagt, er hilft mir«, begann Ronnie schließlich. »Er hat gesagt, dieser Heiderich will dich ganz für sich allein. Er hat gesagt, dass er dich mitnimmt nach Stuttgart, und dass ich dann ganz ins Heim muss und dich nie wiedersehe. Das hat er gesagt, der Brodbeck.«

»Aber das stimmt doch nicht«, beschwor ihn Johanna.

»Das weiß ich jetzt auch«, sagte Ronnie. »In Echt will nämlich Brodbeck dich für sich allein. Und der da auch!«

Er nickte zu Lindner hin.

»Nein, Ronnie, das mit Stefan ist anders. Er ist nur ein Freund, er wollte mir helfen, wollte sich meine Sorgen anhören. Deshalb war ich hier.«

Johanna sah ihn kurz an. Lindner wusste, dass das so nicht ganz stimmte, aber er hütete sich, ihr zu widersprechen.

»Blödsinn!«, fuhr Ronnie auf. »Ihr habt geknutscht, draußen an der Tür, ich hab's genau gesehen. Ich habe mich drüben im Carport versteckt und hab alles gesehen!«

»Stefan hat mir geholfen, er hat mir zugehört. Und als ich gegangen bin, hab ich mich noch einmal umgedreht und habe ihm einen Kuss auf die Wange gegeben. So wie es Mama und Papa abends auch mit uns gemacht haben. Das ist nichts Schmutziges, Ronnie, das weißt du.«

Sein Blick huschte zwischen Lindner und Johanna hin und her.

»Stefan ist nur ein Freund, er kann auch deiner werden, aber dafür solltest du das Messer weglegen.«

»Du lügst!«

»Nein, Ronnie. Siehst du die Frau hier neben mir? Das ist Maria. Sie ist mit Stefan zusammen, die beiden sind verliebt.«

Ronnie dachte nach, das Messer hielt er aber nach wie vor fest umklammert. Maria sah zu Lindner hin, ein verlegenes Lächeln glitt über ihr Gesicht.

»Hat Brodbeck Äpfel auf den Mann geworfen?«, fragte Lindner unvermittelt.

Ronnie, der noch immer ganz in Gedanken zu seiner Schwester hinsah, nickte nur kurz.

»Der alte Rösler auch?«

»Ich kenne keinen Rösler«, sagte Ronnie, »aber es war kein Mann dabei, der älter war als du.«

»Wer hat Brodbeck geholfen?«

Ronnie war gerade im Begriff etwas zu sagen, als von der Treppe her Gepolter zu hören war: Jemand schien schnell die Stufen hinunterzurennen.

Maria Treidler flitzte im Reflex ebenfalls ins Treppenhaus hinaus und rannte dem Flüchtenden hinterher. Man hörte noch Türenschlagen, draußen rief Maria: »Stehenbleiben!«, dann entfernten sich die Schritte und wurden vom Geräusch des langsam nachlassenden Regens überdeckt.

* * *

Brodbeck rannte so schnell er konnte. Sein Auto ließ er stehen, weil er hinter sich Schritte hörte und niemals rechtzeitig mit dem Wagen weggekommen wäre. Doch auch so endete seine Flucht schon bald: In vollem Lauf packte jemand seine Jacke und brachte ihn zu Fall, er stürzte in eine Pfütze, sein Schnauzbart troff vor Matsch. Jemand setzte sich auf seinen Rücken und drückte ihm den Arm nach oben.

»Eine falsche Bewegung«, hörte er eine Frauenstimme leicht außer Atem sagen, »und Ihr Arm ist gebrochen.«

»Ist gut«, brachte er keuchend hervor. »Ist gut.«

Sie stand auf und zog ihn hoch, ohne seinen Arm freizugeben. Dann schubste sie ihn den ganzen Weg zurück zu Lindners Haus. Als er sie hinter sich leise reden hörte, wurde ihm klar, dass es für diese Frau kein großes Problem darstellte, ihn gefangen zu halten – nebenbei rief sie übers Handy die Polizei zu Hilfe.

* * *

Ronnie stand noch ein paar Minuten unschlüssig im Wohnzimmer, dann ließ er das Messer sinken, ging zum Couchtisch und legte es behutsam exakt an die Stelle, an der es vorher gelegen hatte. Johanna stand auf und nahm Ronnie in den Arm. Dann führte sie ihn zu einem der Sessel, massierte ihm die Schultern, strich ihm übers Haar und setzte sich dann in den Sessel daneben.

Und dann begann Ronnie zu erzählen, was er wusste.

* * *

Fritz Aichele fasste Brodbeck ziemlich grob an, als er ihn auf den Rücksitz des Streifenwagens packte. Aichele war sauer, und dass einer seiner Freunde an dem Mord an Hansgeorg Heiderich mindestens beteiligt sein sollte, fasste er als persönliche Kränkung auf.

Roeder wurde alarmiert, und der Soko-Leiter nahm Heiner Brodbeck so unnachgiebig und geschickt ins Gebet, dass der sich schon nach zehn Minuten heillos in Widersprüche verstrickt hatte. Roeder verließ den Raum, begrüßte Staatsanwalt Hagenbeck, der mittlerweile eingetroffen war, und ging wieder hinein.

Durch das einseitig verspiegelte Glas konnte Hagenbeck einen schon fast gebrochenen Heiner Brodbeck beobachten, dem Roeder nur noch kurz zusetzen musste, bevor er sich weinend auf die Tischplatte sinken ließ.

Roeder ließ Brodbeck Zeit, und schließlich setzte sich der Befragte aufrecht hin und gab ein umfassendes Geständnis zu Protokoll.

* * *

Donnerstag, 22. September

»So, Leute, jetzt geht's dann gleich los.«

Heiner Brodbeck sah auf seine Uhr. Vor ihm saßen Hannes Zumhofer, der nervös seinen Hut in den Händen knetete, Günter Drescher, der mit seinem Zigarillo besonders cool zu wirken versuchte, und Ronnie, der aufgeregt von einem zum anderen sah.

Heiderich hatte seine Chance gehabt, und er hatte sie vertan. Brodbeck hatte ihn noch gestern im Regierungspräsidium angerufen und ihm dringend geraten, die Finger von Johanna zu lassen. Aber Heiderich hatte nicht hören wollen.

Brodbeck musterte seine Helfer noch einmal, keiner schien Verdacht zu schöpfen. Zumhofer hatte er klar gemacht, dass er ohne das Eingreifen Heiderichs heute noch seinen Traumjob auf Röslers Hof hätte und dass er nur wegen Heiderich seine Tage im Bauhof fristen musste. Drescher hatte er daran erinnert, was er sich von den Edelbränden versprochen hatte, die er aus Röslers Rambour-Obstwein hätte machen können und aus all den anderen Obstsorten, die der alte Apfelbauer auf seinen Wiesen hegte und pflegte. Das reichte, um ihn wütend zu machen – schließlich stand ihm mit seiner Brennerei in Neidlingen inzwischen das Wasser bis zum Hals, die Konkurrenz vor allem in Schlat und Auendorf machte ihm zunehmend zu schaffen. Und beide hatten sich viel zu leicht dazu hinreißen lassen, dem Mann vom Regierungspräsidium, der ihnen einen Strich durch die Rechnung gemacht hatte, eine schmerzhafte Lektion zu erteilen.

Mit Äpfeln – das hatte ihnen gleich gefallen, und es klang auch nicht so wahnsinnig gefährlich. Die Symbolik passte, und ernsthaft zu Schaden konnte dieser Heiderich dadurch nicht kommen.

»Rösler kommt nicht, sagst du?«, fragte Brodbeck.

»Nein«, brummte Zumhofer, »der liegt besoffen zu Hause. Ist vielleicht auch besser so.«

»Und er weiß von nichts?«

»Nein. Ich wollte ihn erst heute einweihen – da war er schon besoffen. Also hab ich ihn liegen lassen und hab nur seine Äpfel mitgenommen. Der ist so vernarrt in die Dinger, dass er zwei Körbe voll daheim hatte – wahrscheinlich wollte er mit den unreifen Äpfeln auch noch experimentieren.«

Zumhofer schüttelte den Kopf und lachte nervös.

»Gut, dann wollen wir mal«, gab Brodbeck das Kommando.

Die drei Männer standen auf und gingen zur Scheunentür, Ronnie machte Anstalten, ihnen zu folgen.

»Nein, Ronnie, du nicht!«, stoppte ihn Brodbeck. »Wir erledigen das für dich. Der Mann aus Stuttgart bekommt von uns eine Abreibung, die er sich merken wird – und dann lässt er deine Schwester in Ruhe, das versprech ich dir.«

»Aber ich …«

»Nein, Ronnie, du kannst nicht mit. Lass uns das erledigen, es ist besser so, glaub mir. Du hast ihm von oben das Zeichen mit dem Vorhang gegeben – das hast du klasse gemacht. Aber das reicht dann auch.«

Damit wandte sich Brodbeck ab, Zumhofer setzte seinen Hut auf, und die drei Männer marschierten los. Ronnie wusste nicht, wohin mit seiner Wut, aber mit Brodbeck wollte er sich nicht anlegen – der war stärker als Ronnie, und außerdem wusste Brodbeck sicher, was für ihn das Beste war. Also schlich sich Ronnie auf der anderen Seite aus der Scheune, rannte in sein Elternhaus hinüber und versteckte Johannas Handy, über das Brodbeck vorhin eine SMS an den Mann aus Stuttgart verschickt hatte, fürs Erste hinter dem Schuhputzzeug im Flur. Später würde er ein besseres Versteck finden, aber jetzt musste er schnell los.

Er huschte zur Tür hinaus, ein Jogger kam auf der Dorfstraße angelaufen, Ronnie erschrak kurz, ging dann aber zügig weiter seines Weges.

Brodbeck, Zumhofer und Drescher wollten gerade ihre Sturmmasken überstreifen, als sich ihnen von hinten Schritte näherten. Sie ließen die Masken in der Tasche, warteten ab, bis der Jogger an ihnen vorüber und hinter der nächsten Kurve verschwunden war, dann eilten sie im Laufschritt auf das Auto zu, das vorne in der Haltebucht stand.

Die Gelegenheit war günstig: Heiderich stand neben seinem Wagen, sah dem Jogger hinterher und wandte ihnen den Rücken zu. Brodbeck zog ein Holzscheit aus der Tasche und schlug zu. Heiderich sackte stumm in sich zusammen. Zumhofer und Brodbeck nahmen den Bewusstlosen zwischen sich und schleiften ihn weiter vom Ortsrand weg. Als sie etwa ein Drittel des Weges hinter sich hatten, nahmen sie ihn an Armen und Beinen und trugen ihn bis zum Waldrand. Drescher ging hinter ihnen her und machte sich wie üblich die Hände nicht schmutzig.

Neben dem Holzstapel warfen sie Heiderich ins Gras, dann nahmen sie ihre Positionen ein. Zwei Häufchen mit Äpfeln blieben unbesetzt, von den anderen nahmen sich Brodbeck, Zumhofer und Drescher einige und begannen, auf den am Boden liegenden Heiderich zu werfen. Sie landeten immer mehr Treffer, und Heiderich begann sich langsam zu bewegen. Doch mit jedem Schlag, den ihm ein gut gezielter Apfel am Schädel verpasste, wurden seine Bewegungen langsamer, und irgendwann lag er still im Gras und regte sich nicht mehr.

Drescher hörte als Erster auf, dann ging Zumhofer zu Heiderich hin und kniete sich neben ihn.

»Ist der tot?«

»Nein«, sagte Brodbeck. »Von Äpfeln ist noch keiner gestorben.«

»Und wenn doch? Der liegt wirklich da wie tot!«

Zumhofer sah ängstlich zu ihm hin.

»Wir sollten verschwinden«, sagte Brodbeck dann.

»Und den lassen wir liegen?«

»Ja, klar lassen wir den liegen. Wenn er wieder aufwacht, sind wir über alle Berge – und unsere Gesichter hat er nicht

gesehen, beweisen kann er auch nichts. Aber die Abreibung wird er nicht wieder vergessen.«

»Und wenn er nicht wieder aufwacht?«

Brodbeck zuckte mit den Schultern, dann gingen sie in den Wald hinein. Bis zur Landstraße nach Gruibingen waren es knapp eineinhalb Kilometer, und dort hatte Drescher seinen protzigen Geländewagen hinter einigen Büschen abgestellt. Sie kamen nur zweihundert Meter weit, da bat sie Brodbeck schon um eine kleine Pause.

»Männer, ich muss kurz. Ihr könnt ruhig weiterlaufen, ich hol euch dann schon ein.«

»So, so, der mutige Herr Brodbeck hat die Hosen voll!«

Drescher höhnte, und Brodbeck schluckte seinen Stolz hinunter und schlug sich in die Büsche. Als er sicher war, dass die beiden ihn nicht mehr sehen konnten, kehrte er schnell zu Heiderich zurück, der noch immer regungslos am Boden lag. Er rollte ihn halb herum, zog einen Stein aus der Tasche und schlug ihm zweimal so fest auf die Schläfe, wie er konnte. Dann rollte er Heiderich wieder in die alte Position und kehrte durch den Wald zurück zu Drescher und Zumhofer, die auf dem Weg standen und auf ihn warteten.

»Können wir?«, fragte Drescher und grinste breit.

Auf dem Weg zur Landstraße mussten sie sich für ein paar Minuten abseits des Weges hinter einige Büsche ducken – der Jogger von vorhin kam zurück, bemerkte sie aber nicht und trottete in gleichmäßigem Tempo weiter auf Eckwälden zu. Vorbei am toten Heiderich und vorbei an seinem Mörder.

Montag, 3. Oktober

Die Veranstalter des »Berta-Tags« hatten Glück mit dem Wetter. Maria und Lindner schlenderten gemächlich durch Bad Boll und verbrachten einen gemütlichen Feiertag. Sie lächelten einander zu, hielten sich untergehakt, tranken zwischendurch Cappuccino, schleckten ein Eis und gingen abends zum Italiener essen.

Aber die meiste Zeit über dachten sie an den Mordfall Heiderich zurück. Roeder hatte alle offenen Fragen geklärt, Brodbeck und seine beiden Helfer waren geständig, und im Nachhinein passte alles dann doch irgendwie zusammen.

Brodbeck hatte im Vorjahr, als er den alten Obstbauern nach der letzten Ablehnung ein paar Mal zu trösten versuchte, die Apfelmännle gesehen, die Rösler für seine beiden speziellen »Freunde« gebastelt hatte, passenderweise aus »Röslers Rambour«. Nach dem Mord an Heiderich wollte er mit neuen Apfelmännle falsche Fährten legen. Er hatte dem Toten noch auf der Wiese seinen Schlüsselbund abgenommen. Die Adresse der Wohnung in Esslingen kannte er, seit er Heiderich einmal abends heimlich nachgefahren war.

Er wollte damals nur wissen, wo der Mann lebte, der ihm seine Johanna wegnahm. Der in seinen Augen schuld daran war, dass er seine Chance auf ein Leben mit seiner schönen Nachbarin verpasst hatte – bis dahin hatte er Johanna immer wieder seine Liebe gestehen wollen, hatte sich aber nie getraut. Und dann dachte er sich jedesmal, dass er damit ja noch Zeit hatte und dass Johanna noch lange neben ihm wohnen würde und für ihn erreichbar bleibe.

Die Apfelmännle hatte er schon vorbereitet. Nach Heiderichs Tod brachte er eines der Männle in dessen Wohnung nach Esslingen. Auf der Rückfahrt platzierte er die übrigen jeweils auf der Türschwelle – das wichtigste Apfelmännle war dabei das für Stefan Lindner, das ihm einen gehörigen Schrecken einjagen und ihn so von den Ermittlungen fernhalten sollte. Lindner genoss einen guten Ruf als Kriminaler, vor allem Fritz Aichele hatte im »Hirschen« immer in den höchsten Tönen von ihm geschwärmt.

Am Tag nach Heiderichs Tod stellte er heimlich noch ein Apfelmännle auf Chiaras Tresen, und eines behielt er für sich selbst, um sich auch als potenzielles Opfer inszenieren zu können. In Lindners Augen wurde er das dann ja auch – obwohl er seine Reifen selbst zerstach. Die Glasscherbe im »Hirschen« und die vertauschten Tabletten der alten Frau Römer – alles war einfacher gegangen, als er gedacht hatte.

Nun, da er verloren hatte, machte er es auch der Polizei einfach. Brodbeck gestand alles und erzählte freimütig – aber immerhin bemühte er sich, Ronnies Rolle in der ganzen Geschichte möglichst klein zu machen. Dass er lange hinter Gittern bleiben würde, war ihm klar. Aber wenigstens sollten Ronnie und Johanna weiterhin zusammenleben können. Er nahm sich fest vor, Johanna aus dem Gefängnis einen langen Brief zu schreiben, in dem er ihr alles erklären konnte. Vielleicht würde sie ihm sogar antworten.

Aber dazu hatte er ja noch Zeit.

Viel Zeit.

ENDE

… wobei …

Ruth Lindner stapfte mit schweren Schritten die Treppe hinauf. Die Stiefel hatte sie gleich unten abgestreift, und nun freute sie sich auf ein Glas Most zum Feierabend. Stefan musste wohl oder übel in den »Hirschen« gehen, wenn er heute warm essen wollte – ihr reichte ein Vesper, und zum Kochen hatte sie keine Lust mehr.

Der Ausflug nach Wien hatte ihr gutgetan, und die Tipps ihrer Freundinnen hatten sie zum Nachdenken darüber gebracht, was sie an ihrem Leben ändern sollte – und wie sie ihren bald vierzigjährigen Sohn endlich dazu bringen konnte, mehr auf eigenen Beinen zu stehen.

Sie tappte ins Schlafzimmer, zog eine saubere Hose, frische Unterwäsche und eine bequeme Strickjacke aus dem Schrank, ging hinüber ins Bad, zog sich aus, wusch sich, zog sich wieder an – dann endlich fiel ihr auf, dass die Wohnung leer zu sein schien.

»Stefan?«, rief sie aus dem Bad, bekam aber keine Antwort.

»Stefan?«

Nichts.

Sie ging zu seinem Zimmer, klopfte kurz an und öffnete die Tür. Er war nicht da. Sie wollte die Tür gerade wieder schließen, als ihr auffiel, dass das Zimmer ihres Sohnes anders aussah als sonst. Auf dem Boden neben der Wand stand ein Umzugskarton, drin lagen die Comic-Hefte, die bisher das Buchregal gefüllt hatten, sowie die Dampfmaschine und der alte, tragbare Kassettenrekorder.

Auf dem Nachttisch stand ein neuer digitaler Radiowecker mit CD-Spieler, daneben lag ein Taschenbuch in Schwarz und Silber. Ruth Lindner nahm es hoch: Das Historische Kurhaus war auf der Titelseite zu sehen. Sie las den Klappentext – offenbar spielte die Geschichte hier im Ort.

Schließlich ging sie hinaus in die Küche, um sich ein Vesper zu richten. Da fiel ihr der Zettel auf, der mit dem Tonkrug beschwert war, den sie gerne für Most nahm. Der Krug war voll mit Röslers Spezialmost, das erkannte sie sofort, als sie kurz schnupperte. Vorsichtig zog sie den Zettel hervor – er war von Stefan.

»Lass es dir schmecken, Mama, bin mit Maria in Blumhardts Literatursalon, da ist heute Krimilesung.«

Sie schüttelte sich. Kultur war nicht unbedingt ihre Welt, Most dagegen schon. Sie schenkte sich ein Glas voll, trank einen großen Schluck und musterte den Zettel noch einmal.

»Maria …«, murmelte sie dann. »A Mädle … so, so.«

Ein Lächeln breitete sich auf ihrem faltigen Gesicht aus.

»Endlich, Stefan, endlich.«

Dann holte sie sich Brot und Wurst, ein Messer und ein Vesperbrett, schnitt sich von allem grobe Stücke ab und kaute genüsslich, während ihr Lächeln immer breiter wurde.

* * *

Dank

Danke an alle, die sich auch seltsame Fragen gefallen ließen und die diesem Buch informative und skurrile Details bescherten – die Fehler, falls Sie welche finden, kreiden Sie einfach mir an. Danke auch an Renate, Jan und Tim, die mich jeden Abend verlässlich wieder aus Lindners Welt holten.

Sollte sich jemand in diesem Buch wiedererkennen, danke ich für das (unverdiente) Lob: Wie in Krimis üblich, sind Handlung und Personen frei erfunden. Für Versuche, herauszufinden, was an den Schauplätzen real und was erfunden ist, wünsche ich viel Spaß – vor allem Wanderungen rund um Bad Boll, am besten mit einem Vesperpaket aus dem Ort, kann ich dazu nur wärmstens empfehlen.

Jürgen Seibold